16	3	2	13
5	10	11	8
9	6	7	12
4	15	14	1

Pier Paolo Pasolini

ESCRITOS CORSÁRIOS

Prefácio de Alfonso Berardinelli
Tradução, apresentação e notas de Maria Betânia Amoroso

editora 34

EDITORA 34

Editora 34 Ltda.
Rua Hungria, 592 Jardim Europa CEP 01455-000
São Paulo - SP Brasil Tel/Fax (11) 3811-6777 www.editora34.com.br

Imagem de capa:
Pier Paolo Pasolini, dezembro de 1961
(Photo by Giancarlo Botti/Gamma-Rapho via Getty Images)

Capa, projeto gráfico e editoração eletrônica:
Bracher & Malta Produção Gráfica

Revisão:
Cide Piquet
Danilo Hora
Beatriz de Freitas Moreira

1ª Edição - 2020

CIP - Brasil. Catalogação-na-Fonte
(Sindicato Nacional dos Editores de Livros, RJ, Brasil)

Pasolini, Pier Paolo, 1922-1975
P724e Escritos corsários / prefácio de Alfonso Berardinelli; tradução, apresentação e notas de Maria Betânia Amoroso — São Paulo: Editora 34, 2020 (1ª Edição).
296 p.

ISBN 978-85-7326-752-5

1. Ensaios em italiano. 2. Política - Itália - Século XX. 3. Cultura. 4. Literatura. I. Berardinelli, Alfonso. II. Amoroso, Maria Betânia. III. Título.

CDD - 854

ESCRITOS CORSÁRIOS

Escritos corsários

Documentos anexos

O ensaísmo político de emergência de Pasolini

Alfonso Berardinelli[1]

A invisível revolução conformista, a "homologação cultural", a "mutação antropológica" dos italianos, de que Pasolini falava com tanta ferocidade e sofrimento de 1973 a 1975 (ano de sua morte) não eram, de forma alguma, fenômenos invisíveis. Só ele os via? Por que, então, seus discursos soavam tão inoportunos, irritantes e escandalosos? Mesmo os interlocutores menos rudes reprovavam, ao mesmo tempo, e como sempre, sua obstinação passional e seu esquematismo ideológico. Aquilo que Pasolini dizia era, em suma, conhecido em larga medida. A sociologia e a teoria política já haviam falado de tais assuntos. Os críticos da ideia de progresso, da sociedade de massa, da mercantilização total, já haviam dito há tempos tudo o que havia para dizer. A nova esquerda, aliás, não nasceu, talvez, dessas análises? Que sentido tinha, *agora*, fazer o papel de apocalípticos? Tratava-se, também para a Itália, de uma catástrofe normal e previsível devida ao desenvolvimento capitalista normal e previsível. Por que Pasolini era tão insistente com seu caso pessoal? Chorar o passado era absurdo (quando um ideólogo, um político, um cientista social ousariam chorar por alguma coisa?). Voltar atrás era impossível. Deter-se de modo tão irracional sobre os "preços a pagar" para seguir adiante era inoportuno e pouco viril. A única coisa possível era, talvez, organizar uma luta revolucionária contra o Poder e contra o Capital tornados agora totalmente multinacionais: ou procurar controlar e "civilizar" sua dinâmi-

[1] Texto publicado originalmente como prefácio à edição italiana dos *Escritos corsários* (Milão, Garzanti, 2011). Tradução de Davi Pessoa Carneiro.

ca irrefreável e, no fim das contas, positiva. Assim, os artigos que Pasolini escrevia nas primeiras páginas do *Corriere della Sera* (então dirigido pelo inovador Piero Ottone), jornal burguês, patronal e antioperário, não podiam senão provocar reações irritadas, gestos de desdém, repúdio e até de desprezo.

Sobretudo quem se lembra, mesmo que vagamente, das polêmicas presentes nos jornais daqueles anos, ao reler os *Escritos corsários* poderá ficar espantado. Não só pela inteligência e pela imaginação sociológica de Pasolini, que sabe extrair essa visão global de uma base empírica limitada a sua própria experiência pessoal e ocasional (mas, de resto, de onde derivava todo o saber "sociológico" dos grandes romancistas do passado, de Balzac e Dickens em diante, senão de sua capacidade de ver aquilo que tinham diante de seus olhos?). Em nenhum semiólogo especializado e profissional a semiologia, que Pasolini nomeia com grande respeito mas da qual faz um uso muito discreto, rendeu tantos frutos. O leitor fica espantado, sobretudo, com a inventividade inesgotável de seu estilo ensaístico e polêmico, com a energia selvagem e a astúcia socrática de sua arte retórica e dialética, com a sua "psicagogia": ele sabe fazer emergir muito claramente os preconceitos intelectuais (de classe, de casta) e, frequentemente, a obtusidade um tanto mesquinha e persecutória de seus interlocutores, os quais parecem estar sempre errados; ou, caso tenham em parte alguma razão, sua razão se torna estridente e irritadiça, além de cognitivamente inerte. Enquanto Pasolini estava procurando revelar algo novo, eles apenas defendiam noções já adquiridas.

O fato é que, para Pasolini, os conceitos sociológicos e políticos se tornavam evidências físicas, mitos e histórias do fim do mundo. Assim, finalmente, Pasolini encontrava o modo de manifestar, representar e dramatizar teórica e politicamente suas angústias. Apenas nesse momento lhe era possível reencontrar um espaço que sentia ter perdido nos anos precedentes e usar de modo direto a própria razão autobiográfica para falar em público do destino presente e futuro da sociedade italiana, de sua classe dirigente, do fim irreversível e violento de uma história secular.

No entanto, a evidência física do desaparecimento de um mundo, que devia estar, e realmente estava, diante dos olhos de todos, parecia invisível aos olhos da maioria. Na descrição sumária, violentamente esquemática dessas evidências físicas, Pasolini era unilateral, injusto. Às vezes, parecia cegado por suas visões. Havia uma estranheza invencível que parecia tornar "todos iguais" os rostos dos novos jovens (como parecem "todos iguais" os rostos dos povos distantes que ainda não aprendemos a olhar, a amar). Mas o sentido da argumentação era claro: o que tornava indistinguível um jovem fascista de um jovem antifascista, ou um casal de proletários de um casal de burgueses, era o fim do fascismo e do antifascismo clássicos, o fim do velho proletariado e da velha burguesia. Era o advento (o *Advento*) de um novo modelo humano e de um novo poder que apagavam o rosto físico e cultural anterior da Itália, mudando radicalmente a base social e humana das velhas instituições.

É estranho que Pasolini tenha implicado com o abuso do termo "Sistema" por parte do movimento de 68. Ele próprio, quando o movimento estava se precipitando numa condição regressiva, formulava, por sua vez, em seus termos, uma denúncia violenta e global, delineando sumariamente os contornos de um sistema social "oni-invasor". Ele partia de detalhes que eram absolutizados, destacados e ampliados (o corte dos cabelos, um *slogan* publicitário, o desaparecimento dos vaga-lumes). O quadro, como em toda análise tendenciosa, tornava-se deformado. Porém, essa deformação tendenciosa dava uma extraordinária eficácia e coerência provocatória aos seus discursos. E dava também uma nova imagem da sociedade como globalidade, como Sistema.

Certamente, a "homologação" cultural de que falava com obsessiva e didascálica insistência, isto é, a redução dos italianos a um único e exclusivo modelo despótico de comportamento (Nova Classe Média ou Nova Pequena Burguesia total), não era um processo que já chegara ao fim. Mas em breve o seria. Era essa transformação radical e total que tornava imediatamente velhas, esvaziadas de sentido e falsificadas todas as categorias de julgamento anteriores. Fascismo e antifascismo, direita e esquerda, progresso e reação, revolução e restauração estavam se tornando oposições puramente terminológicas e consolatórias: boa consciência dos intelectuais de esquerda. A realidade era diferente, estava "fora do Palácio" (como dirá nas *Cartas lutera-*

nas), fora dos debates correntes entre intelectuais. A história italiana teve uma aceleração repentina: "Num certo momento, o poder sentiu a necessidade de um tipo diferente de súdito, que fosse, antes de tudo, um consumidor". O Centro havia anulado todas as periferias. A nova sociedade realizava, pela primeira vez na Itália, o poder total, sem alternativas, da classe média. Um pesadelo da uniformidade, no qual só havia lugar para a "respeitabilidade" consumidora e para a idolatria das mercadorias. Realizava-se, assim, um "genocídio" cultural definitivo. Sem necessidade de golpes de Estado, ditaduras militares, controles policiais e propaganda ideológica, o Novo Poder sem rosto se apropriava pragmaticamente do comportamento e da vida cotidiana de todos. As diferenças de riqueza, de renda e de hierarquia haviam deixado de criar diferenças qualitativas de cultura, tipos humanos distintos. Os pobres e os sem poder não aspiravam ter mais riqueza e mais poder, mas desejavam ser, em tudo e por tudo, como a classe dominante, tornada culturalmente a única classe existente.

A esses discursos, a cultura de esquerda italiana reagiu com indiferença, quase sempre no limite da irrisão. Pasolini descobria coisas sabidas e dava mais ênfase a elas. Ou talvez quisesse apenas "atualizar" a imagem um pouco desgastada do escritor como consciência pública, vítima perseguida, alma ferida. Em suma, protagonismo e vitimização. Era realmente possível, de boa-fé, descobrir somente agora a "tolerância repressiva", o "Homem Unidimensional" de Marcuse? Ou os efeitos da Indústria Cultural de massa analisados décadas antes por Horkheimer e Adorno? Ou, por fim, o fetichismo da mercadoria nas sociedades capitalistas?

De fato, a partir desse ponto de vista, nas análises dos *Escritos corsários* não há nada de original. Pasolini, porém, sabe muito bem disso (o "genocídio" cultural, ele diz, já havia sido descrito por Marx no *Manifesto*). Tudo, em teoria, já havia sido dito. Mas só agora esses processos, sobre os quais havia falado a sociologia crítica na Alemanha, na França e nos Estados Unidos, chegavam à sua completude na Itália, com uma violência concentrada e imprevista. Para Pasolini se tratava de uma descoberta pessoal, de uma "questão de vida ou morte". O seu instrumento cognoscitivo era sua existência, a vida que lhe era imposta por sua "diversidade", por seu amor pelos jovens subproletários, deformados, corpo e alma, pelo desenvolvimento. E isso, na polêmica engajada nas páginas dos jornais, não podia senão tornar-se um maior e quase insuperável motivo de escândalo e de desprezo mal dissimulado em suas confrontações.

O intelectualismo formal e a politização difundidos na cultura de esquerda daqueles anos (da cultura laico-moderada à marxista ortodoxa ou neorrevolucionária) ofereciam a Pasolini uma vantagem cultural insólita. Todos olhavam o que ocorria nos vértices do poder, e quase ninguém conseguia mais olhar no rosto os seus semelhantes e os seus compatriotas: massas a ser conduzidas à ordem, a promover a modernidade ou a ser mobilizadas em causa do comunismo. A própria exasperação do choque político na Itália entre 1967 e 1975 impedia a falta de escrúpulos intelectuais e a percepção empírica que teriam permitido observar as mudanças do cenário e dos atores envolvidos no choque.

Por outro lado, Pasolini, mesmo tendo desconfiado do movimento dos estudantes, havia também tomado posição frente às acusações sofridas. Num artigo publicado na revista *Tempo*, em 18 de outubro de 1969, lemos:

> "Foi um ano de restauração. O mais doloroso de constatar foi o fim do Movimento Estudantil, se é que podemos, de fato, falar em fim (mas espero que não). Na realidade, a novidade que os estudantes trouxeram ao mundo no ano passado (os novos aspectos do poder e a substancial e dramática atualidade da luta de classes) continuou a operar dentro de nós, homens maduros, não só durante esse ano, mas, acredito, agora, para o resto de nossas vidas. As injustas e fanáticas acusações de integração direcionadas a nós pelos estudantes, no fundo, eram justas e objetivas. E — mal, naturalmente, com todo o peso dos velhos pecados — procuraremos não mais esquecê-lo." (*Il caos*, Editori Riuniti, 1979, pp. 215-6)

Apesar do esquematismo conceitual, o livro *Escritos corsários* permanece um dos raros exemplos, na Itália, de crítica intelectual radical da sociedade desenvolvida. Se não pôde sozinho substituir uma sociologia desinibida e rica de descrições (além do mais, sempre menos praticada pelos especialistas), conseguiu pelo menos em parte salvar a honra de nossa cultura literária, quase sempre muito maneirista e de ideias restritas. Aquilo que também, aqui, se faz presente em Pasolini é a cor lívida e lutuosa de suas constatações e de suas recusas, a tensão exasperada de sua racionalidade, uma desarmada falta de humor irônico e satírico. A força dos *Escritos corsários* está, antes de tudo, na realidade emotiva e moral desse luto.

Pasolini foi um dos últimos escritores e poetas italianos (com seus coetâneos Andrea Zanzotto, Paolo Volponi e Giovanni Giudici) inconcebíveis numa cena não italiana, abstratamente cosmopolita. Aquela especial "eternidade", sagrada e mítica, da paisagem, do mundo social italiano como ele havia elaborado em sua obra, encontramo-la evocada aqui, sobretudo no artigo dedicado a Sandro Penna:

> "Que país maravilhoso era a Itália durante o período do fascismo e logo depois! A vida era como a tínhamos conhecido ainda crianças, e durante vinte, trinta anos, ela não mudou: não me refiro aos seus valores [...] mas as aparências pareciam dotadas do dom da eternidade. Podíamos acreditar apaixonadamente na revolta ou na revolução, e no entanto aquela coisa maravilhosa que era a forma da vida não seria transformada. [...] Somente melhorariam, justamente, suas condições econômicas e culturais, que não são nada quando comparadas à verdade preexistente que governa de forma maravilhosamente imutável os gestos, os olhares, as atitudes do corpo de um homem ou de um rapaz. As cidades acabavam nas grandes avenidas [...]."

É esse ensaísmo político de emergência a verdadeira invenção literária dos últimos anos de Pasolini. Funda-se no esquema retórico da requisitória, e é a grande oratória de acusação e de autodefesa pública de um poeta. Os mesmos tons da elegia são aqui arrastados pela simplicidade contundente da argumentação. A ideologia dos *Escritos corsários* é "vocal", improvisada, ela se move sobre a improvisação polêmica e sobre uma nítida arquitetura de conceitos, de nervuras racionais nuas, as quais sustentam o edifício frágil do discurso com a força da iteração. Desaparece todo jogo de tonalidades, de atenuações, correções, incisões, luzes e sombras. Nesses novos poemetos civis ou incivis em prosa, tudo está desesperadamente e rigorosamente em plena luz. Um novo poder social, pragmático e elementar, que tudo esmaga em sua uniformidade, é descrito com uniformidade igualmente impiedosa, e com um uso igualmente pragmático e elementar dos conceitos, como por retorsão mimética. A genialidade ensaístico-teatral de Pasolini está toda nesse intelectualismo despojado e geométrico que manifesta destrutivamente sua angústia pela perda de um objeto de amor e pela dessacralização moderna de *toda* a realidade.

Pasolini entre mutação e sobrevivência

Maria Betânia Amoroso

Entre as centenas de textos críticos escritos sobre Pasolini nas últimas décadas — digamos, a partir dos anos 2000 — é flagrante o acirramento da atenção, a atenção redobrada, à presença do *corpo*.

Ao acompanhar essa produção (principalmente a crítica pasoliniana feita na Itália e no Brasil), encontra-se uma espécie de síntese para o sentido da sua vida e da sua poesia no verso "*gettare il mio corpo nella lotta*" (jogar o meu corpo na luta).[1] Se nas primeiras leituras críticas a ênfase recaía sobre a palavra "luta" — num sentido, por assim dizer, mais mental, em que a luta sintetizava as aspirações do pós-guerra sob um genérico comando das ideias marxistas —, já para os leitores mais recentes é a palavra "corpo" que se projeta para o primeiro plano — essa seara onde a materialidade dos embates é fonte e alimento para a luta, centro que move a obra aproximando-a da vida.

Entre os anos 60 e 70, período de sua produção última, Pasolini trabalhava ao mesmo tempo em muitas obras (já foram apontados in-

---

[1] "[...] Perciò io vorrei soltanto vivere/ pur essendo poeta/ perché la vita si esprime anche solo con se stessa./ Vorrei esprimermi con gli esempi./ Gettare il mio corpo nella lotta./ (...) — in quanto poeta sarò poeta di cose./ Le azioni della vita saranno solo comunicate,/ e saranno esse, la poesia,/ poiché, ti ripeto, non c'è altra poesia che l'azione reale [...]" [Por isso eu queria só viver/ apesar de ser poeta/ porque a vida também só se exprime por si mesma./ Gostaria de me exprimir com exemplos./ Jogar meu corpo na luta/ (...) enquanto poeta serei poeta de coisas./ As ações da vida serão só comunicadas,/ e serão elas a poesia,/ já que, repito, não existe outra poesia senão a ação real]. Pier Paolo Pasolini, "Poeta delle ceneri" [Poeta das cinzas], 1966, em *Tutte le poesie*, Walter Siti (org.), Milão, Mondadori, vol. 2, 2003, pp. 1261-88. O verso citado está à p. 1287.

dícios de que planejava se dedicar também à música), e os resultados ou rastros deixados por esse movimento constituíam para Bazzocchi "muitos *fronts* a partir dos quais lançaria bombas contra as forças inimigas pelas quais se sentia cercado".[2] O crítico lembra os filmes da *Trilogia da vida* (*Decameron*, *Os contos de Canterbury* e *As mil e uma noites*) e *Salò* — que chegaram a ser vistos como uma tetralogia, o último sendo a negação dos três primeiros, embora os primeiros tivessem aberto caminho para o último, comenta. Além desses, cita ainda os ensaios de *Descrições de descrições*, os poemas de *A nova juventude* e o romance *Petróleo*, uma análise do Novo Poder de suas origens (anos 60) aos anos 70. Há ainda roteiros, como o de um filme sobre São Paulo, ou um outro, *Porno-Teo-Kolossal* (o *Inferno* de Dante revisitado à luz dos tempos do Novo Poder).

Dentre essa variada produção, destaca-se o livro *Escritos corsários* — somente agora traduzido integralmente no Brasil[3] —, coletânea de ensaios que é uma tentativa de descrição do que ele chama de Novo Poder e, ao mesmo tempo, uma autodefesa de Pasolini contra esse mesmo Poder. Conclui Bazzocchi:

> "Pasolini liga com determinação seu nome a algo que faz fronteira de modo explícito com a pornografia. [...] Quer que seu leitor veja tudo, saiba de tudo, fale de tudo. O falar de tudo implica trazer à luz aquilo que é mantido sob controle, a sexualidade, os comportamentos privados, os pensamentos mais secretos."[4]

---

[2] Marco Antonio Bazzocchi, *Esposizioni: Pasolini, Foucault e l'esercizio della verità* [Exposições: Pasolini, Foucault e o exercício da verdade], Bolonha, Il Mulino, 2017, p. 7.

[3] Em 1990, a Editora Brasiliense publicou *Pier Paolo Pasolini, Os jovens infelizes: antologia de ensaios corsários* (org. Michel Lahud, trad. M. Lahud e Maria Betânia Amoroso). Tratava-se de uma primeira apresentação da obra ensaística do escritor no país. O livro incluía alguns dos artigos que agora são reapresentados no conjunto original a que pertenciam.

[4] Marco Antonio Bazzocchi, *op. cit.*, p. 8.

O que seria esse Novo Poder e quais os efeitos — a "mutação" — que ele vinha produzindo e que, hoje, estão totalmente concluídos? Num dos ensaios publicados em *Escritos corsários*, intitulado "A primeira, verdadeira revolução de direita", Pasolini afirma:

> "Em 1971-72 teve início um dos períodos de reação mais violentos e talvez mais definitivos da história [da Itália]. Nele coexistem duas naturezas: uma é profunda, substancial e absolutamente nova; a outra é epidérmica, contingente e velha. A natureza profunda dessa reação dos anos 70 é portanto irreconhecível; a natureza exterior, ao contrário, é bem reconhecível. Não há de fato quem não a caracterize como ressurgimento do fascismo — em todas as suas formas, inclusive as formas decrépitas do fascismo mussoliniano, e do tradicionalismo clérico-liberal, se pudermos usar esta definição tão inédita quanto óbvia. [...]
>
> Enquanto a reação primeira destrói revolucionariamente (em relação a si própria) todas as velhas instituições sociais — família, cultura, língua, Igreja —, a reação segunda (da qual, temporariamente, a primeira se serve para poder se efetivar, protegida da luta de classes direta) se desdobra para defender tais instituições dos ataques dos operários e dos intelectuais. E assim esses são anos de falsa luta, sobre temas da restauração clássica, nos quais ainda acreditam tanto seus mensageiros como seus opositores. Enquanto, sem que ninguém percebesse, a 'verdadeira' tradição humanista (não aquela falsa dos ministérios, das academias, dos tribunais e das escolas) é destruída pela nova cultura de massa, pela nova relação instituída pela tecnologia — com perspectivas agora seculares — entre produto e consumo; e a velha burguesia paleoindustrial está cedendo lugar a uma burguesia nova que inclui, cada vez mais e mais profundamente, também as classes operárias, tendendo por fim à identificação da burguesia com a humanidade."

Em outro ensaio, "Aculturação e aculturação", prossegue:

"Nenhum centralismo fascista conseguiu fazer o que fez o centralismo da sociedade de consumo. O fascismo propunha um modelo, reacionário e monumental, mas que permanecia letra morta. As várias culturas particulares (camponesas, subproletárias, operárias) continuavam imperturbavelmente a conformar-se com seus antigos modelos: a repressão se limitava a obter sua adesão puramente verbal. Hoje, ao contrário, a adesão aos modelos impostos pelo centro é total e incondicional. Os verdadeiros modelos culturais são renegados. A abjuração consumou-se. É possível portanto afirmar que a 'tolerância' da ideologia hedonista desejada pelo novo poder é a pior das repressões da história humana. Como pôde tal repressão se exercer? Através de duas revoluções, internas à organização burguesa: a revolução das infraestruturas e a revolução dos meios de informação. As estradas, a motorização etc. uniram estreitamente a periferia ao centro, abolindo qualquer distância material. Mas a revolução dos meios de informação foi ainda mais radical e decisiva. Por meio da televisão, o centro assimilou o país inteiro, que era historicamente tão diferenciado e rico em culturas originais. Começou uma obra de padronização destruidora de qualquer autenticidade e concretude. Ou seja, que impôs — como eu dizia — os seus modelos: os modelos desejados pela nova industrialização, que não mais se contenta com 'um homem que consome', mas pretende ainda que se tornem inconcebíveis outras ideologias que não a do consumo. Um hedonismo neolaico, cegamente esquecido de qualquer valor humanista e cegamente alheio às ciências humanas."

Ainda, em "Aculturação e aculturação":

"A responsabilidade da televisão em tudo isso é enorme. Não, é claro, enquanto 'meio técnico', mas enquanto instrumento de poder e poder ela própria. Ela não é apenas um lugar por onde as mensagens circulam, mas um centro elaborador de mensagens. É um lugar onde se concretiza uma mentalidade que de outro modo não se saberia onde instalar. É através do espírito da televisão que se manifesta concretamente o espírito do novo poder."

Em "Ampliação do 'esboço' sobre a revolução antropológica na Itália":

"A cultura italiana mudou na vivência, no existencial, no concreto. A mudança consiste no fato de que a velha cultura de classe (com suas nítidas divisões: cultura da classe dominada, ou popular; cultura da classe dominante, ou burguesa, cultura das elites) foi substituída por uma nova cultura interclassista: que se exprime através do modo de ser dos italianos, através de sua nova qualidade de vida. As escolhas políticas, enxertadas no velho *humus* cultural, eram uma coisa; enxertadas neste novo *humus* cultural, são outra. O operário ou o camponês marxista dos anos quarenta ou cinquenta, na hipótese de uma vitória revolucionária, teriam mudado o mundo de um modo; hoje, na mesma hipótese, o mudariam de outro. Não quero fazer profecias, mas não escondo que sou desesperadamente pessimista. Quem manipulou e mudou radicalmente (antropologicamente) as grandes massas camponesas e operárias italianas é um novo poder, para mim muito difícil de definir: mas tenho certeza de que é o mais violento e totalitário que já existiu: ele muda a natureza das pessoas, alcança o mais profundo das consciências. Portanto, sob as escolhas conscientes, há uma escolha compulsória, 'comum a todos os italianos hoje em dia': sendo que a última só pode deformar as primeiras."

Em "Coração":

"O novo poder consumista e permissivo se valeu justamente das nossas conquistas mentais de laicos, de iluministas, de racionalistas, para construir o seu próprio arcabouço de falso laicismo, de falso iluminismo, de falsa racionalidade. Valeu-se das nossas dessacralizações para se libertar de um passado que, com todas as suas atrozes e idiotas sacralizações, já não lhe servia.

Mas em compensação esse novo poder levou ao limite extremo a sua única sacralidade possível: a sacralidade do consumo como rito e, naturalmente, da mercadoria como fetiche. Nada mais obsta tudo isso. O novo poder não tem mais nenhum interesse, ou necessidade, de mascarar com Religiões, Ideais e coisas do gênero o que Marx tinha desmascarado.

Como cães amestrados, os italianos absorvem imediatamente a nova ideologia irreligiosa e antissentimental do poder — tamanha é a força de atração e de convicção da nova qualidade de vida que o poder promete, e tamanha é, ao mesmo tempo, a força dos instrumentos de comunicação (especialmente a televisão) de que o poder dispõe. Como cães amestrados, os italianos em seguida aceitaram a nova sacralidade, inominada, da mercadoria e do seu consumo.

Nesse contexto, nossos velhos argumentos laicos, iluministas, racionalistas não apenas são inócuos e inúteis, como até mesmo fazem o jogo do poder. Dizer que a vida não é sagrada e que os sentimentos são tolices é fazer um enorme favor aos produtores. E é, além do mais, como se diz, chover no molhado. Os novos italianos não têm mais nada a ver com o sagrado; são todos, na prática — se ainda não na consciência — moderníssimos; e quanto aos sentimentos, estão se livrando rapidamente deles."

Por último, em "O coito, o aborto, a falsa tolerância do poder, o conformismo dos progressistas":

"Hoje, a liberdade sexual da maioria é na verdade uma convenção, uma obrigação, um dever social, uma ânsia social, uma característica irrenunciável da qualidade de vida do consumidor. Em suma, a falsa liberalização do bem-estar criou uma situação tão ou até mais insana que a dos tempos da pobreza. Na realidade:

1) O resultado de uma liberdade sexual 'oferecida' pelo poder é uma verdadeira neurose geral. A facilidade criou a obsessão; porque se trata de uma facilidade 'incutida' e imposta, derivada do fato de que a tolerância do poder concerne unicamente à exigência sexual expressa pelo conformismo da maioria. Protege unicamente o casal (não só o matrimonial, naturalmente); o casal acaba assim se tornando uma condição paroxística, em vez de se tornar um signo de liberdade e felicidade (como nas esperanças democráticas).

2) Em contrapartida, tudo o que é sexualmente 'diverso' é ignorado e repelido. Com uma violência só comparável à dos nazistas (ninguém, naturalmente, jamais lembra que as pessoas sexualmente diferenciadas acabaram ali dentro). É verdade que, pelas suas palavras, o novo poder estende sua falsa tolerância até às minorias. Não é sequer impossível que, mais cedo ou mais tarde, até se fale delas publicamente na televisão. De resto, as elites são muito mais tolerantes com relação às minorias sexuais do que em outros tempos, e o são sem dúvida sinceramente (mesmo porque isso lhes afaga a consciência). Em compensação, a enorme maioria (a massa: cinquenta milhões de italianos) tornou-se de uma intolerância tão grosseira, violenta e infame como certamente jamais ocorreu na história italiana. Nestes últimos anos, aconteceu, antropologicamente, um enorme fenômeno de abjuração: o povo italiano quer esquecer, junto com sua antiga pobreza, até sua 'real' tolerância: ou seja, não quer mais se lembrar dos dois fenômenos que melhor caracterizam toda a sua história. Essa história que o novo poder pretende extinguir para sempre. É essa mesma massa (disposta à chantagem, ao espancamento, ao linchamento das minorias) que, por decisão do poder, está agora passando por cima da velha convenção clérico-fascista, disposta a aceitar a legalização do aborto e, consequentemente, a abolição de todos os obstáculos à relação do casal consagrado."

Antecipo ao leitor e reproduzo aqui as palavras de Pasolini procurando evidenciar como seu trabalho de escrita se constitui pela intransigente relação entre um escritor e o Poder. A palavra é tomada num gesto radical absoluto.

Ao mesmo tempo em que se esforça persistentemente em delinear o Novo Poder, Pasolini usa a técnica da "confissão pública".[5] *Escritos corsários* é sua defesa contra o Novo Poder encarnado em políticos, jornalistas, escritores que, com diferentes modulações, usaram do linchamento para atacar sua figura pública, através de jornais e revistas. Mas Pasolini realiza também um outro movimento: por meio destes escritos, ele tenta se distanciar daquilo em que ele próprio se transformara aos olhos da sociedade, da cultura de massa: um *escândalo*. Os ensaios de *Escritos corsários* podem ser perfeitamente lidos como um ato de defesa e de distanciamento: expor tudo o que é "mantido sob controle, a sexualidade, os comportamentos privados, os pensamentos mais secretos".[6]

A Itália última de Pasolini são as ruínas de um "mundo antigo" que ele vê desaparecer, substituído por valores advindos da sociedade de consumo. Imerso nesse novo mundo, dedica-se a nomeá-lo incansavelmente.

É nesse sentido, o da necessidade de exposição — e, acrescentaria, de sobrevivência —, e dentro desse quadro testemunhal de viver entre destroços, que retomo o verso pasoliniano "jogar o corpo na luta" para transformá-lo em algo que altera sua natureza, pressentida e vivida pelo escritor nos últimos anos de sua vida: "jogar o corpo no luto".[7]

O conjunto das fotos encomendadas por Pasolini ao fotógrafo Dino Pedriali nos falam dessa sobreposição de significados — corpo em luta/corpo em luto.

---

[5] Marco Antonio Bazzocchi, *I buratini filosofi. Pasolini dalla letteratura al cinema* [Os fantoches filósofos. Pasolini da literatura ao cinema], Milão, Bruno Mondadori, 2007, p. 163.

[6] Marco Antonio Bazzocchi, *Esposizioni*, *op. cit.*, p. 8.

[7] Agradeço a Manoel Ricardo de Lima pela observação sobre a transformação da *luta* em *luto*.

As fotos foram tiradas na segunda e na terceira semana de outubro de 1975 (data muito próxima do assassinato do escritor, em 2 de novembro). A primeira sessão de fotos acompanha Pasolini enquanto trabalha em seu escritório, caminha pelas ruas desertas de Sabaudia, em meio àquela arquitetura algo fantástica, de marcas identificadas como fascistas (o "racionalismo italiano"), ou em pé, ao lado de seu carro, atravessando as ruas, num visível constrangimento ao ser captado pela câmera do fotógrafo.

A segunda sessão foi feita alguns dias depois. As fotos são da casa em que Pasolini viveu por pouco tempo, aos pés da Torre de Chia, uma velha construção do período medieval, próxima à cidade de Viterbo, que teria a função de refúgio para Pasolini naquele momento.[8] Dentro da casa, com enormes vidraças que se abrem para a vegetação dos bosques, Pasolini escreve, desenha sentado no chão (o perfil de um grande crítico de arte, seu ex-professor em Bolonha, Roberto Longhi), olha para a câmera e, por último, tira suas roupas e se faz fotografar nu: caminhando pelo quarto — franciscanamente ocupado (como toda a casa) por poucos móveis e quase sem nenhuma decoração —, abrindo a gaveta da cômoda, deitado, lendo um livro em mais de uma posição, e nu; e nu, olhando para a frente, se volta em direção ao fotógrafo que o observa e fotografa através da janela/parede de vidro. Nessa que é a última foto da sequência publicada, Pasolini põe as mãos ao redor dos olhos, como se procurasse o fotógrafo ou tentasse ver o que está muito longe, em um ponto tão distante que é quase indistinguível.

Indicações deixadas por Pasolini sugerem que essas fotos fariam parte do livro *Petróleo*, mas elas não foram suficientes para convencer os editores da primeira edição do romance a incluí-las. Elas poderiam, com certeza, e convincentemente, fazer parte também de *Escritos corsários*.

---

[8] No poema já citado, "Poeta das cinzas", Pasolini escreve: "(...) Ebbene, ti confiderò, prima di lasciarti,/ che io vorrei essere scrittore di musica,/ vivere con degli strumenti/ dentro la torre di Viterbo che non riesco a comprare" [(...) Muito bem, te confesso, antes de te deixar,/ que gostaria de ser compositor de música,/ viver com os instrumentos/ dentro da torre de Viterbo, que não consigo comprar].

Em todas as fotos, o rosto magro e envelhecido de Pasolini carrega um olhar que, num primeiro momento, deixa ver o constrangimento, secundado entretanto por outra impressão, a de que "Pasolini parece olhar o vazio, como se a humanidade tivesse desaparecido e ele permanecesse a última testemunha desse mundo em ruína".[9]

Diego Bentivegna, com muita precisão, afirma que "no último Pasolini há algo que é da ordem do não integrado, do irredutível, daquilo que não lhe permite coincidir com a ideia de presente". Mas, diz ele ainda,

> "não se trata de um posicionamento melancólico [...] ou de derrota, e sim algo da ordem de uma *anacronia* deliberada, como se Pasolini interviesse, a partir da poesia, do ensaio, do teatro ou do cinema, como uma espécie de testemunho, como um sobrevivente, num momento em que a Itália e grande parte do mundo ocidental vivia seu *milagre*: um momento de expansão econômica, de bem-estar e, ao mesmo tempo, do aumento crescente das tensões sociais e políticas."[10]

O crítico italiano Davide Luglio, ao escrever sobre Roland Barthes e Pasolini, escolhe Sócrates para realizar a aproximação entre os dois pensadores.

> "*Atopos*. Esse é o título sob o qual Roland Barthes insere a figura de Sócrates em *Fragmentos do discurso amoroso*. *Atopos* era o atributo dado a Sócrates por seus interlocutores, isto é, inclassificável, de uma originalidade sempre imprevista. Esta atopia é, para Barthes, ligada a Eros. É *atopos* o outro que amo e que me fascina; não posso classificá-lo porque é justamente único, a imagem singular que responde milagrosamente à especificidade do meu desejo. Por isto,

---

[9] Ver "Pasolini ritratto da Dino Pedriali", disponível em: <https://www.doppiozero.com/materiali/recensioni/pasolini-ritratto-da-dino-pedriali>.

[10] Disponível em: <http://diegobenti.blogspot.com/2015/>.

atopos é a figura da minha verdade; não de uma verdade estereotipada, que é sempre a verdade dos outros, mas da minha verdade. A atopia da verdade talvez tenha sido, em última instância, o que motivou a importância da figura de Sócrates para Pasolini (além de para Barthes e Foucault). 'Eu gostaria', declarava Pasolini ao final dos anos 60, 'que meu último filme fosse sobre Sócrates [...] alcançando assim um cinema desinteressado, absolutamente puro'. Sócrates é o modelo do raivoso não revolucionário com quem Pasolini, num primeiro momento, identifica sua mãe — 'minha mãe era como Sócrates para mim' — e, em seguida, a si mesmo."[11]

Bazzocchi nos lembra que Pasolini escreveu duas resenhas sobre Alexandros Panagoulis, nascido em 1939 e morto em 1976. Originário da Grécia, foi político e poeta com participação ativíssima na luta contra o Regime dos Coronéis gregos (1967-1974). Ficou conhecido por sua tentativa de assassinar o ditador Papadopoulos em 13 de agosto de 1968, mas também pela tortura a que foi submetido durante sua detenção.

Sobre o político/poeta grego insurgente, Pasolini escreve que, para ele, a literatura nasce de uma espécie de dissociação esquizoide: por um lado, está o magma concreto das torturas e violências a que Alexandros Panagoulis teve que se submeter; por outro, a força de um ideal político que não se perdeu jamais e que lhe permitiu suportar a dureza da prisão. E justamente por permanecer fiel a seu ideal, Alexandros se torna poeta e não desiste: "Ele se transformou em poeta através da tortura". Seu corpo escreveu o verdadeiro poema da sua vida.

Bazzocchi se pergunta: por que Pasolini recorre a esse curto-circuito entre corpo, tortura e obra poética? O que faz a ligação entre esses elementos em princípio tão pouco homogêneos?

"Para Pasolini, a transformação pela qual passou Panagoulis é a metáfora de uma transformação que o próprio Pasolini está buscan-

---

[11] Davide Luglio, "Lo scandalo del neutro: Pasolini oltre Barthes" [O escândalo do neutro: Pasolini para além de Barthes], Elettra Stimilli (org.), *Decostruzione o biopolitica?* [Desconstrução ou biopolítica?], Macerata, Quodlibet, 2017, p. 121.

do." E as fotos [de Pedriali] ganham o sentido da exposição máxima, a "exposição de si próprio que se liberta de toda e qualquer vontade de potência" através "do espetáculo público da própria abjuração, para afastar de si o peso de uma vida transcorrida e renegada".[12]

São essas as sombras que vemos ou intuímos existir por trás das fotos de Pedriali e das últimas obras ou projetos de Pasolini. As fotos são parte do projeto da "fala franca", do "dizer a verdade". É parte da prática de elaboração de um discurso verdadeiro que se articula a partir do estilo de vida que vai elaborando para si. O discurso verdadeiro deve, portanto, passar inevitavelmente pela descrição do Novo Poder e daquilo que ele é capaz de fazer. *Escritos corsários* é o exercício da descrição do Novo Poder — exercício político e de autoconfissão, ao mesmo tempo: aqui é possível compreender melhor o interesse de Pasolini por Sócrates, pelo tema caro ao filósofo da "verdadeira vida".

É admirável em Pasolini a radicalidade da palavra no incansável projeto da busca da verdade, não uma verdade qualquer, não uma verdade única, mas a verdade de si.

Porque os tempos só confirmaram, dentro e fora da Itália, a força do Novo Poder e o que é capaz de fazer com os não alinhados a ele, a leitura deste livro — que reúne textos escritos entre 1973 e 1975, amplamente comentados e discutidos pela sociedade italiana tanto na época de sua publicação como na contemporaneidade — é urgente.

* * *

Alguns dos artigos presentes neste livro já haviam aparecido em *Os jovens infelizes*, primeira coleção de ensaios de Pasolini publicada no Brasil (Brasiliense, 1990), organizada por Michel Lahud (1949-1992) e traduzida a quatro mãos por ele e por mim. Os textos daquele volume provinham, na sua maioria, de três livros do autor: *Escritos corsários*, *Lettere luterane* [Cartas luteranas] e *Descrizioni di descrizioni* [Descrições de descrições]. Ao se publicar, agora, a edição completa do primeiro deles, as traduções anteriores foram revistas e são

[12] Marco Antonio Bazzocchi, *Esposizioni*, *op. cit.*, pp. 9-10.

aqui apresentadas, ao mesmo tempo, como reconhecimento da importância desse trabalho de Lahud e também registro da falta que sua ausência faz.

A presente tradução se baseou na edição dos *Escritos corsários* constante do volume *Saggi sulla politica e sulla società*, em Pier Paolo Pasolini, *Tutte le opere*, Walter Siti (org.), Milão, Arnoldo Mondadori Editore, 2012. Respeitou-se, entretanto, o estabelecimento dos textos feito pelo autor, indicando-se com "(...)" os lugares em que os artigos sofreram cortes para sua publicação em forma de livro.

As notas da edição italiana fecham com (N. da E.); as da tradutora, com (N. da T.); e as de Pasolini, com (N. do A.).

ESCRITOS CORSÁRIOS

Nota introdutória

Confio a reconstrução deste livro ao leitor. É ele quem deve recompor os fragmentos de uma obra dispersa e incompleta. É ele quem deve reunir as passagens distantes que, porém, se integram. É ele quem deve organizar os momentos contraditórios, buscando neles seu caráter unitário. É ele quem deve eliminar as eventuais incoerências (ou seja, pesquisas ou hipóteses abandonadas). É ele quem deve substituir as repetições pelas eventuais variantes (ou, em outro sentido, acolher as repetições como anáforas apaixonadas).

Diante do leitor estão duas séries de escritos a cujas datas, justapostas, correspondem mais ou menos: uma "série" de escritos *primeiros*, e uma "série" mais humilde de escritos integrativos, corroborantes, documentais. O olho deve evidentemente correr de uma "série" à outra. Nunca nos meus livros anteriores, como neste de escritos jornalísticos, tinha me acontecido esperar do leitor o tão necessário ímpeto filológico. O ímpeto menos difuso do momento. Naturalmente, o leitor é remetido também para fora das "séries" de escritos contidos no livro. Por exemplo, aos textos dos interlocutores com quem polemizo ou a quem obstinadamente replico ou respondo. Além disso, faltam por completo, ao leitor que deve reconstruir a obra, materiais que são, contudo, fundamentais. Me refiro sobretudo a um grupo de poemas ítalo-friulanos. Mais ou menos no período que compreende, na primeira "série", o artigo dedicado ao discurso sobre o jeans Jesus (17/5/1973) e o artigo sobre a mutação antropológica dos italianos (10/6/1974), e, na "série" paralela, a resenha de *Um pouco de febre*, de Sandro Penna (10/6/1973), e a de *Eu sou poeta*, de Ignazio Buttitta (11/1/1974) — foi publicado no *Paese Sera* (5/1/1974) — seguindo minha nova tradição, ítalo-friulana justamente, inaugurada no *La Stampa* (16/12/1973) — um conjunto de textos poéticos que são o nexo essencial não só entre as duas "séries" mas também dentro da primeira "série", isto é, do discurso mais atual deste livro. Não poderia compilar aqui aqueles poemas, que não são "corsários" (ou o são muito mais). Portanto o leitor é remetido a eles, seja nos endereços já citados, seja naquele em que encontraram colocação definitiva, isto é, o livro *A nova juventude* (Einaudi Editore, 1975).

Pier Paolo Pasolini [1975]

O "discurso" dos cabelos

(7 de janeiro de 1973)[1]

A primeira vez que vi os cabeludos foi em Praga.[2] No hall do hotel onde estava hospedado entraram dois jovens estrangeiros com os cabelos compridos até os ombros. Atravessaram o hall, dirigiram-se a um canto um pouco apartado e sentaram a uma mesa. Ficaram sentados ali durante uma meia hora, observados pelos clientes, por mim inclusive; depois foram embora. Tanto ao cruzarem com as pessoas apinhadas no hall, quanto durante o tempo em que estiveram sentados em seu canto apartado, os dois não disseram uma só palavra (talvez — embora não me lembre bem — tivessem cochichado alguma coisa entre si; mas, suponho, algo de estritamente prático, inexpressivo).

Naquela situação particular — que era plenamente política, ou social, e, até diria, oficial — eles não tinham, na verdade, nenhuma necessidade de falar. Seu silêncio era rigorosamente funcional. E isso simplesmente porque a fala era supérflua. Ambos, de fato, usavam para se comunicar com os presentes, com os observadores — com seus irmãos

---

[1] Publicado no *Corriere della Sera* com o título "Contro i cappeli lunghi" [Contra os cabelos compridos]. Responderam ao artigo de Pasolini Adolfo Chiesa ("Pasolini e i capelloni" [Pasolini e os cabeludos], *Paese Sera*, 11/1/1973), Carlo Manzoni ("Cosa dicono i capelli lunghi a Pipì" [O que os cabelos compridos dizem a PP], *Candido*, 18/1/1973) e Giuseppe Prezzolini ("Prezzolini responde a Pasolini sui capelloni" [Prezzolini responde a Pasolini sobre os cabeludos], *Corriere della Sera*, 21/1/1973). (N. da E.)

[2] A estada em Praga a que Pasolini faz referência ocorreu em janeiro de 1965; tanto no livro de Pasolini *Divina mimesis* como em *Bestia da stile* [Animal do estilo] há referências a essa viagem. (N. da E.)

daquele momento —, uma linguagem diferente daquela composta de palavras.

Aquilo que substituía a tradicional linguagem verbal, tornando-a supérflua — e encontrando, de resto, um lugar imediato no amplo domínio dos "signos", ou seja, no âmbito da semiologia — era *a linguagem dos cabelos.*

Tratava-se de um signo único — precisamente o comprimento de seus cabelos, que caíam sobre os ombros — no qual estavam concentrados todos os signos possíveis de uma linguagem articulada. Qual era o sentido de sua mensagem silenciosa e exclusivamente física?

Era o seguinte: "Somos dois cabeludos. Pertencemos a uma nova categoria humana que está neste momento aparecendo no mundo, que tem seu centro nos Estados Unidos e que, na província (como por exemplo — ou melhor, sobretudo — aqui em Praga), é desconhecida. Para vocês, portanto, somos uma Aparição. Exercemos nosso apostolado, já plenos de um saber que nos farta e nos exaure totalmente. Nada temos a acrescentar oral e racionalmente àquilo que física e ontologicamente dizem nossos cabelos. Graças também ao nosso apostolado, o saber de que estamos plenos pertencerá também a vocês um dia. Por enquanto é uma novidade, uma grande novidade, que cria no mundo, junto com o escândalo, uma expectativa: a qual não será traída. Têm razão os burgueses em nos olhar com ódio e terror, porque aquilo em que consiste o comprimento de nossos cabelos contesta-os de forma absoluta. Mas não nos tomem por pessoas mal-educadas e selvagens: estamos conscientes de nossa responsabilidade. Não olhamos para vocês, ficamos na nossa. Façam vocês o mesmo e aguardem os acontecimentos".

Fui destinatário dessa comunicação, e fui também logo capaz de decifrá-la: aquela linguagem desprovida de léxico, de gramática e de sintaxe podia ser apreendida imediatamente, mesmo porque, semiologicamente falando, ela nada mais era do que uma forma daquela "linguagem da presença física" que os homens, desde sempre, têm sido capazes de usar.

Compreendi e senti uma imediata antipatia por aqueles dois.

Depois tive que engolir minha antipatia e defender os cabeludos

dos ataques da polícia e dos fascistas. Por princípio, fiquei naturalmente do lado do Living Theatre, dos *beats* etc.; e o princípio que me fazia ficar do lado deles era um princípio rigorosamente democrático.

Os cabeludos tornaram-se bastante numerosos — como os primeiros cristãos — mas continuavam misteriosamente silenciosos; seus cabelos compridos eram sua única e verdadeira linguagem, e pouco importava acrescentar-lhe alguma outra coisa. O seu dizer coincidia com o seu ser. A inefabilidade era a *ars rhetorica* do seu protesto.

Com a linguagem inarticulada, constituída pelo signo monolítico dos cabelos, o que diziam os cabeludos nos anos 66-67?

Diziam o seguinte: "A civilização de consumo nos enojou. Protestamos de modo radical. Através da recusa, criamos um anticorpo a essa civilização. Tudo parecia caminhar para o melhor, não é? Nossa geração deveria ser uma geração de integrados? Pois então vejam como as coisas se passam na realidade. Nós opomos a loucura a um destino de 'executivos'. Criamos novos valores religiosos na entropia burguesa, justamente no momento em que ela estava se tornando perfeitamente laica e hedonista. Fazemos isso com um clamor e uma violência revolucionária (violência de não violentos!) porque nossa crítica em relação a nossa sociedade é total e intransigente".

Se interrogados segundo o sistema tradicional da linguagem verbal, não creio que eles tivessem sido capazes de exprimir de modo tão articulado o tema de seus cabelos; mas o fato é que, em substância, era isso o que eles exprimiam. Quanto a mim, embora suspeitasse desde então que seu "sistema de signos" fosse produto de uma subcultura de protesto que se opunha a uma subcultura de poder, e que a sua revolução não marxista fosse suspeita, continuei por um tempo do lado deles, acolhendo-os ao menos no elemento anárquico da minha ideologia.

A linguagem daqueles cabelos exprimia, mesmo que inefavelmente, "coisas" de Esquerda. Possivelmente da Nova Esquerda, nascida *no interior* do universo burguês (numa dialética criada talvez artificialmente por aquele espírito que regula, fora da consciência dos poderes particulares e históricos, o destino da Burguesia).

Chegou 1968. Os cabeludos foram absorvidos pelo Movimento Estudantil; desfraldaram bandeiras vermelhas sobre as barricadas. Sua linguagem exprimia cada vez mais "coisas" de Esquerda (Che Guevara era cabeludo etc.).

Em 1969 — com o massacre de Milão, a Máfia, os emissários dos coronéis gregos, a cumplicidade dos ministros, as maquinações da Extrema Direita, os provocadores — os cabeludos tinham proliferado enormemente: embora ainda não fossem numericamente maioria, eram-no todavia pelo peso ideológico que tinham adquirido. Os cabeludos agora já não eram mais silenciosos: não delegavam ao sistema simbólico de seus cabelos toda a sua capacidade comunicativa e expressiva. Ao contrário, a presença física dos cabelos fora, de certo modo, rebaixada a mera função distintiva. O uso tradicional da linguagem verbal entrou de novo em funcionamento. E não digo verbal por puro acaso. Ao contrário, o sublinho. Falou-se tanto entre 1968 e 1970, tanto, que por um bom tempo se poderá prescindir disso: deu-se largas à verbalidade, e o verbalismo tornou-se a nova *ars rhetorica* da revolução (esquerdismo, doença verbal do marxismo!).

Embora os cabelos — reabsorvidos na fúria verbal — já não mais falassem com autonomia aos destinatários desconcertados, ainda encontrei forças para aguçar minhas capacidades decodificadoras, e na balbúrdia procurei dar ouvidos ao discurso silencioso, e evidentemente não interrompido, daqueles cabelos cada vez mais compridos.

O que eles diziam agora? Diziam: "Sim, é verdade, dizemos coisas de Esquerda; nosso sentido — embora puramente paralelo ao sentido das mensagens verbais — é um sentido de Esquerda... Mas... Mas...".

O discurso dos cabelos compridos parava aí: eu devia completá-lo por mim mesmo. Com aquele "mas" queriam evidentemente dizer duas coisas: 1) "A nossa inefabilidade se revela cada vez mais de tipo irracionalista e pragmático: a primazia que atribuímos silenciosamente à ação é de caráter subcultural e, portanto, substancialmente de direita". 2) "Fomos adotados também pelos provocadores fascistas, que se misturam aos revolucionários verbais (mas o verbalismo também pode levar à ação, sobretudo quando a mitifica): e constituímos uma máscara perfeita, não só do ponto de vista físico — nosso fluxo e nossa ondulação desordenada tende a padronizar todos os rostos — mas também do ponto de vista cultural: de fato, uma subcultura de Direita pode muito bem ser confundida com uma subcultura de Esquerda".

Compreendi em suma que a linguagem dos cabelos compridos já não mais exprimia "coisas" de Esquerda, mas sim qualquer coisa de equívoco, Direita-Esquerda, que tornava possível a presença dos provocadores.

Há uns dez anos, pensava eu, a presença de um provocador da geração precedente entre nós era quase inconcebível (a não ser que ele fosse um ator extraordinário): na verdade, a sua subcultura se distinguiria, *até mesmo fisicamente*, da nossa cultura. Teria sido reconhecido pelos olhos, pelo nariz, *pelos cabelos*. Teria sido desmascarado imediatamente, e imediatamente teríamos lhe dado a lição que merecia. Isso agora já não é mais possível. Ninguém no mundo poderia distinguir pela presença física um revolucionário de um provocador. Esquerda e Direita fundiram-se fisicamente.

Chegamos ao ano de 1972.

Em setembro, encontrava-me na cidade de Isfahan, no coração da Pérsia. País subdesenvolvido, como se diz horrivelmente, mas, como se diz de modo igualmente horrendo, em plena via de desenvolvimento.

Sobre a Isfahan de dez anos atrás — uma das cidades mais belas do mundo, se não a mais bela — nasceu uma Isfahan nova, moderna e feíssima. Mas nas ruas, a trabalho ou a passeio, viam-se ao anoitecer os rapazes que se viam na Itália há uns dez anos: crianças dignas e humildes, com suas belas nucas, seus belos rostos límpidos sob altivos topetes inocentes. E eis que uma noite, caminhando pela rua principal, vi entre todos aqueles rapazes antigos, belíssimos e cheios da antiga dignidade humana, dois seres monstruosos: não eram propriamente cabeludos, mas seus cabelos tinham sido cortados à europeia, compridos atrás, curtos na frente, enchumaçados e grudados artificialmente ao redor da cara com dois tufos repelentes acima das orelhas.

O que diziam esses seus cabelos? Diziam: "Não pertencemos ao número destes mortos de fome, destes pobretões subdesenvolvidos que continuam vivendo na era dos bárbaros! Somos funcionários de banco, estudantes, filhos de gente rica, que trabalha nas companhias de petróleo; conhecemos a Europa, somos informados. Somos burgueses: eis aqui nossos cabelos compridos, que provam nossa modernidade internacional de privilegiados!".

Aqueles cabelos compridos aludiam portanto a "coisas" de Direita.

Completou-se o ciclo. A subcultura do poder absorveu a subcultura da oposição e a tornou sua: com habilidade diabólica, fez pacientemente dela uma moda que, se não pode ser chamada propriamente de fascista no sentido clássico da palavra, é, porém, verdadeiramente de "extrema direita".

Concluo amargamente. As máscaras repugnantes que os jovens colocam na cara, e que os tornam asquerosos como as putas velhas de uma iconografia iníqua, recriam objetivamente em suas fisionomias aquilo que eles só verbalmente condenaram para sempre. De repente, ressurgiram as velhas caras de padres, de juízes, de oficiais, de anarquistas fajutos, de funcionários fanfarrões, de Azzeccagarbugli, de Dom Ferrante,[3] de mercenários, de vigaristas, de canalhas bem-pensantes. Quer dizer, a condenação radical e indiscriminada que eles pronunciaram contra seus pais — que são a história em evolução e a cultura precedente —, erguendo contra eles uma barreira intransponível, acabou por isolá-los, impedindo-os de manter com seus pais uma relação dialética. Ora, só através de tal relação dialética — ainda que dramática e exacerbada — é que eles teriam podido tomar uma real consciência histórica de si mesmos, seguir adiante e "superar" os pais. Ao invés disso, o isolamento no qual se fecharam — como num mundo à parte, num gueto reservado à juventude — os manteve resistentes à sua própria e ineludível realidade histórica: e isso implicou — fatalmente — um retrocesso. Eles na verdade regrediram para antes de seus pais, ressuscitando em suas almas os terrores e conformismos e, em seu aspecto físico, o convencionalismo e a miséria que pareciam superados para sempre.

Agora, portanto, os cabelos compridos, em sua linguagem inarticulada e obsessa, de signos não verbais, em sua vandálica iconicidade, dizem as "coisas" da televisão ou da publicidade, onde se tornou ab-

---

[3] Personagens intriguistas do romance histórico *Os noivos*, de Alessandro Manzoni (1785-1873) [ed. bras.: São Paulo, Nova Alexandria, 2012, tradução de Francisco Degani). (N. da T.)].

solutamente inconcebível imaginar um jovem que não tenha os cabelos compridos: fato que hoje seria escandaloso para o poder.

Sinto um desprazer imenso e sincero em dizê-lo (até mesmo um puro e verdadeiro desespero): atualmente, milhares e milhares de caras de jovens italianos se assemelham cada vez mais à cara de Merlino.[4] Sua liberdade de usar os cabelos como bem entendem já não é defensável, porque já não é liberdade. É, pelo contrário, chegada a hora de dizer aos jovens que seu modo de se pentear é horrível, porque servil e vulgar. Mais ainda, é chegada a hora de eles mesmos se darem conta disso e se libertarem dessa sua ânsia condenável de se aterem à ordem degradante da horda.

[4] Mario Merlino militou entre 1962 e 1968 em grupos de extrema direita (Avanguardia Nazionale [Vanguarda Nacional], Giovane Italia [Jovem Itália], Ordine Nuovo [Ordem Nova]), estreitando relações com os fascistas Stefano Delle Chiaie, Pino Rauti e Giulio Caradonna. Esteve presente em inúmeros confrontos em Roma; em 1968 participou da ocupação da Faculdade de Letras, tomada pelos estudantes. (N. da E.)

Análise linguística de um *slogan*

(17 de maio de 1973)[5]

A linguagem da fábrica é por definição uma linguagem puramente comunicativa: os "lugares" onde é produzida são aqueles onde a ciência é "aplicada", isto é, lugares de pragmatismo puro. Os técnicos usam entre si um jargão especializado, é claro, mas numa função estritamente, rigidamente comunicativa. O padrão linguístico que vigora *dentro* da fábrica tende a se expandir também para fora: é claro que aqueles que produzem querem manter com aqueles que consomem uma relação de negócios absolutamente clara.

Existe apenas um caso de expressividade — mas de expressividade aberrante — na linguagem puramente comunicativa da indústria. É o caso do *slogan*. De fato, para impressionar e convencer, o *slogan* deve ser expressivo. Mas sua expressividade é monstruosa porque se torna imediatamente estereotipada e se fixa numa rigidez que é o contrário da expressividade, que é eternamente mutável e se oferece a uma interpretação infinita.

A falsa expressividade do *slogan* é assim o ponto extremo de uma língua técnica que substitui a língua humanista. É o símbolo da vida linguística do futuro, isto é, de um mundo inexpressivo, sem particu-

---

[5] Publicado no *Corriere della Sera* com o título "Il folle slogan dei jeans Jesus" [O insano *slogan* do jeans Jesus]. O *slogan* dos jeans Jesus, que acompanhava a foto de Oliviero Toscani, era de Emanuele Pirella. No *Osservatore Romano* de 7-8 de maio de 1973 foi publicada uma nota sem assinatura, intitulada "Stupirsi?" [Surpreender-se?], em que se atacava o *slogan* ("cuja furiosa estupidez não é suficiente para anular a ofensa ao sagrado"). (N. da E.)

larismos nem diversidade de culturas, perfeitamente padronizado e aculturado. De um mundo que para nós, últimos depositários de uma visão múltipla, magmática, religiosa e racional da vida, parece ser um mundo de morte.

Mas é possível prever um mundo tão negativo? É possível prever um futuro como "fim de tudo"? Alguns — como eu — tendem a isso, por desespero: o amor pelo mundo em que viveram e que experimentaram os impede de pensar num outro igualmente real, e de imaginar que possam ser criados outros valores análogos àqueles que tornaram preciosa uma existência. Essa visão apocalíptica do futuro é justificável, mas provavelmente injusta.

Pode parecer loucura, mas um *slogan* recente, o dos jeans Jesus, que se tornou célebre instantaneamente ("Não terás outro jeans além de mim"), aparece como um fato novo, como uma exceção ao padrão fixo do *slogan*, revelando uma possibilidade expressiva imprevista e indicando uma evolução diversa daquela que as convenções — rapidamente adotadas pelos desesperados que querem perceber o futuro como morte — muito razoavelmente faziam prever.

Veja-se a reação do *Osservatore Romano*[6] a esse *slogan*: com seu italianeco antiquado, espiritualista e um tanto néscio, o articulista do *Osservatore* entoa uma jeremiada, nada bíblica, é claro, fazendo-se de pobre vítima indefesa e inocente. É o mesmo tom com que são redigidas, por exemplo, as lamúrias contra a crescente imoralidade da literatura ou do cinema. Mas nesses casos o tom chorão e conformista oculta a vontade ameaçadora do poder: de fato, enquanto o articulista, fazendo-se de cordeirinho, se lamenta em seu italiano afetado, o poder opera às suas costas para suprimir, anular, esmagar os réprobos responsáveis por aquele padecimento. Os magistrados e os policiais estão em alerta; o aparelho estatal logo se coloca diligentemente a serviço do espírito. Às jeremiadas do *Osservatore* seguem-se os procedimentos legais do poder: imediatamente o escritor ou cineasta blasfemo é atingido e reduzido ao silêncio.

[6] Jornal oficial do Vaticano. (N. da T.)

Em suma, nos casos de uma revolta de tipo humanista — possível no âmbito do velho capitalismo e da primeira revolução industrial —, a Igreja tinha a possibilidade de intervir e de reprimir, contradizendo brutalmente uma certa vontade formalmente democrática e liberal do poder estatal. O mecanismo era simples: uma parte desse poder — por exemplo, a magistratura e a polícia — assumia uma função conservadora ou reacionária, e, como tal, colocava automaticamente seus instrumentos de poder a serviço da Igreja. Existe portanto um duplo conluio nessa relação entre Igreja e Estado: por seu lado, a Igreja aceita o Estado burguês — no lugar do monárquico ou feudal — concedendo-lhe o seu consenso e o seu apoio, sem o que, até hoje, o poder estatal não teria podido subsistir; para isso, entretanto, a Igreja devia admitir e aprovar a exigência liberal e a formalidade democrática: coisas que admitia e aprovava somente com a condição de obter do poder a tácita autorização de limitá-las e de suprimi-las. Autorização que, por outro lado, o poder burguês concedia de muito bom grado. De fato, seu pacto com a Igreja, enquanto *instrumentum regni*, consistia exatamente nisto: em mascarar seu próprio e substancial iliberalismo e seu próprio e substancial antidemocratismo, confiando a função iliberal e antidemocrática à Igreja, aceita de má-fé como instituição religiosa superior. A Igreja, em suma, fez um pacto com o diabo, isto é, com o Estado burguês. Não existe, de fato, contradição mais escandalosa do que entre religião e burguesia: esta última, no fundo, mais do que o poder monárquico ou feudal, é o contrário da religião. Por isso o fascismo, enquanto momento regressivo do capitalismo, era objetivamente menos diabólico, do ponto de vista da Igreja, do que o regime democrático: o fascismo era uma blasfêmia, mas não minava a Igreja por dentro, porque se tratava de uma *falsa* nova ideologia. A Concordata[7] não foi um sacrilégio nos anos 30, mas hoje o é; pois se o fascismo nem sequer arranhou a Igreja, o neocapitalismo hoje a destrói. A aceitação do fascismo foi um episódio atroz: a aceitação da civilização burguesa capitalista é um fato definitivo, cujo cinismo não é apenas uma mácu-

[7] A *Concordata* fez parte dos Pactos Lateranenses, assinados em 11 de fevereiro de 1929 pelo papa Pio XI e Benito Mussolini, e definia as mútuas relações entre a Igreja e o Estado italiano. (N. da T.)

la a mais entre as tantas da história da Igreja, mas um erro histórico que a Igreja pagará provavelmente com a sua decadência. Ela de fato não percebeu — na sua ânsia cega de estabilização e fixação eterna de sua própria função institucional — que a Burguesia representava um novo espírito que não é, por certo, o espírito fascista: um espírito novo, que de início competiria com o espírito religioso (ressalvando dele apenas o clericalismo) e depois acabaria tomando-lhe o lugar para fornecer aos homens uma visão total e única da vida (sem precisar mais do clericalismo como instrumento do poder).

É verdade: como eu dizia, às lamúrias patéticas do articulista do *Osservatore* segue-se imediatamente — nos casos de oposição "clássica" — a ação da magistratura e da polícia. Mas é um caso de sobrevivência. O Vaticano ainda encontra velhos que lhe são fiéis no aparato do poder estatal: mas são, justamente, velhos. O futuro não pertence nem aos velhos cardeais, nem aos velhos políticos, nem aos velhos magistrados, nem aos velhos policiais. O futuro pertence à jovem burguesia, que não precisa mais dos instrumentos clássicos para deter o poder; que não sabe mais o que fazer com uma Igreja já exaurida pelo fato de pertencer àquele mundo humanista do passado, que constitui um obstáculo à nova revolução industrial. O novo poder burguês, de fato, requer dos consumidores um espírito totalmente pragmático e hedonista: só num universo tecnicista e puramente terreno o ciclo da produção e do consumo pode se realizar segundo sua própria natureza. Para a religião, e sobretudo para a Igreja, não há mais espaço. A luta repressiva que o novo capitalismo ainda trava por intermédio da Igreja é uma luta retardada, fadada, na lógica burguesa, a ser muito em breve vencida, com a consequente dissolução natural da Igreja.

Parece loucura, repito, mas o caso dos jeans Jesus é um indício de tudo isso. Aqueles que produziram esses jeans e os lançaram no mercado, usando pragmaticamente como *slogan* um dos dez mandamentos, demonstram — provavelmente com certa falta de sentimento de culpa, isto é, com a inconsciência daqueles a quem certos problemas já não se colocam mais — terem ultrapassado os limites dentro dos quais se inscreve nossa forma de vida e nosso horizonte mental.

No cinismo desse *slogan* existe uma intensidade e uma inocência de tipo absolutamente novo, mesmo que seu amadurecimento provavelmente se tenha processado ao longo das últimas décadas (em menos tempo na Itália). Em seu laconismo de fenômeno já completo e definitivo, e revelado de chofre à nossa consciência, ele diz precisamente que os novos industriais e os novos técnicos são completamente laicos, mas de uma laicidade sem nenhuma medida comum com a religião. Tal laicidade é um novo valor nascido na entropia burguesa, onde a religião como autoridade e forma de poder está se deteriorando, sobrevivendo apenas enquanto produto natural de enorme consumo e forma folclórica ainda explorável.

Mas o interesse desse *slogan* não é só negativo, ele não revela apenas o modo novo como a Igreja está sendo brutalmente reduzida àquilo que ela realmente representa hoje em dia. Existe nele um interesse também positivo, a saber, a possibilidade imprevista de ideologizar, tornando assim expressiva, a linguagem do *slogan* e, portanto, presumivelmente, a de todo o mundo tecnológico. O espírito blasfemo desse *slogan* não se limita a uma evidência, a uma mera observação que fixa a expressividade em pura comunicatividade. Ele é algo mais do que um mero achado desabusado (cujo modelo é o anglo-saxão *Jesus Cristo Superstar*); pelo contrário, ele se presta a uma interpretação que não pode ser senão infinita: ele conserva portanto no *slogan* os caracteres ideológicos e estéticos de sua expressividade. Quer dizer talvez que até o futuro, que a nós — religiosos e humanistas — aparece como fixação e morte, será, de um modo novo, história; que a exigência de pura comunicatividade da produção será de certo modo contradita. De fato, o *slogan* desses jeans não se limita a comunicar a necessidade do consumo, mas se apresenta decididamente como a Nêmesis — mesmo que inconsciente — que castiga a Igreja pelo seu pacto com o diabo. O articulista do *Osservatore* desta vez se encontra verdadeiramente indefeso e impotente; mesmo que porventura a magistratura e os policiais, acionados súbita e cristãmente, consigam arrancar dos muros da nação esse cartaz e esse *slogan*, trata-se de todo modo de um fato irreversível, embora talvez muito antecipado: o seu espírito é o novo espírito da segunda revolução industrial e da mutação de valores que dela decorre.

A primeira, verdadeira revolução de direita

(15 de julho de 1973)[8]

Em 1971-72 teve início um dos períodos de reação mais violentos e talvez mais definitivos da história. Nele coexistem duas naturezas: uma é profunda, substancial e absolutamente nova; a outra é epidérmica, contingente e velha. A natureza profunda dessa reação dos anos 70 é portanto irreconhecível; a natureza exterior, ao contrário, é bem reconhecível. Não há de fato quem não a caracterize como ressurgimento do fascismo — em todas as suas formas, inclusive as formas decrépitas do fascismo mussoliniano e do tradicionalismo clérico-liberal, se pudermos usar esta definição tão inédita quanto óbvia.

Este aspecto da restauração (que é, porém, um termo impróprio no nosso contexto, porque na realidade nada de importante foi restaurado) é um cômodo pretexto para ignorar o outro aspecto, mais profundo e real, que escapa a quaisquer de nossos hábitos interpretativos. Ele é apreendido só empírica e fenomenologicamente pelos sociólogos ou pelos biólogos, que naturalmente suspendem o juízo, ou então o tornam ingenuamente apocalíptico.

A restauração ou reação real iniciada em 1971-72 (depois do intervalo de 1968) é na verdade uma revolução. Por isso não restaura nada e não volta a nada; antes tende literalmente a cancelar o passado, com seus "pais", suas religiões, suas ideologias e suas formas de vida (reduzidas hoje a mera sobrevivência). Esta revolução de direita, que destruiu, antes de qualquer outra coisa, a direita, aconteceu factual-

---

[8] Publicado no *Tempo* com o título "Pasolini giudica i temi di italiano" [Pasolini avalia os temas das provas de italiano]. [N. da E.]

mente, pragmaticamente. Através de uma progressiva acumulação de novidades (quase todas decorrentes da aplicação da ciência), e iniciada pela revolução silenciosa das infraestruturas.

Naturalmente a luta de classes não cessou em todos esses anos; e naturalmente ainda continua. E, de fato, esse é o aspecto exterior dessa reação revolucionária, aspecto exterior que se apresenta justamente nas formas tradicionais da direita fascista e clérico-liberal.

Enquanto a reação primeira destrói revolucionariamente (em relação a si própria) todas as velhas instituições sociais — família, cultura, língua, Igreja — a reação segunda (da qual, temporariamente, a primeira se serve para poder se efetivar, protegida da luta de classes direta) se desdobra para defender tais instituições dos ataques dos operários e dos intelectuais. E assim esses são anos de falsa luta, sobre temas da restauração clássica, nos quais ainda acreditam tanto seus mensageiros como seus opositores. Enquanto, sem que ninguém percebesse, a "verdadeira" tradição humanista (não aquela falsa dos ministérios, das academias, dos tribunais e das escolas) é destruída pela nova cultura de massa, pela nova relação instituída pela tecnologia — com perspectivas agora seculares — entre produto e consumo; e a velha burguesia paleoindustrial está cedendo lugar a uma burguesia nova que inclui, cada vez mais e mais profundamente, também as classes operárias, tendendo por fim à identificação da burguesia com a humanidade.

Esse estado de coisas é aceito pela esquerda: porque não há outra alternativa a tal aceitação a não ser permanecer fora do jogo. Daí o genérico otimismo das esquerdas, a tentativa vital de se incorporar ao novo mundo — totalmente diverso de qualquer mundo precedente — criado pela civilização tecnológica. Os esquerdistas vão ainda mais longe em tal ilusão (arrogantes e triunfalistas como são), atribuindo a essa nova forma de história criada pela civilização tecnológica uma potencialidade milagrosa de recuperação e de regeneração. Eles estão convencidos de que este plano diabólico da burguesia que tende a reduzir a si o universo inteiro, incluídos os operários, acabará por levar à explosão dessa entropia, e a última fagulha da consciência operária será capaz, então, de fazer ressurgir de suas cinzas aquele mundo explodido (por sua própria culpa) em uma espécie de palingênese (velho sonho burguês-cristão dos comunistas não operários).

Todos portanto fingem não ver (ou talvez não vejam realmente) qual é a verdadeira, a nova reação, e assim todos lutam contra a velha reação que a mascara. Os temas da prova de italiano apresentados para os últimos exames de maturidade[9] são um exemplo do falso dilema e da falsa luta que acabo de delinear. Da parte das autoridades, houve evidentemente, antes de qualquer outra coisa, uma tácita negociação: a direita tradicionalista concedeu algo aos moderados e progressistas, e estes últimos concederam algo à direita tradicionalista, e desse modo o mundo acadêmico e ministerial clérico-liberal se manifestou plenamente.

Ao tema liberalizante proposto pela frase empolada de Croce[10] se opõe o tema fatalístico, extrapolado vandalisticamente de De Sanctis;[11] à leitura de uma cidade, que só pode ser moderna, mesmo se de caráter agnóstico e sociológico, se opõe a leitura meramente escolar de Pascoli e D'Annunzio etc. etc.[12]

---

[9] Provas a que são submetidos os jovens italianos ao final do ciclo médio. O "exame de maturidade" é etapa obrigatória para o acesso à universidade. (N. da T.)

[10] A "frase empolada de Croce" proposta pelos temas de italiano para o exame de maturidade de julho de 1973 era a seguinte: "Ciò che l'uomo ha ereditado dai suoi padri deve riguadagnarselo con propri sforzi per possederlo saldamente" [Aquilo que o homem herdou de seus pais deve ser sempre reconquistado com seus próprios esforços para que venha realmente a consolidar-se]. (N. da E.) Benedetto Croce (1856-1952). Filósofo neoidealista italiano, além de historiador, crítico literário e político, foi figura central na cultura italiana durante boa parte do século XX. (N. da T.)

[11] A frase de De Sanctis a respeito de Leopardi para ser comentada era a seguinte: "Leopardi ebbe tanta possanza d'intelligenza e di sentimento che poté ricercare in sé quel mondo che gli mancava al di fuori e dargli una compiuta vita poetica" [Leopardi teve tamanha força de inteligência e de sentimento que pôde buscar em si próprio o mundo que lhe faltava e dar-lhe toda uma vida poética]. (N. da E.) Francesco De Sanctis (1817-1883), considerado o mais importante crítico e historiador da literatura italiana do século XIX, atuou também na política, tendo sido ministro da Educação. (N. da T.)

[12] Giovanni Pascoli (1855-1912), poeta italiano do final do século XIX. Com ampla bibliografia já estabelecida, teve sua obra reavaliada por Pasolini, que escreveu sobre ele seu trabalho final de graduação, apresentado em 26/11/1945. Cf. Pier Paolo Pasolini, *Antologia della lirica pascoliana. Introduzione e commenti* [Antologia da lírica pascoliana. Introdução e comentário] (Marco A. Bazzocchi [org.], Turim, Einaudi, 1993). Gabriele D'Annunzio (1863-1938), escritor, poeta, dramaturgo, jornalista,

O falseamento, porém, é absoluto. Todos aqueles que inventaram esses belos temas limitaram-se a um tradicionalismo e a um reformismo clássicos, ignorando, de comum acordo, que se trata de termos de referência absolutamente sem relação com a realidade.

Os "pais" de que se fala na frase de Croce são pais que faziam sentido para os filhos do final do século XIX ou do XX, até dez anos atrás; hoje, não (mesmo se os filhos, como veremos, não o sabem ou pouco sabem). Do ponto de vista semântico, o termo "pai" começou a mudar, naturalmente com Freud e a psicanálise, e por isso a "herança" do pai não é mais necessariamente um dado positivo; pode, aliás, ser licitamente interpretado como totalmente negativo. O termo "pai" mudou ainda mais através da análise marxista da sociedade: os "pais" aos quais Croce candidamente se refere são aprazíveis senhores burgueses (como ele) com barbas solenes e veneradas cãs, diante de mesas cheias de papéis, ou sentados dignamente em cadeiras douradas: são, em suma, os pais do privilégio e do poder. Não há uma mínima referência a pais lixeiros ou pedreiros, camponeses ou mineradores, metalúrgicos ou torneiros, ou mesmo ladrões e vagabundos. A herança sobre a qual se fala é uma herança classista de pais "classistamente" definidos. São, sem dúvida, necessários muitos esforços para dar continuidade aos privilégios "eficazmente". Mas, deixando de lado tudo isso (que eu poderia já ter observado dez ou quinze anos atrás), há algo totalmente novo: é justamente o verdadeiro novo poder que não quer mais saber de semelhantes pais. É justamente esse novo poder que não quer mais que os filhos tomem posse de semelhantes heranças ideais.

A relação, portanto, entre quem determinou o tema e quem o desenvolveu, é uma relação que se dá naquela margem de falso poder que o poder real ainda concede a seus defensores e a seus adversários para que se desfaçam, academicamente, dos velhos sentimentos.

Mesmo o maravilhoso direito à "interiorização" — atribuído, aliás, por um De Sanctis falsificado a um Leopardi falsificado — já não possui relação com a realidade moderna: porque, evidentemente, só se

---

está entre os autores mais discutidos da literatura italiana do século XX. Tido como símbolo do *decadentismo* italiano, sua figura pública foi insistentemente associada ao regime fascista. (N. da T.)

pode interiorizar o que é exterior. O homem médio dos tempos de Leopardi ainda podia interiorizar a natureza e a humanidade em sua pureza ideal, nele objetivamente presente; o homem médio de hoje pode interiorizar um carro ou uma geladeira, ou então um fim de semana na praia. Há nisso um resíduo de humanidade, na passionalidade e no caos com que tais novos valores ainda são vividos. Na expectativa de que a passionalidade seja totalmente esterilizada e padronizada, e o caos seja tecnicamente abolido, o novo poder ainda concede um terreno vago onde o falso poder à antiga possa proclamar as delícias da interiorização como evasão nobre, desprezo pelos bens e consolação pelos bens perdidos.

Os estudantes fazem o jogo que as autoridades lhes impõem. A enorme maioria dos estudantes terá provavelmente desenvolvido os temas como imaginavam que fosse o desejo das autoridades e terão generosamente se empenhado em descrever os esforços que devem fazer, como bons filhos, para assimilar as proezas paternas. Ou terão se prodigalizado tecendo elogios à vida interior.

Em tal caso é inútil discutir: na palhaçada representada sobre o palco do velho falso poder em plena falsa reação, autoridades escolares e estudantes se entendem à perfeição, numa odiosa ânsia pragmatista de integração. Mas devem ter ocorrido naturalmente casos nos quais os estudantes terão polemizado com as "apodixes" enunciadas nos temas (frases extorsivamente deslocadas do contexto), mas, mesmo nesse caso, o palco onde se dá o conflito entre autoridades escolares e estudantes é o mesmo: aquele que o verdadeiro novo poder, em sua reação revolucionária, concede cinicamente aos velhos hábitos.

Os estudantes que desenvolveram (conformística ou polemicamente) esses temas são os irmãos menores dos estudantes que se revoltaram em 68. Seria errado acreditar que os obrigaram a se calar, e que foram reduzidos a um estado de passividade, por um tipo de reação à antiga, aquele que (como os temas examinados acima demonstram) aparece nas avaliações das autoridades escolásticas. O silêncio e a passividade deles têm, na enorme maioria, a aparência de uma espécie de neurose eufórica atroz, que os faz aceitar, sem mais resistência alguma, o novo hedonismo com o qual o poder real substitui todo e qualquer valor moral do passado. Numa pequena minoria, no entanto, há características de ansiedade neurótica, a qual mantém viva neles a possibilidade de um protesto. Mas se trata dos últimos, realmente dos últimos, humanistas. São jovens pais, como nós somos velhos filhos. Todos destinados ao desaparecimento, junto àquilo que nos liga e que é ligado a nós: a tradição, a confissão religiosa, o fascismo. Estamos sendo substituídos por homens novos, portadores de valores tão indecifráveis quanto incompatíveis com aqueles (dramaticamente contraditórios) até agora vividos. Isso, os melhores jovens instintivamente compreendem, mas não são capazes, acredito, de exprimi-lo.

Aculturação e aculturação

(9 de dezembro de 1973)[13]

Muita gente lamenta (neste grave momento da *austerity*[14]) os incômodos devidos à falta de uma vida social e cultural organizada fora do Centro "mau", nas periferias "boas" (vistas como dormitórios sem espaços verdes, sem serviços, sem autonomia, sem mais relações humanas reais). Lamento retórico! Se de fato existisse nas periferias aquilo cuja falta se lamenta, seria de qualquer maneira algo organizado pelo Centro. Por aquele mesmo Centro que, em poucos anos, destruiu todas as culturas periféricas às quais — precisamente até poucos anos atrás — era assegurada uma vida própria, essencialmente livre, mesmo nas periferias mais pobres ou absolutamente miseráveis.

Nenhum centralismo fascista conseguiu fazer o que fez o centralismo da sociedade de consumo. O fascismo propunha um modelo, reacionário e monumental, mas que permanecia letra morta. As várias culturas particulares (camponesas, subproletárias, operárias) continuavam imperturbavelmente a conformar-se a seus antigos modelos: a repressão se limitava a obter sua adesão puramente verbal. Hoje, ao contrário, a adesão aos modelos impostos pelo centro é total e incon-

[13] Publicado no *Corriere della Sera* com o título "Sfida ai dirigenti della televisione" [Desafio aos dirigentes da televisão]. A última parte do artigo (o desafio) foi suprimida. (N. do A.)

[14] A *austerity* foi um período de crise econômica devida ao aumento do preço do petróleo depois da guerra do Yom Kippur (6-24 de outubro de 1973), quando o preço da gasolina quadruplicou e foi proibido circular de carro aos domingos. Para muitos foi o sinal de que o "desenvolvimento sem limites" chegara ao fim. (N. da E.)

dicional. Os verdadeiros modelos culturais são renegados. A abjuração consumou-se. É possível portanto afirmar que a "tolerância" da ideologia hedonista desejada pelo novo poder é a pior das repressões da história humana. Como pôde tal repressão se exercer? Através de duas revoluções, internas à organização burguesa: a revolução das infraestruturas e a revolução dos meios de informação. As estradas, a motorização etc. uniram estreitamente a periferia ao centro, abolindo qualquer distância material. Mas a revolução dos meios de informação foi ainda mais radical e decisiva. Por meio da televisão, o centro assimilou o país inteiro, que era historicamente tão diferenciado e rico em culturas originais. Começou uma obra de padronização destruidora de qualquer autenticidade e concretude. Ou seja, que impôs — como eu dizia — os seus modelos: os modelos desejados pela nova industrialização, que não mais se contenta com "um homem que consuma", mas pretende ainda que se tornem inconcebíveis outras ideologias que não a do consumo. Um hedonismo neolaico, cegamente esquecido de qualquer valor humanista e cegamente alheio às ciências humanas.

A ideologia precedente desejada e imposta pelo poder era, como se sabe, a religião: o catolicismo, de fato, era formalmente o único fenômeno cultural que "padronizava" os italianos. Agora ela se tornou concorrente desse novo fenômeno cultural "padronizador" que é o hedonismo de massa; e, como concorrente, o novo poder já há alguns anos começou a liquidá-lo.

Não há, de fato, nada de religioso no modelo do Homem Jovem e da Mulher Jovem propostos e impostos pela televisão. Trata-se de duas pessoas que avaliam a vida somente através de seus bens de consumo (e, bem entendido, ainda vão à missa aos domingos — de automóvel). Os italianos aceitaram com entusiasmo esse novo modelo que a televisão lhes impõe segundo as normas da Produção criadora de bem-estar (ou melhor, de resgate da miséria). Aceitaram-no, mas será que têm verdadeiramente condições de realizá-lo?

Não. Ou o realizam materialmente apenas em parte, tornando-se assim sua caricatura, ou só conseguem realizá-lo numa medida ínfima, tornando-se então suas vítimas. Frustração ou verdadeira ansiedade neurótica são hoje estados de espírito coletivos. Por exemplo: até poucos anos atrás, os subproletariados respeitavam a cultura e não se envergonhavam da própria ignorância. Pelo contrário, tinham orgulho de seu próprio modelo popular de analfabetos, detentores, porém, do mistério da realidade. Olhavam com um certo desprezo arrogante os "filhinhos de papai", os pequeno-burgueses, de quem se dissociavam, mesmo quando obrigados a servi-los. Agora, ao contrário, eles começam a sentir vergonha da própria ignorância: renegaram seu modelo cultural (os muito jovens já nem se lembram mais dele, perderam-no por completo), e o novo modelo que procuram imitar não prevê o analfabetismo nem a rusticidade. Os jovens subproletários — humilhados — apagam de suas carteiras de identidade a qualificação de seu ofício para substituí-la pela de "estudante". Naturalmente, desde que começaram a envergonhar-se de sua ignorância, começaram também a desprezar a cultura (característica pequeno-burguesa que adquiriram rapidamente por mimetismo). Ao mesmo tempo, o jovem pequeno-burguês, ao adequar-se ao modelo "televisivo" — que, por ser criação e desejo de sua própria classe, lhe é substancialmente natural —, torna-se estranhamente grosseiro e infeliz. Se os subproletários se aburguesaram, os burgueses por sua vez se subproletarizam. A cultura que eles produzem, sendo de caráter tecnológico e estritamente pragmático, impede o velho "homem" que ainda existe dentro deles de se desenvolver. Daí produzir-se neles uma espécie de retraimento das faculdades intelectuais e morais.

A responsabilidade da televisão em tudo isso é enorme. Não, é claro, enquanto "meio técnico", mas enquanto instrumento de poder e poder ela própria. Ela não é apenas um lugar por onde as mensagens circulam, mas um centro elaborador de mensagens. É um lugar onde se concretiza uma mentalidade que de outro modo não se saberia onde instalar. É através do espírito da televisão que se manifesta concretamente o espírito do novo poder.

Não há dúvida (os resultados o demonstram) de que a televisão é o meio de informação mais autoritário e repressivo do mundo. Comparados a ela, o jornal fascista e os *slogans* mussolinianos escritos nos muros são risíveis: o fascismo, insisto, no fundo não foi capaz nem de arranhar a alma do povo italiano: o novo fascismo, através dos novos meios de comunicação e de informação (especialmente da televisão) não só a arranhou, mas a dilacerou, violentou, contaminou para sempre...

(...)

Os intelectuais em 68: maniqueísmo e ortodoxia da "Revolução do dia seguinte"

(Março de 1974)[15]

Houve um momento, poucos anos atrás, em que diariamente parecia que a Revolução iria estourar no dia seguinte. Junto aos jovens — a partir de 1968 —, acreditando na Revolução iminente que iria derrubar e destruir em suas bases o Sistema (como então era obsessivamente chamado; e que ruborize quem o fez), havia também intelectuais não mais jovens ou até mesmo com cabelos brancos. Neles, essa certeza de uma "Revolução do dia seguinte" não encontrava as justificativas que encontrava entre os jovens: eles se tornaram culpados por terem faltado com o primeiro dever de um intelectual, o de exercitar, antes de mais nada e sem concessão de qualquer gênero, o exame crítico dos fatos. E se, a bem da verdade, naqueles dias se fez uma profusão de diagnósticos críticos, o que faltava era a real vontade da crítica.

Não existe racionalidade sem senso comum e concretude. Sem senso comum e concretude a racionalidade é fanatismo. E de fato, naqueles mapas ao redor dos quais se aglomeravam os estrategistas da guerrilha de hoje e da revolução do dia seguinte, a ideia do "dever" da intervenção política dos intelectuais não era fundamentada sobre a necessidade e sobre a razão, mas sobre a chantagem e a opinião preconcebida.

Hoje está claro que tudo isso era produto do desespero e de um inconsciente sentimento de impotência. No momento em que na Eu-

[15] Publicado na revista *Dramma*, tendo como fundo uma pesquisa sobre as intervenções políticas dos intelectuais. Uma primeira versão do artigo, com o título "Il momento", foi publicada no *Corriere della Sera*, 10/2/1974. (N. da E.)

ropa se delineava uma nova forma de civilização e um longo futuro de "desenvolvimento" programado pelo Capital — que realizava assim sua própria revolução interna, a revolução da Ciência Aplicada, igualável em importância à Primeira Semeadura, sobre a qual se fundou a milenária civilização camponesa —, sentiu-se que qualquer esperança de Revolução operária estava se perdendo. É por isso que se gritou tanto a palavra Revolução. Mais ainda, pois já era clara não só a impossibilidade de uma dialética, quanto até mesmo a impossibilidade de definir a comensurabilidade entre capitalismo tecnológico e marxismo humanista.

Daí o grito que ecoou em toda a Europa, e em que predominava, sobre todas as outras, a palavra Marxismo. Não se queria — com razão — aceitar o inaceitável. Os jovens viveram desesperadamente os dias desse longo grito, que era uma espécie de exorcismo e de adeus às esperanças marxistas; os intelectuais maduros que estavam junto a eles, entretanto, cometeram, repito, um grande erro político. Erro político que, ao contrário, não foi cometido pelo PCI.[16] O PCI percebeu realisticamente desde então a inevitabilidade do novo curso histórico do capitalismo e do seu "desenvolvimento": e provavelmente foi nesses dias que começou a amadurecer a ideia do "compromisso histórico".[17]

Admitindo que, a propósito de um intelectual não político — um escritor, um cientista —, se possa falar do "dever" de intervenção política, este é o momento de fazê-lo. Em 1968 e nos anos seguintes, as razões para se movimentar, para lutar, para gritar eram profundamente justas mas historicamente pretextuais. A revolta dos estudantes nasceu de um dia para o outro. Não existiam razões objetivas, reais, para se movimentar (a não ser talvez o pensamento de que a revolução poderia ser feita naquele momento ou nunca mais: mas é um pensamento abstrato e romântico). Além disso, para as massas a real novidade histórica era o consumismo, o bem-estar e a ideologia hedonista do poder. Hoje, ao contrário, existem razões objetivas para o engajamen-

[16] Partido Comunista Italiano. (N. da T.)

[17] Expressão que resume a política de aproximação entre o partido da Democracia Cristã e o Partido Comunista Italiano, tentada ao longo dos anos 70. (N. da T.)

to total. O estado de emergência envolve as massas, ou melhor, sobretudo as massas.

Vou resumir tais razões em dois pontos: primeiro, uma luta, "imposta", contra os velhos assassinos fascistas que buscam a tensão não mais lançando bombas, mas mobilizando as praças em desordens em parte justificadas pelo descontentamento extremo; segundo, repor em discussão o "compromisso histórico", agora que este não se configura mais como uma intervenção num curso inevitável — o "desenvolvimento" identificado com todo o nosso futuro —, mas se apresenta sobretudo como a ajuda aos homens de poder para manter a ordem. Não diria de modo simplista que o "realismo" do compromisso histórico esteja definitivamente superado: mas com certeza deveria no mínimo ser redefinido para além de seu estrito caráter de "manobra política". Por conseguinte, uma forma de luta desesperadamente atrasada, e uma forma de luta avançadíssima. Mas é nessas condições ambíguas, contraditórias, frustrantes, inglórias, odiosas que o homem de cultura deve se empenhar na luta política, esquecendo as raivas maniqueístas contra *todo* o Mal, raivas que opunham ortodoxia a ortodoxia.

Previsão da vitória do referendo

(28 de março de 1974)[18]

O fascismo durou vinte anos no poder. Há trinta anos caiu. Deveria portanto já estar esquecido, ou ao menos esmaecido, fora de moda, impopular. Substancialmente, é isso o que acontece. Um fascismo como aquele de 1922-1944 não poderia mais chegar ao poder na Itália, a menos que a sua ilógica ideologia não se limitasse a apostar na "Ordem" como conceito totalmente autônomo, ou mesmo técnico, isto é, uma "Ordem" não mais a serviço de "Deus", da "Pátria" e da "Família", coisas em que ninguém mais acredita, sobretudo porque estão indissoluvelmente ligadas à ideia de "pobreza" (não falo de "injustiça").

O "hedonismo" do poder da sociedade consumista desacostumou os italianos, de repente, em menos de uma década, à resignação, à ideia de sacrifício etc. Os italianos não estão mais dispostos — e radicalmente — a abandonar o tanto de comodidade e de bem-estar (mesmo que miserável) que em algum momento conquistaram. O que um novo fascismo deveria prometer, portanto, seria justamente "comodidade e bem-estar", o que é uma contradição em termos.

Na realidade, entretanto, aconteceu, e acontece, na Itália um novo fascismo que assenta seu poder justamente na sua promessa de "co-

[18] Publicado em *Il Mondo* com o título "La vera sfida" [O verdadeiro desafio]. (N. da E.) Publico esta breve intervenção para evitar que se fale em "visão retrospectiva" a propósito do meu artigo "Estudo sobre a revolução antropológica na Itália", escrito, justamente, *depois* do referendo. (N. do A.)

modidade e bem-estar" e é precisamente aquele que Marco Pannella[19] chama o novo Regime, de modo um pouco fantasioso, mas com justeza. Embora tal Regime tenha assentado seu poder sobre princípios substancialmente opostos aos do fascismo clássico (renunciando, nos últimos anos, até mesmo à contribuição da Igreja, reduzida ao espectro de si mesma), pode ainda licitamente ser chamado de fascista. Por quê? Antes de mais nada, porque a organização do Estado, ou seja, o sub-Estado, permaneceu praticamente a mesma: ou melhor, através da intervenção da Máfia, por exemplo, a importância das formas de subgoverno aumentou muito. Esse fardo arcaico que o novo Regime — tão moderno, tão sem preconceitos, tão cínico, tão ágil — arrasta consigo, impotente, torna perfeitamente lógica e histórica a presença de homens do poder como Fanfani,[20] por exemplo. Nele o velho (legalismo, clericalismo e conchavismo) pode conviver pacificamente com o novo (produção do supérfluo, hedonismo, desenvolvimento cínico e indiscriminado), já que tal convivência é um dado objetivo da nação italiana.

A continuidade entre os vinte anos fascistas e os trinta democrata-cristãos encontra seus alicerces no caos moral e econômico, no indiferentismo[21] como imaturidade política e na marginalização da Itália pelos lugares por onde passa a história. Aquilo que diferenciou, formalmente, os antigos patrões fascistas dos novos patrões democrata-cristãos (que de cristãos não têm mais nada: arrancaram cinicamente a máscara) é o exercício do poder: os vinte anos fascistas foram uma

---

[19] Marco Pannella (1930-2016), jornalista, ativista e político italiano, foi um dos fundadores do Partido Radical. (N. da T.)

[20] Amintore Fanfani (1908-1999), secretário-geral do partido da Democracia Cristã (DC). (N. da T.)

[21] *Indiferentismo* é a tradução aqui adotada para *qualunquismo*, palavra muito usada por Pasolini no seu sentido pejorativo de "indiferença, insensibilidade ou desprezo pelas grandes questões políticas e sociais". Originalmente, o *qualunquismo* designa a ideologia — em voga na Itália depois da fundação, no ano de 1944, do jornal *L'Uomo Qualunque* (O Homem Comum) — que, apresentando-se como expressão dos sentimentos e aspirações do cidadão médio, concebia o Estado ideal como órgão puramente administrativo, regido por simples critérios de bom senso, sem a intervenção de nenhum partido político. (N. da T.)

ditadura, os trinta democrata-cristãos foram um regime policialesco parlamentar. O parlamentarismo foi um luxo concedido aos novos patrões (antifascistas!) pela participação da Igreja. A grande maioria que a DC sempre obteve nas votações por trinta anos, graças às massas eleitoras católicas subjugadas pelos padres, permitiu-lhe a aparência de democracia, que é desonestamente usada como prova de dissociação do fascismo. Nesses trinta anos, nas eleições, a DC sofreu algumas baixas, e alguns pequenos fracassos, jamais uma derrota.

Hoje, pela primeira vez, delineia-se para a DC a possibilidade de uma derrota: as massas de consumidores escaparam-lhe das mãos, dando forma a uma nova mentalidade "moderna". A ruína da organização eclesiástica e do seu prestígio expõe a DC a uma tal derrota que a obrigará a se desfazer da máscara da democracia, confrontando-a com uma única alternativa, a de recorrer aos mesmos instrumentos de poder do fascismo clássico. O que entretanto — acredito — é hoje historicamente irrealizável. A ameaça para a Itália, caso existisse, é de um golpe de Estado parecido ao da Etiópia (ou de Portugal?), no qual o exército se manteria fora — acredito — do velho universo ideológico fascista. Na verdade, poderia se assentar unicamente sob o *slogan* da "ordem", mas uma "ordem" protegida não mais por um estado de miséria e de injustiça (como o fascismo e a DC dos anos 50), e sim pelo "desenvolvimento", do modo como querem os industriais.

Por todas estas considerações, sou por um confronto direto, que leve a DC à primeira derrota. Portanto não somente não temo o referendo[22] como sou favorável ao grande desafio, lançado pelos radicais, dos "oito referendos".[23] Sem contar, naturalmente, outras duas considerações que seriam em si suficientes para justificar tal posição: 1) As ab-rogações requisitadas pelos "oito referendos" são sacrossantas, são o mínimo que se pode fazer para a "real" democratização da vida pú-

---

[22] Pasolini alude ao referendo que ocorreria em 12-13 de maio de 1974, propondo a ab-rogação da lei Fortuna-Baslini, de 1970, que permitia o divórcio na Itália. No chamado "referendo sobre o divórcio", o *não* se impôs com 59,1% dos votos, contra 40,9% do *sim*. (N. da T.)

[23] Para os "oito referendos" dos radicais, ver o ensaio "O fascismo dos antifascistas", neste volume. (N. da T.)

blica (eu, pessoalmente, tenho algumas dúvidas somente a propósito do aborto); 2) não se deve jamais, em caso algum, temer a imaturidade dos eleitores. Isso é brutalmente paternalista, é o mesmo raciocínio dos censores ou dos magistrados quando consideram o público "imaturo" para assistir a certas obras.

Outra previsão da vitória do referendo

(Março de 1974)[24]

Vi ontem à noite (Sexta-Feira Santa?) um punhado de gente em frente ao Coliseu. Ao redor havia um enorme "aparato" policial e de guardas de trânsito que controlavam os pedestres e faziam os carros passarem ao largo dali. Num primeiro momento acreditei que se tratasse da manifestação de algum desocupado, no alto do Coliseu. Não. Era uma cerimônia religiosa na qual Paulo VI deveria participar. Eram uns poucos gatos pingados; o tráfico poderia muito bem continuar regularmente. Desses gatos pingados a metade era de turistas e soldados em licença (uma dúzia), mais algumas velhas, e um grupo daquelas freiras semilaicas, seguidoras de De Foucauld, que observam a regra do silêncio. Acredito que não havia nenhum romano. Um insucesso mais completo era impossível de se imaginar. As pessoas deixaram de perceber não só o prestígio como também o valor da Igreja. Inconscientemente, abjuraram de um de seus hábitos mais arraigados. Por algo pior do que a religião, sem dúvida. E sem terem chegado a superar a ignorância a que, por séculos, o diabólico pragmatismo da Igreja as condenara. Nesse quadro — o colapso dos valores eclesiásticos determinado pela cega determinação das massas que são agora portadoras de *outros* valores —, o problema do divórcio *deveria se concluir com uma grande vitória laica.*[25] Ao menos teoricamente: porque não é certo que o indivíduo que rubrica o seu voto *saiba*, na prática, em que realmente acredita. Aquilo que se vive existencialmente é sempre

---

[24] Intervenção encomendada pela revista *Nuova Generazione* e que não foi publicada. (N. do A.)

[25] O itálico é de maio de 1975, data da primeira edição deste livro. (N. do A.)

muitíssimo mais avançado do que aquilo que se vive conscientemente. Além do quê, a massa das mulheres pode ser ainda dominada pelo velho pragmatismo eclesiástico (é praticamente, e não liturgicamente, que uma "mulher simples" se aferra à indissolubilidade do casamento).

Vazio de Caridade, vazio de Cultura: uma linguagem sem origens

(Março de 1974)[26]

Enquanto a Igreja, o mundo camponês e a burguesia paleoindustrial eram uma coisa só, a Religião podia ser reconhecida em todos esses três momentos de uma mesma cultura. Até — e isso diz muito — na Igreja: no Vaticano. Os delitos contra a Religião perpetrados pela Igreja — se não por outras razões, pelo próprio fato de existir — eram justificados pela Religião. Isto é, era possível dar crédito ao voluntarismo humanista de seus prelados, para os quais, precisamente, o fim poderia justificar os meios: uma aliança com o Fascismo, por exemplo, poderia parecer um meio justificado pelo fim, que consistia em preservar a Religião para os séculos futuros. Por outro lado, nada levava a pensar que o mundo camponês, religioso (e a burguesia paleoindustrial de origem camponesa), acabaria tão rapidamente. Esse mundo tinha direito a sua Religião e a sua Religião codificada (contradição em termos que não dizia respeito ao camponês, lucano ou bretão, friulano ou andaluz, cujo modo de ser religioso estava muito aquém de tal contradição).

A Concordata[27] da Igreja com o Fascismo foi uma coisa muito grave no momento de sua assinatura, uma blasfêmia perante Deus, mas

---

[26] Prefácio a Francesco Perego (org.), *Divorziare in nome di Dio* [Divorciar-se em nome de Deus], Veneza/Pádua, Marsilio, 1974. (N. da E.) O livro reúne uma coletânea de sentenças emitidas pelo tribunal ordinário do Vaticano, o *Tribunale della Rota Romana*, popularmente conhecido por *Sacra Rota*. (N. da T.)

[27] Ver nota 7, p. 44. (N. da T.)

é muito mais grave hoje. Por quê? Porque o povo italiano de então era "solidário" — no sentido que os estruturalistas dão a essa palavra — com a Igreja. E a Igreja, esperando restaurar com o povo a ágape perdida, podia se permitir o luxo "cínico" de passar por cima da vergonha do Fascismo.

Mas hoje o povo não é mais solidário com a Igreja: o mundo camponês, depois de mais ou menos catorze mil anos de vida, acabou de repente. A Concordata, ainda vigente, da Igreja com o Estado pós-fascista é portanto uma pura e simples aliança de poder, nem mais sequer justificada objetivamente pela presença do anônimo camponês religioso. Tomemos a família, ou melhor, em mimetismo com a ingrata matéria, a Família. No mundo religioso-camponês (todas as religiões do mundo são profundamente semelhantes entre si), a Família era a Célula da Igreja: não poderiam ter existido deuses nos templos se não tivessem existido os Lares[28] na cabana.

Ao mesmo tempo, a Família era o núcleo daquele estado econômico (o mundo camponês precisamente: o ciclo das estações, o tipo de produção e consumo, o mercado, a poupança, a pobreza, a escravidão) em que a presença da Igreja era possível, ou melhor, historicamente insubstituível. Economia camponesa e Igreja são uma única realidade. Mesmo quando, através da primeira revolução industrial, começou a se formar a burguesia moderna. Mas é neste ponto que teve início a dissociação cínica da Igreja: fez acordos, por razões de poder, com uma classe social cuja fé não era mais pura, ou mesmo deixara de existir. A Igreja instrumentalizou a nova classe e se deixou instrumentalizar por ela. Existia a imensa manada do povo (ainda, repito, classicamente religioso) que deveria ser governado com rédeas curtas. Mas, presumamos a boa-fé da Igreja, e interpretemos seu pacto abjeto com os fascistas como um modo de continuar solidária com aquele povo, já naquele momento explorado e esfomeado. Hoje a Família não é mais — de forma quase repentina — aquele "núcleo" mínimo, originário e celular da economia camponesa, como havia sido por milhares de anos. Co-

---

[28] Divindades veneradas pelos Romanos em cultos domésticos. (N. da T.)

mo consequência, por um contragolpe perfeitamente lógico, a Família deixou também de ser o "núcleo" mínimo da Igreja.

O que é, hoje, a Família? Depois de ter arriscado dissolver a si própria e ao duplo mito econômico-religioso — de acordo com as previsões progressistas dos intelectuais laicos —, hoje a Família voltou a ser uma realidade mais sólida, mais estável, mais ferozmente privilegiada do que antes. É verdade, por exemplo, que quando se trata da educação dos filhos, as influências externas aumentaram enormemente (tanto, repito, que em certo ponto se pensou numa definitiva ressistematização pedagógica, totalmente fora da Família). No entanto, a Família voltou a ser aquele potente e insubstituível centro infinitesimal de tudo, como era antes. Por quê? Porque a civilização do consumo precisa da família. Um indivíduo pode não ser o consumidor que o produtor quer. Isto é, ele pode ser um consumidor esporádico, imprevisível, livre nas escolhas, surdo, capaz talvez de recusa: da renúncia àquele hedonismo que se tornou a nova religião. A noção de "indivíduo" é por sua natureza contraditória e inconciliável com as exigências do consumo. É preciso destruir o indivíduo. Ele deve ser substituído (como se sabe) pelo homem-massa. A família é justamente o único possível *exemplum* concreto de "massa". É no seio da família que o homem se torna realmente consumidor: primeiro pelas exigências sociais do casal, depois pelas exigências sociais da família propriamente dita.

Então, a Família (voltemos à maiúscula) que por tantos séculos e milênios foi o *specimen* mínimo, ao mesmo tempo da economia camponesa e da civilização religiosa, agora se tornou o *specimen* mínimo da civilização consumista de massa.

A Igreja, no seu rígido (e irreligioso) praticismo, e no seu triunfalista otimismo escatológico (aquele Fim que na sua história justificou horrendamente todos os meios), ignora essa transformação substancial da Família: aquilo de que toma conhecimento é somente o ato formal, isto é, que a Família subsiste (depois de ter corrido o risco de desaparecer, sob um "desenvolvimento" diferente, de caráter humanista, laico, marxista) e é extremamente importante. O que tem a ver com a Religião uma Família compreendida como "base" da vida de um mundo totalmente industrializado, cuja única ideologia é o neo-hedonismo completamente materialista e laico, no sentido mais estúpido e passivo desses termos? A relação completamente exterior, calculada, formal (e mesquinhamente pietística) da Igreja com o novo tipo de Família pode ser examinada sob vários aspectos e em vários planos. O ponto de vista do problema do divórcio (com o qual a Sagrada Rota Romana se pôs cinicamente em competição) é um dos muitos pontos de vista pelos quais a relação da Igreja com a Família pode ser analisada.

(...)

Quanto a mim, posso dizer que essas Sentenças da Sagrada Rota me escandalizaram. Mas que fique claro: não pela sua aberração moral e política, por seu dissimulado servilismo aos tradicionais aliados (homens de poder democrata-cristãos e fascistas), não pelo ar de confusão, de cambalacho, de hipocrisia, de má-fé, de untuosidade, de privilégio que aqui, mais do que nunca, aparecem em toda a sua repugnante evidência. Elas me escandalizaram por duas razões que poderiam ser mais bem definidas como culturais do que moralistas.

Primeiro: a ausência total de qualquer forma de Caridade. Há alguns raros acenos à Fé e à Caridade, puramente formais e verbais: ou melhor, na verdade, a preocupação com estes aparece somente nos formulários, de resto estranhamente rápidos e lacônicos. A sacerdotalidade de tais acenos fugazes e cinicamente apressados aproxima essas sentenças aos mais obtusos e oficiais documentos de qualquer classe sacerdotal no poder. E tudo bem que seja assim. Mas a ausência total da Caridade, no exame de casos em que seria por definição essencial, não pode nos parecer um fato previsível e normal. É uma ofensa brutal à dignidade humana que não é sequer levada em consideração. Ao examinar os casos, a experiência humana sobre as quais essas sentenças se fundamentam é perfeitamente irreligiosa: o pessimismo de seu pragmatismo é sem fim. A vida interior dos homens é reduzida a mero cálculo e miserável reserva mental, ao que se acrescenta, naturalmente, as ações, mas em sua pura nudez formal.

Segunda razão de escândalo: a ausência total de qualquer forma de Cultura. Os redatores dessas sentenças parecem não conhecer nada além de homens — vistos numa terrível intriga de ações ditadas por sentimentos ruins ou por interesses infantis; no que diz respeito a livros, parecem conhecer somente os do direito canônico e São Tomás de Aquino. Se por acaso tratam de "problemas culturais" (em uma dessas sentenças fala-se, por exemplo, de dannunzianismo[29]), o fazem como se os problemas culturais fossem "fatos", isto é, tornados perfeitamente pragmáticos pelo seu valor público e social. Além disso, se examinados linguisticamente e estilisticamente, os textos de tais sentenças *não lembram nada nem ninguém*. O latim parece aprendido diretamente de uma gramática que traz como exemplos trechos de autores recortados de modo totalmente sem sentido. A propósito do texto de tais sentenças, de fato, não daria para fazer nenhuma citação. *Não seria possível nenhuma exegese*. Elas parecem nascer de si próprias. A interpretação puramente pragmática (sem Caridade) das ações humanas deriva portanto dessa cultura puramente formal e prática. Tal ausência de cultura se torna, por sua vez, também ela ofensiva à dignidade humana quando se manifesta explicitamente como desprezo da cultura moderna, e não exprime portanto nada além da violência e da ignorância de um mundo repressivo como totalidade.

---

[29] Efeito exercitado pela figura pública do *midiático* escritor Gabrielle D'Annunzio, bem como por sua escrita sobre os contemporâneos. (N. da T.)

Estudo sobre a revolução antropológica na Itália

(10 de junho de 1974)[30]

2 de junho: na primeira página do *Unità*,[31] uma manchete chamativa que diz: "Viva a República antifascista".

Muito bem, viva a República antifascista. Mas qual o sentido *real* dessa frase? Procuremos analisá-lo.

---

[30] Publicado no *Corriere della Sera* com o título "Gli italiani non sono più quelli" [Os italianos não são mais os mesmos]. Maurizio Ferrara responde a Pasolini imediatamente (em 12 de junho, no *Unità*): num artigo intitulado "I pasticci dell'esteta" [As confusões do esteta], Ferrara acusa Pasolini de "desprezar a dimensão política, privilegiando uma espécie de "estado de necessidade do desespero existencial"; falar de Poder "com P maiúsculo", afirma, é sinal de uma "fuga intelectual da razão e de suas obrigações"; quanto à impossibilidade "antropológica" de distinguir um jovem fascista de um antifascista, revela que o que conta é a "decisão", isto é, a escolha política, e liquida a pasoliniana semiologia do corpo como sendo "sedimento lambrosiano vagamente racial". Franco Ferrarotti ("Gli italiani di Pasolini" [Os italianos de Pasolini], *Paese Sera*, 14 de junho) diz que a análise de Pasolini é "totalmente culturológica" e não leva em conta a variedade das forças reais presentes na Itália; o fascismo, afirma Ferrarotti, não é só "um sentimento de jovens neuróticos que jogam bombas", mas também "o auge de uma matriz, precisa e individualizável, que se move no plano internacional com uma extraordinária riqueza de tramas". No *Messaggero* de 18 de junho sai uma entrevista com Italo Calvino feita por Ruggero Guarini ("Quelli che dicono no" [Os que dizem não]), sobre as opiniões pasolinianas: Calvino declara não concordar com "a nostalgia de Pasolini pela sua *Italietta* [Italiazinha] camponesa", e observa que também em 1943 os jovens que se dividiram entre República de Salò e resistência não eram, antropológica e culturalmente, muito diferentes. Sobre a importância das "ideias" para distinguir um antifascista de um fascista insiste também Alberto Moravia no fórum organizado pelo *Espresso* de 23 de junho (com uma nota editorial introdutória intitulada "È nato un bimbo c'è un fascista in più" [Nasceu uma criança, existe um fascista a mais]). No fórum, além de Moravia, intervieram Falcchinelli (narra sobre um projeto para um filme, no qual um jovem de esquerda obcecado

Essa frase nasce concretamente de dois fatos que, de resto, a justificam plenamente: 1) a vitória arrasadora do "não" em 12 de maio;[32] 2) o massacre fascista de Brescia[33] do dia 28 do mesmo mês. A vitória do "não" é na verdade uma derrota não só de Fanfani[34] e do Vaticano, mas, em certo sentido, também de Berlinguer[35] e do Partido Comunista. Por quê? Fanfani e o Vaticano demonstraram não ter compreendido nada do que aconteceu em nosso país nos últimos dez anos: o povo italiano se revelou — de modo objetivo e evidente — infinitamente mais "evoluído" do que eles imaginavam ao apostarem ainda no velho reacionarismo camponês e paleoindustrial.

---

pelo fascismo percebe, nos sonhos, estar sexualmente atraído pelos fascistas), Colletti (acusa Pasolini de sentir nostalgia de uma Itália rústica e camponesa), Fortini (existe na Itália uma nova cultura crítica que não se identifica com aquela do "grupismo" ou dos "estudantes", e essa cultura vencerá sobre as concordâncias "conformistas-neuróticas" dos jovens de direita e de esquerda), Sciascia (declara estar de acordo com Pasolini e, confirmando o quanto a relação entre as classes proletárias e revolucionárias tinha mudado, observa que o sequestro de Sossi [ver nota 67, p. 93] pelas Brigadas Vermelhas não foi reconhecido como revolucionário pelos movimentos italianos: "é possível falar ainda de revolução se o gesto revolucionário é temido no próprio âmbito das forças que deveriam gerá-lo, não só pela resposta contrarrevolucionária, que poderia facilmente e desproporcionalmente ocorrer, mas também porque ele é, em si, intrinsecamente contrarrevolucionário?". A polêmica registra outras intervenções, entre elas "Pasolini ha commesso un errore culturale e uno sociologico" [Pasolini cometeu um erro cultural e outro sociológico] de Piero Sanavio (*Il Globo*, 18 de junho) e "Il fascismo inconscio" [O fascismo inconsciente] de Andrea Barbato ["o declínio intelectual de Pasolini causa mais embaraço do que apreensão"] — em *Aut*, 23 de junho). (N. da E.)

[31] Jornal oficial do Partido Comunista Italiano. (N. da T.)

[32] Ver nota 22, p. 62. (N. da T.)

[33] Em 28/5/1974, na Piazza della Loggia na cidade de Brescia, no decorrer de um comício sindical convocado para protestar contra a violência da direita, a explosão de uma bomba provocou a morte de oito pessoas e o ferimento de outras cem. O atentado foi reivindicado por um grupo subversivo neofascista, autodefinido Ordine Nuovo [Nova Ordem]. (N. da E.)

[34] Ver nota 20, p. 61. (N. da T.)

[35] Enrico Berlinguer (1922-1984), secretário-geral do Partido Comunista Italiano de 1972 até sua morte. (N. da T.)

Mas é preciso ter a coragem intelectual de dizer que Berlinguer e o Partido Comunista Italiano também demonstraram não ter compreendido bem o que aconteceu em nosso país nos últimos dez anos. Eles de fato não queriam o referendo, não queriam a "guerra de religião", e estavam muito receosos quanto ao resultado positivo da votação. Ou melhor, quanto a este ponto, eram claramente pessimistas. A "guerra de religião" revelou-se porém uma previsão abstrusa, arcaica, supersticiosa, sem fundamento algum. Os italianos se mostraram infinitamente mais modernos do que seria capaz de imaginar o mais otimista dos comunistas. Tanto o Vaticano quanto o Partido Comunista erraram em sua análise sobre a situação "real" da Itália.

Tanto o Vaticano quanto o Partido Comunista demonstraram ter observado mal os italianos e não terem acreditado na sua possibilidade de evoluir muito rapidamente, para além de todo cálculo possível.

Agora o Vaticano chora o próprio erro. O PCI, ao contrário, finge não ter cometido erro algum e exulta perante o inesperado triunfo.

Mas foi mesmo um verdadeiro triunfo?

Tenho boas razões para duvidar disso. Já se passou quase um mês desde aquele feliz 12 de maio, e posso, portanto, me permitir exercer minha crítica sem o temor de passar por derrotista inoportuno.

Na minha opinião, os cinquenta e nove por cento dos "não" absolutamente não demonstram a vitória miraculosa do laicismo, do progresso e da democracia; demonstram, isso sim, duas coisas:

1) que as "classes médias" mudaram radicalmente, diria até, antropologicamente: seus valores positivos não são mais os valores reacionários e clericais, mas sim os valores (não "nomeados" e ainda vividos só existencialmente) da ideologia hedonista do consumo e da consequente tolerância modernista de tipo americana. Foi o próprio Poder — através do "desenvolvimento" da produção de bens supérfluos, da imposição do consumo frenético, da moda, da informação (e principalmente, de maneira imponente, da televisão) — que criou tais valores, descartando cinicamente os valores tradicionais e a própria Igreja, que era o símbolo desses valores.

2) que a Itália camponesa e paleoindustrial desmoronou, se desfez, não existe mais, e que em seu lugar ficou um vazio que provavelmente espera ser preenchido por um aburguesamento completo, do ti-

po mencionado acima (modernizante, falsamente tolerante, americanizante etc.).

O "não" foi sem dúvida uma vitória. Mas o que ele realmente indica é uma "mutação" da cultura italiana, que se distancia tanto do fascismo tradicional quanto do progressismo socialista.

Se a situação é de fato essa, então qual o sentido do "atentado de Brescia" (assim como o anterior, de Milão)? Trata-se de um atentado fascista que pressupõe uma indignação antifascista? Se o que conta são as palavras, então é preciso responder afirmativamente; se são os fatos, aí então a resposta só pode ser negativa, ou pelo menos capaz de renovar os velhos termos do problema.

A Itália nunca foi capaz de dar voz a uma Direita imponente. Esse é, provavelmente, o fato determinante de toda sua história recente. Não se trata porém de uma causa, mas sim de um efeito. A Itália não teve uma Direita imponente porque não teve uma cultura capaz de exprimi-la. Esta só pôde exprimir aquela direita tosca, ridícula, feroz, que é o fascismo. Nesse sentido, o neofascismo parlamentar é a fiel continuação do fascismo tradicional. Mas acontece que, nesse meio-tempo, *todas* as formas de continuidade histórica se romperam. O "desenvolvimento", pragmaticamente desejado pelo Poder, se instituiu historicamente numa espécie de *epoché*[36] que "transformou" radicalmente, em poucos anos, o mundo italiano.

Esse salto "qualitativo" diz respeito então tanto aos fascistas quanto aos antifascistas: trata-se de fato da passagem de uma cultura, feita do analfabetismo (o povo) e do humanismo esfarrapado (as classes médias) de uma organização cultural arcaica, à organização moderna da "cultura de massa". A coisa, na realidade, é enorme: um fenômeno, insisto, de "mutação" antropológica. Principalmente por ter talvez modificado as características necessárias do Poder. A "cultura de massa", por exemplo, não pode ser uma cultura eclesiástica, moralista e patriótica: de fato, ela está diretamente ligada ao consumo, que tem suas leis internas e autossuficiência ideológica capazes de criar au-

[36] Termo grego da filosofia cética traduzível por "suspensão radical do julgamento". (N. da T.)

tomaticamente um Poder que não sabe mais o que fazer da Igreja, da Pátria, da Família e de outras crendices afins.

A padronização "cultural" resultante diz respeito a todos: povo e burguesia, operários e subproletários. O contexto social mudou, no sentido de que se tornou extremamente unificado. A matriz que gera todos os italianos passou a ser a mesma. Não existe mais, portanto, diferença considerável — além da opção política, esquema morto a ser preenchido por gestos vazios — entre um cidadão italiano fascista qualquer e um cidadão italiano antifascista qualquer. Eles são culturalmente, psicologicamente e, o que é mais impressionante, fisicamente intercambiáveis. No comportamento cotidiano, mímico, somático, não há mais nada que distinga — exceto, repito, um comício ou uma ação política — um fascista de um antifascista (de meia-idade ou jovem; os velhos podem ser diferenciados nesse sentido). Isto no que diz respeito aos fascistas e antifascistas médios. No que diz respeito aos extremistas, a padronização é ainda mais radical.

Foram os fascistas que executaram o horrendo atentado de Brescia. Aprofundemo-nos entretanto sobre a natureza desse fascismo. É um fascismo que se fundamenta em Deus? Na Pátria? Na Família? Na boa educação tradicional, na moralidade intolerante, na ordem militar transposta para a vida civil? Ou, se esse fascismo ainda se obstina em se autodefinir como fundamentado em todas essas coisas, trata-se de uma autodefinição sincera? O criminoso Esposti[37] — para darmos um exemplo —, caso o fascismo fosse restaurado na Itália ao som de bombas, estaria disposto a aceitar a Itália da sua falsa e retórica nostalgia? A Itália não consumista, econômica, heroica (como ele a imaginava)? A Itália sem televisão e sem bem-estar? A Itália sem motocicleta e jaquetas de couro? A Itália com as mulheres trancadas em casa, semicobertas por véus? Não, é evidente que mesmo o mais fanático dos fascistas consideraria anacrônico renunciar a todas essas conquistas do "desenvolvimento". Conquistas que, pela sua simples presença efetiva

[37] Giancarlo Esposti (1949-1974), neofascista acusado de participação no atentando na Piazza della Loggia, na cidade de Brescia. (N. da T.)

— total e totalizante, hoje em dia —, tornam vãos qualquer misticismo e qualquer moralismo do fascismo tradicional.

O fascismo, portanto, não é mais o fascismo tradicional. O que é, então?

Os jovens dos grupos fascistas, os jovens das SAM,[38] os jovens que sequestraram pessoas e colocam bombas nos trens, se chamam e são chamados de fascistas; mas trata-se de uma definição puramente nominalista. Na verdade, são em tudo e por tudo *idênticos* à enorme maioria dos jovens de sua idade. Culturalmente, psicologicamente, somaticamente — repito —, não há nada que os distinga. O que os distingue é só uma "decisão" abstrata e apriorística que, para ser conhecida, deve ser dita. É possível conversar casualmente durante horas com um jovem extremista fascista sem perceber que é um fascista. Ao passo que dez anos atrás bastava, já nem digo uma palavra, mas apenas um olhar para distingui-lo e reconhecê-lo.

O contexto cultural do qual saem esses fascistas é completamente diferente do tradicional. Os dez anos de história italiana que levaram os italianos a votar "não" no referendo produziram — através do mesmo mecanismo profundo — os novos fascistas, cuja cultura é idêntica à dos que votaram "não" no referendo.

São, além do mais, poucas centenas ou milhares; e, se o governo e a polícia tivessem querido, já estariam totalmente fora de cena desde 1969.

O fascismo dos atentados é, portanto, um fascismo nominal, sem uma ideologia própria (esvaziada pela qualidade de vida real vivida por esses fascistas) e, além disso, artificial: isto é, algo desejado pelo próprio Poder, que depois de ter liquidado — de maneira pragmática, como sempre — o fascismo tradicional e a Igreja (o fascismo clerical, que era efetivamente uma realidade cultural italiana), decidiu manter vivas certas forças que se poderiam opor — de acordo com uma estratégia mafiosa e policial — à eversão comunista. Os verdadeiros responsáveis pelos atentados de Milão e de Brescia não são os jovens monstros que colocaram as bombas, nem seus sinistros mandantes e finan-

---

[38] Equivalente italiano das SS nazistas, que passou a atuar como polícia paralela na República de Salò, a partir de 1943 durante o fascismo. (N. da T.)

ciadores. É portanto inútil e retórico atribuir, fingidamente, qualquer verdadeira responsabilidade a esses jovens e a seu fascismo *nominal* e *artificial*. A cultura à qual pertencem e que contém os elementos de sua loucura pragmática é, repito mais uma vez, a mesma da enorme maioria dos jovens de sua idade. Não é só neles que ela provoca condições intoleráveis de conformismo e de neurose, e portanto de extremismo (que é justamente a conflagração resultante da mistura de conformismo e neurose).

Se esse fascismo viesse a prevalecer, seria o fascismo de Spínola, e não o de Caetano;[39] seria, noutras palavras, um fascismo ainda pior que o tradicional, mas já não seria exatamente fascismo. Seria algo que na realidade já estamos vivemos e que os fascistas vivem de modo exasperado e monstruoso — mas não sem razão.

---

[39] António de Spínola (1910-1996), vice-chefe do estado-maior do exército português durante o salazarismo, responsável pelo golpe de Estado violento que derrubou Marcello Caetano, último presidente do Conselho do Estado Novo, antes da *Revolução dos Cravos* em 25 de abril de 1974. (N. da E.)

O verdadeiro fascismo e portanto o verdadeiro antifascismo

(24 de junho de 1974)[40]

O que é a *cultura* de uma nação? Pensa-se correntemente, mesmo entre pessoas *cultas*, que seja a *cultura* dos cientistas, dos políticos, dos professores, dos escritores, dos cineastas etc.: isto é, que seja a *cultura* da *intelligentsia*. Mas isso não é verdade. E também não é a *cultura* da classe dominante que, justamente através da luta de classes, procura impô-la, pelo menos formalmente. Tampouco é, finalmente, a *cultura* da classe dominada, isto é, a *cultura* popular dos operários e dos camponeses. A cultura de uma nação é o conjunto de todas essas culturas de classe: é a média entre elas. E seria portanto abstrata se não fosse reconhecível — ou, melhor dizendo, visível — no vivido e no existencial, e se não tivesse consequentemente uma dimensão prática. Durante muitos séculos, na Itália, essas *culturas* permaneceram diferenciáveis, mesmo que historicamente unificadas. Hoje — quase de supetão, numa espécie de Advento —, distinção e unificação histórica foram substituídas por uma padronização que realiza quase milagrosamente o sonho interclassista do velho Poder. A que se deve tal padronização? Evidentemente, a um novo Poder.

Escrevo "Poder" com maiúscula — coisa que Maurizio Ferrara tacha de irracionalismo, no *Unità* de 12/6/1974[41] — só porque, since-

---

[40] Publicado no *Corriere della Sera* com o título "Il Potere senza volto" [O Poder sem rosto]. Resposta aos artigos já citados de Ferrara e Ferrarotti. (N. da E.)

[41] Por sua vez, Maurizio Ferrara responde a este artigo: "I connotati di un potere reale" [As feições de um poder real], no *Unità* de 27 de junho, repisando as acusações a Pasolini de "viver esteticamente os acontecimentos políticos, se fazendo ajudar por um pouco de semiologia", e destacando que a visão de política de Moloch vem de

ramente, não sei em que consiste esse novo Poder e quem o representa. Sei simplesmente que existe. Não o reconheço mais nem no Vaticano, nem nos poderosos democratas-cristãos, nem nas Forças Armadas. Não o reconheço mais nem mesmo na grande indústria, porque ela não é mais formada por um certo número limitado de grandes industriais: a mim, pelo menos, ela aparece antes como um *todo* (industrialização total) e, além do mais, como um *todo não italiano* (transnacional).

Conheço também — porque as vejo e as vivo — algumas características desse novo Poder ainda sem rosto: por exemplo, sua recusa do velho reacionarismo e do velho clericalismo, sua decisão de abandonar a Igreja, sua determinação (coroada de sucesso) em transformar camponeses e subproletários em pequenos burgueses, e sobretudo sua ânsia, por assim dizer cósmica, de ir até o fundo do "Desenvolvimento": produzir e consumir.

O retrato falado desse rosto ainda em branco do novo Poder lhe atribui vagamente certos traços "modernos", devidos à tolerância e à

---

longe (Adorno), e que foi desmentida justamente pela "massa juvenil americana, de rostos indistinguíveis, dominados até o último fio de cabelo pelo consumismo mais sofisticado do mundo", que soube apesar disso se opor à guerra no Vietnã. Em 28 de junho sai no *Rinascità* "Americanismo e disperazione" [Americanismo e desespero] de Fabio Mussi, uma intervenção mais reflexiva e menos jornalística, na qual as ideias pasolinianas são consideradas em conjunto, levando também em conta textos de Pasolini como "Prologo: E.M.", *Trasumanar e organizzar* e *Caldéron*. Mussi busca as raízes da posição pasoliniana na sociologia americana e na teoria crítica de Horkheimer e Adorno ("uns apologistas do capitalismo; outros críticos desesperados da sociedade de massa"). Em 30 de junho são publicados um artigo e uma entrevista: o artigo é de Giorgio Bocca no *Espresso* ("A proposito di Pasolini" — referindo-se também às afirmações de Sciascia de 23 de junho, lembra aos "amigos escritores" uma observação de Quinet, "sobre o uso do sofisma como primeiro sinal de uma inteligência que não tem mais a coragem da verdade"); o entrevistado é Alberto Bevilacqua ("Il nero è sempre nero" [O preto é sempre preto], no *Messaggero*): mesmo rebatendo que há uma "coerência" da tradição fascista que a torna impermeável à padronização cultural, defende Pasolini das agressões e ironias, e afirma que em Pasolini "coexistem dois estados: o primeiro rústico, límbico, atravessado por uma potente linfa, por provocações que diria solares como nos mágicos ritos agrários, pelo epos popular; o segundo, agredido pelo mundo e agressivo, contraditório, fruto de uma inteligente histeria talvez provocada por muitas feridas"). (N. da E.)

ideologia hedonista perfeitamente autossuficiente, mas também certos traços ferozes, essencialmente repressivos: a tolerância é de fato falsa, porque na realidade nenhum homem jamais foi obrigado a ser tão normal e conformista quanto o consumidor; e quanto ao hedonismo, ele encobre evidentemente uma decisão de preordenar tudo com uma crueldade sem precedentes na história. Portanto esse novo Poder, não representado ainda por ninguém e resultante de uma "mutação" da classe dominante, é na realidade — se quisermos conservar a velha terminologia — uma forma "total" do fascismo. Mas esse Poder também "padronizou" culturalmente a Itália: trata-se portanto de uma "padronização" repressiva, mesmo se obtida através da imposição do hedonismo e da *joie de vivre*. A estratégia da tensão é um indício, mesmo que essencialmente anacrônico, de tudo isso.

Maurizio Ferrara, no artigo citado (como de resto Ferrarotti, no *Paese Sera* de 14/6/1974), me acusa de esteticismo. Pretende com isso me excluir, me enclausurar. Tudo bem: minha ótica talvez seja mesmo a de um "artista", isto é, como quer a boa burguesia, de um doido. Mas o fato, por exemplo, de que dois representantes do velho Poder[42] (que na realidade agora servem, embora somente a título de interlocutores, ao novo Poder) se tenham chantageado mutuamente a propósito dos financiamentos dos partidos e do caso Montesi,[43] pode ser uma boa razão para deixar alguém louco: ou seja, para desacreditar uma classe dirigente e uma sociedade aos olhos de um homem, a ponto de fazê-lo perder o senso de oportunidade e dos limites, jogando-o num verdadeiro Estado de "anomia". Além do quê, dizem que a ótica dos loucos deve ser levada em séria consideração; a menos que queiramos

---

[42] Os "dois representantes do velho poder" seriam Andreotti e Fanfani. Em *Lettere luterane* [Cartas luteranas], Pasolini escreverá: "Era Andreotti que ameaçava Fanfani a respeito do 'caso Montesi', a fim de se vingar de uma análoga ameaça de revelações, por parte de Fanfani, sobre financiamento aos partidos". (N. da E.)

[43] A jovem Wilma Montesi é encontrada morta em Torvaianica, praia da região do Lázio, em 9 de abril de 1953. Entre os acusados pelo crime — todos filhos das classes dirigentes — está Piero Piccioni, filho de um importante político do partido da Democracia Cristã. As investigações duraram muitos anos, com reviravoltas midiáticas. O caso nunca foi resolvido. (N. da T.)

ser evoluídos em tudo exceto no que concerne ao problema dos loucos, limitando-nos comodamente a suprimi-los.

Existem certos loucos que observam as caras das pessoas e o seu comportamento. Mas não porque sejam epígonos do positivismo lombrosiano (como insinua grosseiramente Ferrara), mas porque conhecem a semiologia. Sabem que a cultura produz certos códigos; que os códigos produzem certo comportamento; que o comportamento é uma linguagem e que num momento histórico em que a linguagem verbal é inteiramente convencional e esterilizada (tecnocratizada), a linguagem do comportamento assume uma importância decisiva.

Para voltarmos assim ao princípio de nosso discurso, parece-me que existem boas razões para sustentar que a cultura de uma nação (da Itália, no presente caso) se exprime hoje sobretudo através da linguagem do comportamento, ou linguagem física, mais uma certa quantidade — completamente convencionalizada e extremamente pobre — de linguagem verbal.

É nesse nível de comunicação linguística que se manifestam: a) a mutação antropológica dos italianos; b) sua completa identificação a um modelo único.

Portanto, resolver deixar crescer os cabelos até os ombros ou cortar os cabelos e deixar crescer o bigode (à moda de 1900); resolver amarrar uma faixa na testa ou enfiar um gorro até os olhos; decidir entre sonhar com uma Ferrari ou um Porsche; acompanhar atentamente os programas de televisão; conhecer os títulos de alguns *best-sellers*; vestir calças e camisas prepotentemente na moda; manter relações obsessivas com moças tratadas como meros enfeites, mas, ao mesmo tempo, pretensamente “livres” etc. etc. etc.: tudo isso são atos *culturais*.

Hoje *todos* os italianos jovens realizam esses mesmos idênticos atos, têm essa mesma linguagem física, são intercambiáveis: coisa velha como o mundo, caso fosse limitada a uma classe social, a uma só categoria; mas o fato é que esses atos culturais e essa linguagem somática são interclassistas. Numa praça cheia de jovens, ninguém consegue mais distinguir, pelo físico, um operário de um estudante, um fascista de um antifascista; coisa que era ainda possível em 1968.

Os problemas de um intelectual pertencente à *intelligentsia* são diferentes dos de um partido e de um homem político, mesmo que a ideologia deles seja a mesma. Gostaria que meus atuais contraditores de esquerda compreendessem que sou capaz de perceber que, caso o Desenvolvimento sofresse um freio e houvesse uma recessão, se os Partidos de Esquerda não apoiassem o Poder vigente, a Itália simplesmente desmoronaria; se, ao contrário, o Desenvolvimento se mantivesse ao ritmo em que começou, o chamado "compromisso histórico" seria indubitavelmente realista, porque seria a única maneira de tentar corrigir esse Desenvolvimento, no sentido indicado por Berlinguer no seu relatório para o comitê central do Partido Comunista (cf. *Unità* de 4/6/1974).[44] No entanto, assim como as "caras" não são competência de Maurizio Ferrara, a mim também não competem essas manobras da prática política. Pelo contrário, tenho mais do que nunca a obrigação de exercer sobre elas minha crítica, de forma quixotesca e até extremista. Quais são então os meus problemas?

Eis, por exemplo, um deles. No artigo que suscitou a presente polêmica (*Corriere della Sera* de 10/6/1974), eu dizia que os verdadeiros responsáveis pelos atentados de Milão e de Brescia são o governo e a polícia italiana, já que, se o governo e a polícia quisessem, tais atentados não aconteceriam. Trata-se de um lugar-comum. Pois bem, a essa altura vou me expor definitivamente ao ridículo dizendo que também nós, progressistas, antifascistas, homens de esquerda, somos responsáveis por esses atentados. De fato, em todos estes anos, não fizemos nada:

1) para que falar de "Atentado de Estado" não se tornasse um lugar-comum e tudo ficasse por isso mesmo;

2) (e mais grave) não fizemos nada para que os fascistas não existissem. Limitamo-nos a condená-los, gratificando nossa consciência com nossa indignação; e quanto mais forte e petulante era a indignação, mais tranquila ficava a consciência.

Na realidade nos comportamos com os fascistas (refiro-me sobretudo aos jovens) de maneira racista: quer dizer, quisemos apressada e impiedosamente crer que estavam predestinados por sua raça a serem

---

[44] O relatório de Berlinguer para o Comitê Central do PCI foi publicado em 4/6/1974 no *Unità* com o título "L'Italia vuole e può andare verso il nuovo" [A Itália quer e pode caminhar para o novo]. (N. da E.)

fascistas, e perante essa decisão do seu destino não havia nada a fazer. E não dissimulemos quanto a isso: todos sabíamos, em nossa sã consciência, que era por puro acaso que um daqueles jovens *decidia* ser fascista, que se tratava de um mero gesto imotivado e irracional; talvez uma só palavra tivesse bastado para que isso não acontecesse. Mas nenhum de nós jamais conversou com eles, nem sequer lhes dirigiu a palavra. Aceitamo-los rapidamente como inevitáveis representantes do Mal. E talvez fossem meninos e meninas de dezoito anos, que não sabiam nada de nada, e que mergulharam de cabeça nessa horrenda aventura por simples desespero.

Mas não podíamos distingui-los dos outros (não digo dos outros extremistas, mas de *todos* os outros). É essa a nossa horrível desculpa.

O monge Zóssima (literatura por literatura!) soube logo distinguir, entre todos aqueles que se amontoavam na cela, Dmitri Karamázov, o parricida. Levantou-se então de sua cadeira e foi se prostrar diante dele. E o fez (como diria mais tarde ao mais jovem dos Karamázov) porque Dmitri estava destinado a fazer a coisa mais horrível e a suportar a dor mais desumana de todas.

Pensem (se tiverem força para tanto) naquele jovem ou naqueles jovens que foram colocar as bombas na praça de Brescia. Não deveríamos também nos levantar e ir nos prostrar diante deles? Mas eram jovens de cabelos compridos, ou com bigodes à 1900, usavam faixas na testa ou gorros enfiados até os olhos, eram pálidos e presunçosos, seu problema era vestir-se na moda, e todos do mesmo modo, ter um Porsche ou uma Ferrari, ou mesmo uma moto para guiar como pequenos arcanjos idiotas, levando na garupa moças decorativas, sim, mas modernas e a favor do divórcio, da liberação da mulher e, em geral, do desenvolvimento... Eram em suma jovens como todos os outros: nada os distinguia, de modo algum. Mesmo se tivéssemos querido, não teríamos podido nos prostrar diante deles. Porque o velho fascismo, ainda que através da degeneração retórica, distinguia, enquanto o novo fascismo — que é algo bem diferente — não distingue mais: não é humanistamente retórico, é americanamente pragmático. Seu propósito é a reorganização e a padronização brutalmente totalitária do mundo.

Exiguidade da história e imensidão do mundo camponês

(8 de julho de 1974)[45]

Caro Calvino,

Maurizio Ferrara diz que tenho saudades de uma "idade de ouro", você diz que tenho saudades de uma "Italietta";[46] todos dizem que tenho saudades de alguma coisa, fazendo dessas saudades um valor negativo e portanto um alvo fácil.

Do que tenho saudades (se é que se pode falar de saudades), já o disse claramente, até mesmo em versos (*Paese Sera* de 5/1/1974).[47] Que outros tenham fingido não compreender, é natural. Mas me espanta que você não tenha querido compreender — você, que não tem nenhuma razão para isso. Eu, com saudades da "Italietta"? Mas então você não leu nenhum verso das *Ceneri di Gramsci*[48] ou de *Calderón*,[49] não leu nenhuma linha dos meus romances, não viu nenhum fotograma dos meus filmes, não sabe nada de mim! Pois tudo o que eu fiz e sou *exclui* por sua própria natureza que eu possa ter saudades da "Ita-

---

[45] Publicado no *Paese Sera* com o título de "Lettera aperta a Italo Calvino: quello che rimpiango" [Carta aberta a Italo Calvino: do que tenho saudade]. (N. da E.)

[46] "Italiazinha", palavra que designa a Itália provinciana e pequeno-burguesa anterior ao "*boom* econômico" do final dos anos 50. As afirmações de Calvino estão na entrevista de 18 de junho publicadas no *Messaggero* e já citadas. (N. da T.)

[47] Os versos lembrados por Pasolini, publicados no *Paese Sera* de 5/1/1974, são os de "Significato del rimpianto" [O significado da saudade] (incluídos depois no livro *Nuova gioventù* [Nova juventude]). (N. da E.)

[48] *Cinzas de Gramsci* (1957), livro de poemas de Pasolini. (N. da T.)

[49] Texto teatral de Pasolini publicado em 1973 e inspirado em *A vida é sonho*, de Calderón de La Barca. (N. da T.)

lietta". A não ser que você me considere radicalmente mudado; coisa que faz parte da psicologia italiana dos milagres, mas que por isso mesmo não me parece digna de você.

A "Italietta" é pequeno-burguesa, fascista, democrata-cristã; é provinciana e à margem da história; sua cultura é um humanismo escolástico formal e vulgar. Quer que eu tenha saudade de tudo isso? No que me diz respeito pessoalmente, essa "Italietta" era um país de policiais que me prendeu, processou, perseguiu, torturou, linchou ao longo de quase vinte anos. Um jovem pode desconhecer isso. Mas você, não. Pode ser que eu tenha tido aquele mínimo de dignidade que me permitiu esconder a angústia de quem, durante anos e anos, esperava diariamente a chegada de uma intimação judicial e tinha horror de olhar as bancas de revista, para não ler nos jornais atrozes notícias escandalosas a seu respeito. Mas se tudo isso pode ser esquecido por mim, você entretanto não deve esquecer...

Por outro lado, essa "Italietta", no que me diz respeito, não acabou. O linchamento continua. Talvez agora organizado pelo *Espresso*,[50] conforme a pequena nota introdutória (*Espresso* de 23/6/1974)[51] a algumas intervenções sobre minha tese[52] (*Corriere della Sera* de 10/6/1974): nota onde se ridiculariza um título que não foi dado por mim, onde se fazem lépidas extrapolações a partir do meu texto, deturpando-o terrivelmente, é claro, e onde por fim se lança sobre mim a suspeita de ser uma espécie de novo Plebe:[53] operação de que até agora eu julgava serem capazes apenas os vândalos de *Borghese*.[54]

---

[50] *L'Espresso*, revista semanal italiana, criada em 1955, de notícias políticas, econômicas e culturais. Em 2015, publicou um volume *L'Espresso Pasolini* que reúne, em textos e imagens, a presença de Pasolini na revista. (N. da T.)

[51] A nota editorial, anônima, tinha como título "È nato un bimbo c'è un fascista in più", cit. (N. da E.)

[52] Cf. "Estudo sobre a revolução antropológica na Itália", neste volume. (N. da T.)

[53] Armando Plebe (1927-2017), filósofo e ideólogo neofascista ligado ao Movimento Social Italiano. (N. da T.)

[54] *Il Borghese*, revista italiana de política e de cultura de expressão direitista, criada em 1950 e em circulação até 1993.

Sei muito bem, caro Calvino, como se desenrola a vida de um intelectual. Sei porque, em parte, é também a *minha* vida. Leituras, solidão no gabinete de trabalho, círculos em geral de poucos amigos e muitos conhecidos, todos intelectuais e burgueses. Uma vida de trabalho e essencialmente cordata. Mas tenho, como o doutor Hyde, uma outra vida. Vivendo-a devo romper as barreiras naturais (e inocentes) de classe. Derrubar os muros da "Italietta" e me lançar assim num outro mundo: no mundo camponês, no mundo subproletário e no mundo operário. A ordem em que enumero esses mundos respeita sua importância em minha experiência pessoal, não a sua importância objetiva. Até poucos anos atrás esse era o mundo pré-burguês, o mundo da classe dominada. Era apenas por razões meramente nacionais, ou melhor, estatais, que ele fazia parte do território da "Italietta". Fora dessa pura e simples formalidade, tal mundo não se enquadrava efetivamente na Itália. O universo camponês (ao qual pertencem as culturas subproletárias urbanas e, até poucos anos atrás, as das minorias operárias — que eram puras e verdadeiras minorias, como na Rússia em 1917) é um universo transnacional, que simplesmente não reconhece as nações. É o resíduo de uma civilização precedente (ou de uma soma de civilizações precedentes, todas muito semelhantes entre si), e a classe dominante (nacionalista) modelava tal resíduo segundo seus próprios interesses e seus objetivos políticos (para um lucano — como De Martino[55] — foi uma nação estrangeira, primeiro, o reino dos Bourbons, depois a Itália piemontesa, depois a Itália fascista, depois a Itália atual: sem solução de continuidade).

É desse ilimitado mundo camponês pré-nacional e pré-industrial, sobrevivente até poucos anos atrás, que tenho saudades (não é à toa que fico o máximo possível em países do Terceiro Mundo, onde ele ainda sobrevive, embora o Terceiro Mundo esteja também entrando na órbita do chamado "Desenvolvimento").

Os homens desse universo não viviam uma *idade de ouro*, porque não estavam comprometidos, senão formalmente, com a "Italietta".

---

[55] Ernesto de Martino (1908-1965), importante filósofo, etnólogo e historiador das religiões italiano. (N. da T.)

Viviam o que Chilanti[56] chamou de *idade do pão*. Quer dizer, eram consumidores dos bens extremamente necessários. E era isso, talvez, que tornava extremamente necessária sua pobre e precária vida. Enquanto é claro que os bens supérfluos tornam supérflua a vida (para ser bem elementar e concluir com esse argumento).

Que eu tenha ou não saudades desse universo camponês é problema meu. Mas isso absolutamente não me impede de exercer sobre o mundo atual, *tal como ele é*, a minha crítica: pelo contrário, tanto maior a lucidez quanto maior o meu desprendimento desse mundo, no qual aceito viver apenas por estoicismo.

Disse, e repito, que a aculturação do Centro consumista destruiu várias culturas do Terceiro Mundo (estou falando ainda numa escala mundial e, portanto, também me refiro às culturas do Terceiro Mundo, com as quais as culturas camponesas italianas apresentam profundas analogias): o modelo cultural oferecido aos italianos (e a todos os homens do globo, aliás) é único. A conformação a esse modelo se apresenta antes de mais nada no vivido, no existencial e, consequentemente, no corpo e no comportamento. É aí que se vivem os valores, ainda não expressos, da nova cultura da civilização de consumo, ou seja, do novo e do mais repressivo totalitarismo que já se viu. Do ponto de vista da linguagem verbal, dá-se a redução de toda a língua à língua comunicativa, com um enorme empobrecimento da expressividade. Os dialetos (os idiomas maternos!) distanciaram-se no tempo e no espaço: os jovens são obrigados a não mais usá-los porque vivem em Turim, em Milão ou na Alemanha. Ali onde ainda são falados, eles perderam totalmente suas potencialidades inventivas. Nenhum rapaz da periferia romana conseguiria mais compreender o jargão dos meus romances de dez ou quinze anos atrás; e — ironia do destino! — seria obrigado a consultar o glossário anexo como qualquer bom burguês do norte![57]

---

[56] Felice Chilanti (1914-1982), jornalista e escritor italiano. O livro é *Gli ultimi giorni dell'età del pane* [Os últimos dias da idade do pão], Milão, Mondadori, 1974 (N. da T.)

[57] Os dois romances de Pasolini, *Ragazzi di vita* (1955) e *Una vita violenta* (1959) contêm em apêndice uma lista de palavras do universo subproletário romano,

Naturalmente, essa minha "visão" da nova realidade cultural italiana é radical: considera o fenômeno em sua globalidade, não suas exceções, suas resistências, suas sobrevivências.

Quando falo de padronização de todos os jovens, devido à qual não se pode mais distinguir, pelo seu corpo, pelo seu comportamento e por sua ideologia *inconsciente* e *real* (o hedonismo consumista), um jovem fascista de *todos* os outros jovens, estou enunciando um fenômeno geral. Sei muito bem que existem jovens que se diferenciam. Mas se trata de jovens pertencentes à nossa própria elite, condenados a serem ainda mais infelizes do que nós e, por isso, também provavelmente melhores. Digo isso por causa de uma alusão (*Paese Sera* de 21/6/1974) de Tullio de Mauro,[58] que após ter se esquecido de me convidar para um congresso linguístico em Bressanone, me repreende por não ter a ele comparecido: ali, diz ele, eu teria visto algumas dezenas de jovens que desmentiriam minhas teses. É o mesmo que dizer: algumas dezenas de jovens usam o termo "heurística", logo o uso de tal termo é praticado por cinquenta milhões de italianos.

Você dirá: os homens sempre foram conformistas (todos iguais uns aos outros) e sempre existiram elites. Eu lhe respondo: sim, os homens sempre foram conformistas e o máximo possível iguais uns aos outros, mas segundo sua classe social. E, no interior dessa distinção de classe, segundo suas condições culturais particulares e concretas (regionais). Hoje, ao contrário (e aqui entra a "mutação antropológica"), os homens são conformistas e todos iguais uns aos outros *segundo um código interclassista* (estudante igual a operário, operário do norte igual a operário do sul) — pelo menos potencialmente, na ansiosa vontade de se uniformizarem.

---

seguidas da sua tradução para o italiano-padrão. O primeiro foi editado no Brasil: *Meninos da vida*, São Paulo, Brasiliense, 1985, tradução de Rosa A. Petraits e Luiz Nazário (N. da T.)

[58] Tullio de Mauro (1932-2017), importante linguista italiano. Foi ministro da Educação. (N. da T.)

O artigo de Tullio di Mauro no *Paese Sera*, no qual defendia que ainda era possível diferenciar jovens de direita dos de esquerda, se intitulava "Se Pasolini fosse stato..." [Se Pasolini tivesse ido...]. (N. da E.)

Enfim, Calvino, gostaria de lhe fazer notar uma coisa. Não na qualidade de moralista, mas de analista. Na sua resposta apressada às minhas teses, no *Messagero* de 18/6/1974, lhe escapou uma frase duplamente infeliz. Trata-se da frase: "Não conheço os jovens fascistas de hoje e espero não ter ocasião de conhecê-los". Mas: 1) certamente você nunca terá tal ocasião, mesmo porque, se você topasse com jovens fascistas no compartimento de um trem, na fila de uma loja, na rua ou num salão, você *não os reconheceria*; 2) torcer para nunca encontrar jovens fascistas é um ultraje, porque deveríamos, ao contrário, fazer de tudo para descobri-los e encontrá-los. Eles não são representantes fatais e predestinados do Mal: não nasceram para ser fascistas. Quando se tornaram adolescentes e capazes de escolher, sabe-se lá por quais razões e necessidades, ninguém, de maneira racista, imprimiu neles a marca de fascistas. É uma forma atroz de desespero e de neurose que impele um jovem a semelhante escolha; e talvez tivesse bastado apenas uma pequena experiência diversa na sua vida, apenas um simples encontro, para que seu destino fosse outro.

Ampliação do "esboço" sobre a revolução antropológica na Itália

(11 de julho de 1974)[59]

(...)

Nós, os intelectuais, tendemos sempre a identificar a "cultura" com a nossa cultura, e portanto, a moral com a nossa moral e a ideologia com a nossa ideologia. Isso significa: 1) que não usamos a palavra "cultura" em sentido científico; 2) que assim exprimimos um insuprimível racismo em relação àqueles que, precisamente, vivem uma outra cultura. Na verdade, pela minha existência e meus estudos, sempre consegui, de modo satisfatório, evitar cair nesses erros. Mas quando Moravia[60] me fala de gente (ou seja, na prática, de todo o povo italiano) que vive num nível pré-moral e pré-ideológico, me demonstra que caiu em cheio nesses erros. O pré-moral e o pré-ideológico só existem diante da hipótese da existência de uma única moral e de uma única ideologia correta, que seria assim a nossa, burguesa, a sua, de Mo-

[59] A entrevista foi concedida a Guido Vergani e publicada em 11/7/1974 em *Il Mondo* com o título "Cari nemici, avete torto" [Caros inimigos, vocês estão errados]. Pasolini fez diversos cortes na versão do texto publicada em livro. (N. da E.)

Os artigos a que se refere Pasolini, publicados em *L'Espresso* de 23/6/1974, são "Lascia che ti spieghi la differenza tra noi due" [Deixe que eu explique a diferença entre nós], de Alberto Moravia; "Una volta un professore di sinistra fece un sogno" [Certa vez um professor de esquerda teve um sonho], de Elvio Fachinelli; "Che belle époque! Peccato che sia un fantasma" [Que bons tempos! Pena que seja um fantasma], de Lucio Colletti; "Lui sbaglierà ma almeno continua a pensare" [Pode ser que erre mas ao menos continua a pensar], de Leonardo Sciascia, e "Ma smettila di dire che la storia non c'è più" [Deixe de dizer que a história não existe mais], de Franco Fortini. A pesquisa realizada por Giorgio Bocca e Marco Nozza se intitulava *I killers di fuori* [Os killers de fora]. (N. da T.)

[60] Alberto Moravia (1907-1990), escritor italiano. (N. da T.)

ravia, e a minha, de Pasolini. Não existe, ao contrário, pré-moral ou pré-ideológico. Existe simplesmente uma outra cultura (a cultura popular) ou uma cultura precedente. É sobre essas culturas que se enxerta uma nova escolha moral e ideológica: por exemplo, a escolha marxista, ou então a escolha fascista.

Ora, tal escolha é essencial. Mas não é "tudo". De fato, tal escolha, como o próprio Moravia observa, não deve ser julgada em si mesma, mas por seus resultados teóricos ou práticos (as mudanças do mundo). Como é possível que escolhas corretas — por exemplo, um marxismo maravilhosamente ortodoxo — deem resultados tão horrivelmente errados? Exorto Moravia a pensar em Stálin. Quanto a mim, não tenho dúvidas: os "crimes" de Stálin são o resultado da relação entre escolha política (o bolchevismo) e a cultura precedente de Stálin (isto é, aquilo que Moravia chama, com desprezo, de pré-moral ou pré-ideológico). De resto, não é preciso recorrer a Stálin, a sua escolha correta e a seu fundo cultural camponês, clerical e barbárico. Os exemplos são infinitos. Eu mesmo, por exemplo, segundo Maurizio Ferrara[61] (que no *Unità* faz a mesma crítica a mim, isto é, me lembra severamente o valor essencial e definitivo da escolha), fiz uma escolha correta mas uma aplicação errada, devido, ao que parece, a meu irracionalismo cultural, ou seja, à cultura precedente na qual me formei.

Generalizemos agora esses casos particulares para milhões. Milhões de italianos fizeram escolhas (muito esquemáticas): por exemplo, muitos milhões de italianos escolheram o marxismo, ou ao menos o progressismo; outros milhões de italianos escolheram o clérico-fascismo. Tais escolhas, como sempre acontece, são enxertadas em uma cultura. Que é precisamente a cultura dos italianos. Cultura esta que, porém, nesse meio-tempo, mudou completamente. Não, não nas ideias expressas, não na escola, não nos valores conscientemente vividos. Por exemplo, um fascista "moderníssimo", isto é, manipulado pela expansão econômica italiana e estrangeira, ainda lê Evola.[62] A cultura italia-

[61] Maurizio Ferrara (1921-2000), jornalista e político italiano ligado ao PCI. (N. da T.)

[62] Julius Evola (1898-1974), pintor, escritor, poeta e filósofo italiano, conhecido pensador da extrema direita europeia. (N. da T.)

na mudou na vivência, no existencial, no concreto. A mudança consiste no fato de que a velha cultura de classe (com suas nítidas divisões: cultura da classe dominada, ou popular; cultura da classe dominante, ou burguesa, cultura das elites) foi substituída por uma nova cultura interclassista: que se exprime através do modo de ser dos italianos, através de sua nova qualidade de vida. As escolhas políticas, enxertadas no velho *humus* cultural, eram uma coisa; enxertadas neste novo *humus* cultural, são outra. O operário ou o camponês marxista dos anos quarenta ou cinquenta, na hipótese de uma vitória revolucionária, teria mudado o mundo de um modo; hoje, na mesma hipótese, o mudaria de outro. Não quero fazer profecias, mas não escondo que sou desesperadamente pessimista. Quem manipulou e mudou radicalmente (antropologicamente) as grandes massas camponesas e operárias italianas é um novo poder, para mim muito difícil de definir: mas tenho certeza de que é o mais violento e totalitário que já existiu: ele muda a natureza das pessoas, alcança o mais profundo das consciências. Portanto, sob as escolhas conscientes, há uma escolha compulsória, "comum a todos os italianos hoje em dia": sendo que a última só pode deformar as primeiras.

Quanto às outras intervenções do *Espresso*, a de Fachinelli[63] me é obscura. O oráculo foi muito enigmático. À de Colletti[64] não vou responder porque é superficial demais. Não dá para discutir com uma pessoa que demonstra claramente querer encerrar logo o assunto e parece estar decidida a não levar o outro em consideração. Acredito que a breve intervenção de Fortini poderia ser utilizada por mim a meu favor ("há que se perguntar se aquele 'não', ao menos em parte, não significa também a vontade de enxergar além do otimismo 'progressista'"), aceitando o ascético convite para continuar trabalhando também para as ínfimas minorias; ou, quem sabe, esperar que as "semelhanças" de hoje se tornem "diferenças" amanhã. De fato, eu trabalho para as ínfimas minorias, e se trabalho isso significa que não me desespero (embora deteste qualquer otimismo, que é sempre eufemístico). Só que a

---

[63] Elvio Fachinelli (1928-1989), psicanalista italiano. (N. da T.)

[64] Lucio Colletti (1924-2001), filósofo e político italiano. (N. da T.)

obstinação de Fortini em querer estar sempre no ponto mais avançado daquilo que se chama história — fazendo isso pesar muito sobre os outros — me dá um instintivo sentimento de tédio e de prevaricação. Eu deixarei de "dizer que a história não existe mais" quando Fortini deixar de falar com o dedo em riste. Quanto a Sciascia,[65] agradeço pela solidariedade sincera (corajosa diante do linchamento e da atroz suspeita de ser até uma espécie de Plebe,[66] lançada contra mim pelos miseráveis antifascistas do *Espresso*), mas sobre o seu discurso a respeito das Brigadas Vermelhas paira a sombra dos vários bilhetes escritos por Sossi,[67] bilhetes que sob análise linguística me pareceram de tamanha insinceridade, infantilismo, falta de humanidade, que justificam qualquer suspeita.

(...)

Foi a propaganda televisiva do novo tipo de vida "hedonista" que determinou o triunfo do "não" ao referendo. Não existe de fato nada menos idealista e religioso do que o mundo televisivo. É verdade que em todos esses anos a censura televisiva foi uma censura vaticana. Só que o Vaticano não entendeu o que devia e o que não devia censurar. Tinha que censurar, por exemplo, "Carosello",[68] porque é em "Carosello", onipotente, que explode em toda a sua nitidez, em sua incontestabilidade, em sua peremptoriedade, o novo tipo de vida que os italianos "devem" viver. E não venham me dizer que se trata de um tipo de vida em que a religião tenha algum peso. Por outro lado, as transmissões de caráter especificamente religioso da televisão são tão entediantes, de espírito tão repressivo, que o Vaticano teria feito muito bem em censurar todas elas. O bombardeamento ideológico televisivo não é explícito: está todo contido nas coisas, tudo indireto. Mas nunca antes um "modelo de vida" pôde ser propagandeado com tanta eficácia

---

[65] Leonardo Sciascia (1919-1986), escritor e político italiano. (N. da T.)

[66] Ver nota 53, p. 85. (N. da T.)

[67] Mario Sossi, magistrado italiano, sequestrado pelas Brigadas Vermelhas de 18 de abril a 23 de maio de 1974.

[68] Programa de televisão, que durou de 1957 a 1977, de anúncios publicitários apresentados em cenas curtas, numa montagem que remete ao movimento do carrossel. (N. da T.)

como através da televisão. O tipo de homem ou de mulher que conta, que é moderno, a ser imitado e realizado, não é descrito ou decantado: é representado! A linguagem da televisão é, por sua natureza, a linguagem físico-mímica, a linguagem do comportamento. Que é portanto imitada inteiramente, sem mediações, na linguagem físico-mímica e na linguagem do comportamento na realidade. Os heróis da propaganda televisiva — jovens em motos, garotas com pastas de dentes — proliferam em milhões de heróis análogos na realidade.

Justamente porque perfeitamente pragmática, a propaganda televisiva representa o momento indiferentista da nova ideologia hedonista do consumo: e é, portanto, enormemente eficaz.

Se no nível da vontade e da consciência a televisão, em todos estes anos, esteve a serviço da Democracia Cristã e do Vaticano, no nível involuntário e inconsciente ela esteve a serviço do novo poder, que não coincide mais ideologicamente com a Democracia Cristã e não sabe mais o que fazer com o Vaticano.

(...)

O que mais impressiona quando se anda por uma cidade da União Soviética é a uniformidade da massa: nunca se percebe uma diferença substancial entre os transeuntes, no modo de vestir, no modo de andar, no modo de serem sérios, no modo de sorrir, no modo de gesticular, em suma, no modo de se comportar. Numa cidade russa, o "sistema de signos" da linguagem físico-mímica não tem variantes: é perfeitamente idêntico em todos. Qual é então a primeira proposição dessa linguagem físico-mímica? É a seguinte: "Aqui não existe mais diferença de classe". E é uma coisa maravilhosa. Apesar de todos os erros e das involuções, apesar dos crimes políticos e dos genocídios de Stálin (dos quais é cúmplice todo o universo camponês russo), o fato de que o povo tenha vencido em 1917, e de uma vez por todas, a luta de classes, e tenha alcançado a igualdade dos cidadãos, é algo que provoca um profundo e exaltante sentimento de alegria e de confiança nos homens. O povo efetivamente conquistou a liberdade suprema: não lhe foi presentada por ninguém. Foi conquistada.

Hoje, também nas cidades do Ocidente — mas quero falar principalmente da Itália —, andando-se pelas ruas fica-se impressionado com a uniformidade da massa: também aqui não se percebe nenhuma diferença substancial entre os transeuntes (sobretudo jovens) no modo de vestir, no modo de andar, no modo de serem sérios, no modo de sorrir, no modo de gesticular, em suma, no modo de se comportar. E se pode portanto dizer, como para a massa russa, que o sistema de signos da linguagem físico-mímica não tem mais variantes, que é perfeitamente idêntico em todos. Mas enquanto na Rússia esse fenômeno é tão positivo a ponto de ser exaltante, no Ocidente, ao contrário, é um fenômeno negativo que chega a produzir um estado de ânimo próximo à repugnância definitiva e ao desespero.

A primeira proposição dessa linguagem físico-mímica é de fato a seguinte: "O Poder decidiu que somos todos iguais".

A ânsia do consumo é uma ânsia de obediência a uma ordem não enunciada. Cada um na Itália sente a ânsia, degradante, de ser igual aos outros no consumir, no ser feliz, no ser livre: porque esta é a ordem que inconscientemente recebeu, e à qual "deve" obedecer, sob pena de se sentir diferente. Nunca a diferença foi um delito tão pavoroso quanto neste período de tolerância. A igualdade não foi de fato conquistada, mas é uma "falsa" igualdade recebida de presente.

(...)

Uma das características principais dessa igualdade nas manifestações vitais, além da fossilização da linguagem verbal (os estudantes falam como livros impressos, os rapazes do povo perderam a habilidade de inventar gírias), é a tristeza: a alegria é sempre exagerada, ostentada, agressiva, ofensiva. A tristeza física a que me refiro é profundamente neurótica. Ela resulta de uma frustração social. Agora que o modelo social a ser realizado já não é o da própria classe, mas imposto pelo poder, muitos não são capazes de realizá-lo. E isso os humilha terrivelmente. Dou um exemplo muito simples. Antigamente o entregador de pão, o *cascherino* — como é chamado aqui em Roma — estava sempre, eternamente alegre: uma verdadeira alegria, que lhe saltava dos olhos. Rodava pelas ruas assobiando e fazendo piadas. Sua vitalidade era irresistível. Vestia-se muito mais pobremente do que agora: as calças remendadas, a camisa muitas vezes um verdadeiro trapo. Mas tudo isso fazia parte de um modelo que na periferia onde morava tinha um valor, um sentido. E do qual ele se orgulhava. Dispunha, para opor ao mundo da riqueza, de um mundo próprio, igualmente válido. Chegava na casa do rico com um riso naturalmente anárquico, que desacreditava tudo, embora fosse até respeitoso. Mas era justamente o respeito de uma pessoa profundamente alheia. E, afinal, o que conta é que essa pessoa, esse rapaz, era alegre.

Não é a felicidade que conta? Não é pela felicidade que se faz a revolução? A condição camponesa ou subproletária sabia expressar, nas pessoas que a viviam, uma certa felicidade "real". Hoje, essa felicidade — com o Desenvolvimento — foi perdida. Isso significa que o Desenvolvimento não é de modo algum revolucionário, nem mesmo quando é reformista. Ele provoca apenas angústia. Existem atualmente adultos da minha idade tão aberrantes que pensam que a seriedade (quase trágica) com que hoje em dia o *cascherino*, de cabelos compridos e bigodinho, carrega o seu pacote embrulhado num plástico, é melhor do que a alegria "boba" de antigamente. Acreditam que preferir a seriedade ao riso seja um modo viril de enfrentar a vida. Na realidade, são vampiros felizes de ver suas vítimas inocentes igualmente transformadas em vampiros. A seriedade, a dignidade são deveres horríveis que a pequena burguesia impõe a si própria; e ficam os pequeno-burgueses então felizes de ver os rapazes do povo também "sérios e dignos". Nem lhes passa pela cabeça a ideia de que essa é a verdadeira degradação: que os rapazes do povo são tristes porque tomaram consciência de sua própria inferioridade social, visto que seus valores e modelos culturais foram destruídos.

(...)

O fascismo dos antifascistas

(16 de julho de 1974)[69]

Marco Pannella[70] está há mais de setenta dias em jejum: chegou ao extremo. Os médicos começam a ficar realmente preocupados, e mais do que isso, assombrados. Por outro lado, não se vê a mínima possibilidade objetiva de que algo novo aconteça de modo a consentir que Pannella interrompa seu jejum que, nessas alturas, pode ser mortal (acrescente-se ainda que cerca de quarenta companheiros seus foram aos poucos se associando a ele em seu jejum).

Nenhum dos representantes do poder parlamentar (sejam do governo ou da oposição) parece, mesmo que minimamente, disposto a se "comprometer" com Pannella e seus companheiros. A vulgaridade do realismo político parece não conseguir encontrar nenhum ponto de co-

---

[69] Publicado no *Corriere della Sera* em 16/7/1974, com o título "Apriamo un dibatito sul caso Pannella" [Vamos abrir um debate sobre o caso Pannella]. Maurizio Ferrara responde a Pasolini com o artigo "I comunisti rispondono a Pasolini su Pannella" [Os comunistas respondem a Pasolini sobre Pannella], no *Corriere della Sera*, em 18 de julho, reinvindicando a contribuição decisiva do PCI para a vitória do não ao referendo, declarando ainda não poder considerar os pedidos de Pannella "o centro dos fatos urgentes da vida nacional". Rebate que o pedido dos oito referendos parece ao PCI "politicamente errado", e que o PCI não pode "delegar ao Partido Radical o direito de representá-lo". Ainda, Alfredo Vinciguerra (*Il Popolo*, 18 de julho) publica "Pasolini e Pannella egocentrici" [Os egocêntricos Pasolini e Pannella], e Giuseppe Prezzolini, "Polemica di un conservatore sul caso Marco Pannella" [Polêmica de um conservador sobre o caso Marco Pannella] (*Corriere della Sera*, 19 de julho). Como parte da polêmica, Pasolini entrevista Marco Pannella: "Noi siamo pazzi di libertà" [Somos loucos pela liberdade] (*Il Mondo*, 25 de julho). (N. da E.)

[70] Ver nota 19, p. 61. (N. da T.)

nexão com a candura de Pannella e, por conseguinte, a possibilidade de exorcizar e englobar seu escândalo. Ele está circundado pelo desprezo teológico. De um lado, Berlinguer e o Comitê Central do PCI;[71] do outro, os velhos poderosos democrata-cristãos. Quanto ao Vaticano, já há muito tempo os católicos se esqueceram de ser cristãos. Nada disso surpreende, e veremos por quê. Mas, quanto a acolher a mensagem de Pannella, são renitentes, céticos e vilmente evasivos também os "menores" (isto é, aqueles que têm "menor poder"): por exemplo, os assim chamados "católicos do não", ou mesmo os progressistas mais livres (que intervêm em apoio a Pannella somente enquanto "indivíduos", jamais como representantes de partidos ou grupos).

Ora, você se surpreenderia profundamente, leitor, se conhecesse as razões iniciais pelas quais Pannella e mais algumas dezenas de pessoas tiveram que adotar a arma extrema do jejum, em tal estado de desinteresse, abandono, desprezo. Ninguém, na verdade, "o informou", desde o início, oportunamente e com um mínimo de clareza, sobre tais razões; e certamente, vista a situação que delineei aqui para você, quem sabe que escandalosa exorbitância irá imaginar. Em vez disso, ei-las:

"1) a garantia de que fossem concedidos pela RAI-TV quinze minutos de transmissão à Lid[72] e quinze minutos a Dom Franzoni;[73] 2) a garantia de que o presidente da República concedesse uma audiência pública aos representantes da Lid e do Partido Radical, inutilmente solicitada há mais de um mês; 3) a garantia de que fosse levada em conta pela comissão de saúde da Câmara a proposta de lei socialista sobre a legalização do aborto; 4) a garantia de que o proprietário do *Messagero* assegurasse não uma fidelidade genérica aos princípios laicos do

---

[71] Ver nota 35, p. 72. (N. da T.)

[72] Sigla para *Lega Italiana per l'Istituizione del Divorzio* [Liga Italiana para a Institutição do Divórcio], criada em 1966 e defendida principalmente pelo Partido Radical. (N. da E.)

[73] Giovanni Battista Franzoni (1928-2017), teólogo beneditino e escritor italiano. Teve importante atuação no referendo sobre o divórcio, defendendo posição favorável à liberdade de voto por parte dos católicos. Foi punido pela hierarquia eclesiástica e fortemente criticado pela Democracia Cristã. (N. da T.)

jornal, mas informação laica e, em particular, o direito à informação das minorias laicas".

Trata-se, como se vê, de um pedido de garantias normalíssimas na vida democrática. Sua "pureza" de princípio não exclui desta vez sua exequibilidade. Considerando, repito, a total falta de informação a respeito de Pannella e de seu movimento, na qual você foi deixado por "toda" a imprensa italiana, não surpreenderia se você pensasse que Pannella é um monstro. Suponhamos, uma espécie de Fumagalli,[74] cujos pedidos, "quaisquer que fossem" e "aprioristicamente", não deveriam ser levados em consideração. Muito bem, para começar eu diria que, segundo o princípio democrático, jamais descumprido por Pannella, mesmo Fumagalli, que nomeei *pour cause*,[75] teria o direito de ser levado em consideração caso apresentasse pedidos de gênero "formal" como os apresentados pelos radicais. O respeito pela pessoa — pela sua configuração profunda na qual o sentimento de liberdade se dê a conhecer como substancial, permitindo que se articule e se exprima em nível, por assim dizer, "sacralizado" por uma razão laica — é para Pannella o *primum* de toda teoria e de toda práxis política. Nisso consiste o seu ser escandaloso. Um escândalo que não pode ser integrado, justamente porque seu princípio, mesmo que só em termos esquemáticos e populares, é sancionado pela Constituição.

Este princípio político absolutamente democrátrico é atualizado por Pannella através da ideologia da não violência. Mas não é tanto a não violência física que conta (esta pode até ser posta em discussão): a que conta é a não violência moral, ou seja, a total, absoluta, inderrogável ausência de qualquer moralismo. ("Defendemos que é moral o que assim cada um considera.") É tal forma de não violência (que repudia até a si mesma como moralista) que leva Pannella e os radicais a um outro escândalo: a absoluta recusa de qualquer forma de poder

---

[74] Carlo Fumagalli (1925) foi cofundador e líder do MAR (*Movimento di Azione Revoluzionaria*) [Movimento de Ação Revolucionária] em 1962. Posteriormente foi condenado por conspiração fascista. Para as citações de Pannella, ver o ensaio "Andrea Valcarenghi: *Underground: de punho cerrado*", neste volume. (N. da E.)

[75] Em francês no original: "não sem razão". (N. da T.)

e a consequente condenação ("não acredito no poder, e repudio até mesmo a fantasia se esta ameaça ocupá-lo"). Fruto da absoluta e quase ascética pureza desses princípios, que poderiam ser definidos "metapolíticos", é uma extraordinária limpidez do olhar pousado sobre as coisas e sobre os fatos: este não encontra nem a obscuridade involuntária dos preconceitos nem aquela intencional dos compromissos. Tudo é luz e razão ao redor desse olhar, o qual portanto, tendo como objeto as coisas e os fatos históricos e concretos — e o consequente juízo sobre os mesmos —, acaba por criar as premissas da não aceitação, por parte da gente de bem, da política radical ("ao longo do antifascismo da linha Parri-Sofri articula-se, há vinte anos, a litania da gente de bem da nossa política"; "(...) onde estariam os fascistas senão no poder e no governo? são os Moro,[76] os Fanfani,[77] os Rumor, os Pastore, os Gronchi, os Segni[78] e — por que não? — os Tanassi, os Cariglia, e quem sabe os Saragat, os La Malfa.[79] Contra a política feita por eles, na minha compreensão, se pode e se deve ser antifascista...").

Chegado a este ponto, suponho, caro leitor, que o "escândalo" Pannella esteja claro para você, mas suponho também que você esteja, ao mesmo tempo, tentado a considerar tal escândalo como quixotesco e discursivo. Que a posição desses militantes radicais (a não violência, a recusa de qualquer forma de poder e assim por diante) tenha envelhecido como a do pacifismo, da contestação etc., e que enfim se trataria de mera veleidade, a qual seria até santa e santificável, se suas condenações e suas propostas não fossem tão circunstanciadas e tão dirigidas *ad personam*.

Só que as coisas não estão realmente assim. Os princípios, por assim dizer, "metapolíticos" dos radicais conduziram-nos a uma práxis

---

[76] Aldo Moro (1916-1978), político italiano, ligado ao alto escalão da Democracia Cristã, foi sequestrado e assassinado pelas Brigadas Vermelhas. (N. da T.)

[77] Ver nota 20, p. 61. (N. da T.)

[78] Mariano Rumor, Giulio Pastore, Giovanni Gronchi, Antonio Segni: políticos italianos pertencentes ao quadro da Democracia Cristã. (N. da T.)

[79] Mario Tanassi, Nicola Cariglia, Giuseppe Saragat: nomes associados às formações político-partidárias socialistas italianas. Giorgio La Malfa, político ligado ao Partido Republicano Italiano. (N. da T.)

política de absoluto realismo. E não é por tais princípios "escandalosos" que o mundo do poder — governo e oposição — ignora, reprime, exclui Pannella, chegando a ponto de eventualmente transformar seu amor pela vida em assassinato: é justamente pela sua práxis política realista. De fato, o Partido Radical, a Lid (e seu líder Marco Pannella) são os reais vencedores do referendo de 12 de maio. E é precisamente isso que não é perdoado "por ninguém".

Foram eles os únicos que aceitaram o desafio do referendo e o desejaram, seguros da vitória esmagadora: previsão que era o resultado fatalmente concomitante de um "princípio" democrático inderrogável (mesmo com risco da derrota) e de uma "análise realista" da verdadeira vontade das novas massas italianas. Não é, portanto, repito, um princípio democrático abstrato (direito de decisão das bases e recusa de qualquer postura paternalista), mas uma análise realista, que é a imperdoável culpa do PR e da Lid atualmente.

Ao invés de serem recebidos e cumprimentados pelo primeiro cidadão da República, em homenagem ao povo italiano — vontade por eles prevista —, Pannella e seus companheiros são repelidos como corpos estranhos. Ao invés de aparecerem como protagonistas na tela da televisão, não lhes são concedidos nem mesmo os míseros quinze minutos de horário político. É certo que o Vaticano e Fanfani, os grandes perdedores do referendo, jamais poderão admitir que Pannella simplesmente "exista". Mas nem mesmo Berlinguer e o PCI, os outros perdedores do referendo, poderão jamais admitir sua existência. Pannella é portanto "revogado" da consciência e da vida pública italiana.

Neste ponto o caso se conclui com uma pergunta. A capacidade de jejuar de Pannella possui um limite orgânico dramático. E nada faz crer que ele queira abandoná-lo. O que estão fazendo os homens ou os grupos de poder em condição de decidir sobre seu destino? Até que ponto chegará o cinismo, a impotência ou o cálculo? É certo que não conta a favor do destino de Pannella o fato de esses homens terem muito pouco a perder, sendo o único problema, agora, salvar o salvável, e antes de tudo a si próprios. A realidade voltou-se repentinamente contra eles; o barco vaticano, dentro do qual esperavam levar a cabo, com segurança, a inteira travessia do abismo de suas vidas, ameaça seriamente afundar; causam náuseas às massas italianas que se fizeram, ainda que existencialmente, portadoras de valores com os quais pensavam estar brincando mas que, ao contrário, se revelaram os verdadeiros valores, capazes de inutilizar os grandes valores do passado e de arrastar fascistas e antifascistas (de hoje) para uma só ruína. Mesmo o mínimo que poderia ser pedido a eles, isto é, certa capacidade de administrar, revela-se uma atroz ilusão, ilusão da qual os italianos deveriam tomar conhecimento porque — como os valores do consumo e do bem-estar — deverão vivê-la "no próprio corpo".

Quem deve intervir são as esquerdas. Não se trata, porém, de salvar a vida de Pannella. E muito menos de salvá-lo de modo que as quatro pequenas "garantias" pedidas por ele, e as outras que foram agora acrescentadas, sejam levadas em consideração. Trata-se de levar em consideração a existência de Pannella, do PR e da Lid. E a circunstância exige que a existência de Pannella, do PR e da Lid coincidam com um pensamento e uma vontade de ação de alcance histórico e decisivo, coincidindo portanto com a tomada de consciência de uma nova realidade do nosso país e de uma nova qualidade de vida das massas, até o momento despercebida tanto pelo poder como pela oposição.

Pannella, o PR e a Lid tomaram consciência disso com total otimismo, com vitalidade, com a ascética vontade de ir fundo: otimismo talvez relativo no que diz respeito aos homens, mas inabalável no que diz respeito aos princípios (não vistos como abstratos ou moralistas).

Eles propõem oito novos referendos (reunidos praticamente em um só), já propostos há anos, num consciente desafio àquele proposto pela direita clerical (encerrado com a maior vitória democrática da recente história italiana). São esses oito referendos (revogação da Concordata entre Igreja e Estado, das anulações eclesiásticas, dos códigos militares, das normas contra a liberdade de imprensa e contra a liberdade de informação televisiva, das normas fascistas e parafascistas do código, entre elas a do aborto e, finalmente, a revogação do financiamento público dos partidos). São esses oito referendos que demonstram, enquanto ideação concreta e projeto de luta política, a visão realista de Pannella, do PR e da Lid. Desafiar o velho mundo político italiano nesse ponto e vencê-lo é o único modo de imprimir uma decisiva reviravolta prática à situação na qual a Itália se precipitou, além de ser o único ato revolucionário possível. Mas isso é contrário a muitíssimos interesses miseráveis de homens e partidos, e é isso que Pannella está pagando pessoalmente.

Na vida pública existem momentos trágicos, ou pior ainda, sérios, nos quais é preciso encontrar a força para fazer parte do jogo. Não resta outra solução. Portanto, caro leitor, passarei aqui do estilo epistolar ao da panfletagem, a fim de sugerir a você o modo de não cometer, nesta circunstância, aquilo que os católicos chamam pecado de omissão, ou, então, com o objetivo de fazê-lo participar do jogo, vital, de quem decide realizar um gesto "responsável". Você poderia decisivamente intervir na relação, ao que parece, indissolúvel, entre a intransigência democrática de Pannella e a impotência do Poder, enviando um telegrama ou um bilhete de "protesto" aos seguinte endereços: 1) Secretarias Nacionais dos Partidos (excluso, obviamente, o MSI[80] e afins), 2) Presidência da Câmara e do Senado.

---

[80] Movimento Social Italiano, de filiação direta ao antigo Partido Fascista. (N. da T.)

Em que sentido falar de uma derrota do PCI no referendo

(26 de julho de 1974)[81]

Ao ler a resposta "oficial" de Maurizio Ferrara a minha intervenção sobre Pannella, fiquei de queixo caído. Então era verdade. Toda a polêmica de Ferrara em nome do PCI contra minha pessoa foi baseada apenas na extrapolação de uma frase do meu texto (*Corriere della Sera*, 10/6/1974), frase tomada literalmente, e infantilmente simplificada. A frase é: "A vitória do 'não' é na verdade uma derrota... Mas, em certo sentido, uma derrota também de Berlinguer e do Partido Comunista".

Ora, até mesmo uma criança teria compreendido a "relatividade" de uma afirmação como essa e que, enquanto a palavra "derrota", referida à DC e ao Vaticano, soa em seu pleno significado literal e objetivo, a mesma palavra referida ao PCI tem um significado infinitamente mais sutil e complexo. Até mesmo uma criança teria compreendido o quanto é paradoxal a identificação de duas derrotas na realidade socialmente tão diferentes. Mas o fato é que, de qualquer modo, há uma "derrota" do PCI, e isto não deveria ser dito. E se alguém houvesse dito isso, não deveria de modo algum ser escutado. Deveria ser — como diz Pannella — revogado.

---

[81] Publicado no *Corriere della Sera* em 26/7/1974 com o título "Abrogare Pasolini" [Revogar Pasolini]. Os demais artigos citados: Maurizio Ferrara, "I comunisti rispondono a Pasolini su Pannella" [Os comunistas respondem a Pasolini sobre Pannella], cit.; Franco Ferrarotti, "Il potere bisogna stanarlo" [É preciso pôr o poder a descoberto] (*Paese Sera*, 15 de julho); Giorgio Bocca, "L'acqua calda di Pasolini" [O lero-lero de Pasolini] (*Il Giorno*, 7 de julho); Prezzolini, "Polemica di un conservatore sul caso Marco Pannella", cit.; Bocca responde a Pasolini no *Giorno* de 28 de julho: "Due parole a Pasolini" [Duas palavras para Pasolini]. (N. da E.)

Quem sentisse a necessidade primária de me "revogar" — cancelando de toda e qualquer possível realidade, mesmo figurada, a palavra "derrota" referida ao PCI (ingrata incumbência confiada precisamente a Maurizio Ferrara) — estaria aprioristicamente impedido de compreender qualquer outra coisa que eu dissesse, porque, como bem sabem os advogados, é preciso desacreditar, sem piedade, integralmente a pessoa que testemunha para desacreditar o seu testemunho.

Assim se explica a incrível incapacidade de Maurizio Ferrara em entender meus argumentos, incapacidade esta que não é devida à rudeza, à desinformação, à estreiteza mental, razões em que um leitor maldoso ou exasperado seria levado a pensar.

Fora o famoso ponto (a "derrota") em que Ferrara usa argumentos perfeitamente corretos — a presença imponente e decisiva do PCI etc. — mas um tanto quanto inúteis, já que eu mesmo os havia considerado de tal modo justos que não poderiam ser rebatidos sem ofender a inteligência do leitor —, todo o resto do que eu disse, nas minhas intervenções "enlouquecidas" na interpretação de Ferrara, sofreu uma deformação caricatural, além de deslealmente redutiva. Trata-se, para ser mais claro, de linchamento. Uma pessoa é linchada quando se diz que ela define como "vulgar" oito ou nove milhões de comunistas, quando, em vez disso, o que ela definiu como "vulgar" foi a política oficial das oligarquias dirigentes. Uma pessoa é linchada quando lhe é atribuída a afirmação de que DC e PCI são "iguais no poder", retomando mesquinhamente um conceito bem mais complicado e dramático. Uma pessoa é linchada quando lhe é atribuída a afirmação de que "Fumagalli[82] tem direito ao acesso à televisão", quando tal afirmação (não concernente ao "acesso à televisão", e sim, em sentido infinitamente mais liberal, aos "direitos humanos") faz parte do discurso — reportado por mim — de um outro (no caso específico, Pannella que, de qualquer modo, falava disso de modo paradoxal, por princípio). Uma pessoa é linchada quando um conceito seu é reduzido arbitrariamente, tornando-o, de modo delatório, um alvo fácil do desprezo e do riso público. É o que faz Ferrara a respeito das minhas ideias, decerto

[82] Ver nota 74, p. 99. (N. da T.)

não novas, mas decerto dramáticas, sobre o que são hoje fascismo e antifascismo, confrontados com a maciça, impenetrável, imensa ideologia consumista, que é a ideologia "inconsciente mas real" das massas, mesmo que seus valores ainda sejam vividos apenas existencialmente.

Mas aqui talvez Ferrara não tenha compreendido, no sentido propriamente mental, o problema. Como não compreendeu o sentido dos meus discursos sobre "aculturação padronizante" (da qual eu falava me referindo exclusivamente aos jovens e às culturas "particulares e reais" do país). Coisas que, se não são compreendidas, parecem idiotice. E, desse modo, eu me vejo achincalhado por causa de ideias que nasceram exclusivamente na cabeça de quem me achincalha (um homem de poder — isto é o mais grave —, uma pessoa que representa oito ou nove milhões de eleitores).

O que, entretanto, eu gostaria de saber de Maurizio Ferrara, sem reservas mentais e sem polêmicas maldosas, é por que os comunistas "consideram errado" — o que Ferrara anuncia laconicamente, como se fosse a opinião do papa — o pedido dos oito referendos.

Tudo o que eu disse sobre a ideologia "inconsciente mas real" do hedonismo consumista, com seus efeitos de nivelamento de todas as massas no comportamento e na linguagem física — por isso as escolhas políticas da consciência não coincidem mais com as escolhas existenciais —, tudo o que eu disse sobre a violenta, repressiva, terrificante aculturação dos centros de poder e o consequente desaparecimento das velhas culturas particulares e reais (com seus valores) — já tinha sido dito, e mais ainda (o que é definitivamente tranquilizador), até "nomeado"? Foram feitos congressos internacionais de sociologia sobre tais problemas? É o que gentilmente Ferrarotti me objeta (*Paese Sera*, 15/7/1974) para me reduzir, por sua vez, ao silêncio e à inexistência. Mas justamente os nomes que — com tanto deleite — parecem exaustivos a Ferrarotti, justamente os nomes (*melting pot!*), e justamente os lugares internacionais onde tais nomes são ditos, demonstram que o problema "italiano" não foi sequer vagamente confrontado. E é isto o que eu confronto. Porque vivo isto. E não jogo em duas frentes — a da vida e a da sociologia — porque se fosse assim a minha ignorância sociológica não teria aquele "candor cativante" de que fala o próprio Ferrarotti.

Muito bem. Considero poder sustentar razoavelmente que o problema italiano não encontra problemas equivalentes no resto do mundo capitalista. Nenhum país possuiu como o nosso tal quantidade de culturas "particulares e reais", tal quantidade de "pequenas pátrias", tal quantidade de mundos dialetais: quero dizer, nenhum país que tenha passado por um "desenvolvimento" tão arrasador. Nos outros grandes países já havia ocorrido antes imponentes "aculturações", às quais a última e definitiva — a do consumo — se sobrepõe com certa lógica. Também os Estados Unidos são enormemente complexos em termos culturais (subproletários vindos do mundo inteiro concentraram-se ali caoticamente), mas em sentido vertical e, como dizer, molecular, não em sentido tão perfeitamente geopolítico como na Itália. Portanto, jamais se falou sobre o problema italiano. Ou, se se falou, ninguém soube. O feliz nominalismo dos sociólogos parece se exaurir no seu próprio círculo. Eu vivo nas coisas, e invento como posso o modo de nomeá-las. Sei que se procuro "descrever" o aspecto terrível de toda uma nova geração que foi submetida a todos os desequilíbrios resultantes de um desenvolvimento estúpido e atroz, e procuro "descrevê-lo" "neste" jovem, "neste" operário, não sou compreendido: porque ao sociólogo e ao político de profissão não interessa absolutamente nada "deste" jovem, "deste" operário. Ao contrário, a mim, pessoalmente, é a única coisa que interessa.

Houve também alguns jovens "extremistas" de esquerda que compreenderam mal minhas palavras (recebi cartas, aliás muito atenciosas, de Milão, de Bergamo). Mas que fique bem claro: eu condenei a identificação dos extremismos opostos desde 13-14 de dezembro de 1969. E, citando Saragat,[83] que foi quem inaugurou oficialmente tal identificação, fiz minha condenação também bastante solene (no poema "Patmos", escrito justamente no dia seguinte ao massacre de Milão[84]

[83] Giuseppe Saragat (1898-1988), integrante do Partido Socialista e quinto presidente da República Italiana. (N. da T.)

[84] Atentado terrorista realizado em 12 de dezembro de 1969, na Piazza Fontana, no centro de Milão, contra a *Banca Nazionale della Agricoltura* [Banco Nacional da Agricultura], com 17 mortos e 88 feridos. (N. da T.)

e publicada em *Nuovi Argomenti*,[85] nº 16, de outubro-dezembro de 1969). Não são os antifascistas e os fascistas extremistas que se identificam. Além do quê, os poucos milhares de jovens extremistas fascistas são, na realidade, forças estatais: já o disse várias vezes, e muito claramente.

Entre as intervenções que trouxeram confusão, fragmentando a discussão que poderia ter sido útil a todos, a mais desagradável foi a de Giorgio Bocca.[86] O meu amigo, como os outros, fez antes de mais nada ilações pessoais, reconstruindo como lhe convinha, de modo advocatício, um episódio da minha biografia. Se uma multidão de jovens, como ele disse em um resumo inexato e portanto desleal, me agrediu em 1968, ele, à época, deveria ter imediatamente tomado a caneta e me defendido impavidamente, já que ele mesmo, naquele período, havia escrito, a propósito dos intelectuais italianos, que eu era "o melhor de todos"! Como mudou facilmente de ideia o nosso amigo! Bastou, ao que tudo indica, que o índice de popularidade deixasse de estar a meu favor. A lógica de Bocca é, além disso, baseada em um bom senso pragmático muito suspeito. Acontece que, enquanto eu converso, ele arregaça as mangas e trabalha. Com a rudeza que é compreensível ou explicável em Ferrara, mas em hipótese alguma nele, Bocca entendeu literalmente — talvez através de um relato simplificadíssimo de algum colega (porque não me parece possível que ele tenha lido o que escrevi) — a identificação entre fascistas e antifascistas (no sentido dito acima), e a qualificação de fascista atribuída ao novo poder nominalmente antifascista. Bocca reduziu esses conceitos a alvo blasfemo, e partiu, ele também, para o linchamento. Eu, portanto, estrilo como uma águia solitária, enquanto ele, humilde e indefeso, trabalha. Trabalha, atualmente, numa "matéria" sobre o fascismo: "matéria" que eu defini como uma tarefinha errada e chata. Agora acrescento, errada, chata e copiada. De fato, no mesmo número do *Giorno* (7 de julho de 1974) em que ele me ataca, foi publicado o segundo fascículo da tal "matéria", da qual grande parte é literalmente copiada de *Valpreda più qua-*

---

[85] Revista ainda em circulação, criada em 1953 por Alberto Moravia e Alberto Carocci, que teve também Pasolini entre seus editores. (N. da T.)

[86] Giorgio Bocca (1920-2011), jornalista e escritor italiano. (N. da T.)

tro [Valpreda mais quatro], organizado pela "Magistratura democrática", com apresentação de Giuseppe Branca (Editora Nuova Italia), naturalmente não citado. Todo zelo esconde sempre algo ruim: até o zelo antifascista.

Se Ferrara e Bocca compreenderam "mal" o que escrevi — reduzindo-o a uma simplificação horrenda — Prezzolini[87] compreendeu exatamente o contrário. O escândalo de Pannella consiste em lutar em nome de todas as minorias, não apenas Dom Franzoni, mas também maometanos, budistas, talvez fascistas e talvez os próprios adversários do momento (Prezzolini inclusive). Então Prezzolini, com ironia vulgar, desafia Pannella a fazer algo que Pannella de fato faz, com base em um princípio supremamente formal de democracia que Prezzolini não está à altura de compreender. Como não compreendeu que o país onde viveu por trinta e dois anos não é o reino da democracia, mas sim do pragmatismo. É em nome desse pragmatismo que Prezzolini (para minha grande satisfação: é uma nêmese) deu uma mãozinha a Bocca.

Por último (até o momento), o republicano Adolfo Battaglia, que me chama de "palhaço", só porque sou um intelectual-escritor. Não sei se é coisa de derivação scelbiana ("culturame")[88] ou sociológica (Schumpeter, Kernhauser, Mannheim, Hoffer, Von Mises, De Juvenel, Shils, Veblen etc.): é de supor todavia que se trate do conhecido moralismo à italiana, graças ao qual automaticamente o "palhaço" se torna "bode expiatório", restabelecendo-se assim (oh, decerto involuntariamente) a verdade.

Me desculpo com o leitor por tê-lo arrastado a este labirinto de "consciências infelizes", a este estilhaçamento de um discurso que poderia ser completo e cívico.

[87] Giuseppe Prezzolini (1882-1982), jornalista, editor e escritor italiano. (N. da T.)

[88] "Culturame", com o sentido de "cultura desprezível", foi uma palavra cunhada por Mario Scelba (1901-1991), um dos fundadores do partido italiano Democracia Cristã, em polêmica com o crítico literário Luigi Russo (1892-1961). (N. da T.)

O pequeno discurso histórico de Castelgandolfo

(22 de setembro de 1974)[89]

Talvez tenha impressionado alguns leitores a fotografia do papa Paulo VI com uma coroa de plumas *sioux* na cabeça, cercado por um pequeno grupo de peles-vermelhas em trajes típicos: cena folclórica extremamente embaraçosa, ainda mais porque a atmosfera parecia familiar e afável.

Não sei o que levou Paulo VI a pôr aquela coroa de plumas na cabeça e a posar para o fotógrafo. De qualquer modo, não se trata de uma incoerência. Ao contrário, no caso dessa fotografia de Paulo VI, pode-se falar de uma atitude particularmente coerente com a ideologia, consciente ou inconsciente, que dirige os atos e gestos humanos, transformando-os em "destino" ou em "história". No caso em questão, em "destino" de Paulo VI e em "história" da Igreja.

Na mesma ocasião em que tirou essa fotografia, que "é melhor nem comentar" (não por hipocrisia, mas por respeito humano), Paulo VI pronunciou de fato um discurso que não hesitarei, com a devida solenidade, em declarar histórico. E não me refiro nem à história recente nem, muito menos, à atualidade. Tanto é que esse discurso de Paulo VI nem sequer virou notícia, como se diz: nos jornais, dele só li relatos lacônicos e evasivos, relegados a um canto de página qualquer.

---

[89] Publicado no *Corriere della Sera* com o título "I dilemmi di un Papa, oggi" [Os dilemas de um papa, hoje]. Uma leitura consistente do discurso do papa (em 11 de setembro) e a refutação dos "despropósitos teológicos" de Pasolini serão propostos pelo padre Virginio Rotondi no *Tempo* de 28 de setembro ("L'unico ad agitarsi è stato lui, Pasolini" [O único a se agitar foi ele, Pasolini]). (N. da E.)

Ao dizer que o discurso recente de Paulo VI é histórico, estou me referindo a todo o curso da história da Igreja Católica, isto é, da história humana (eurocêntrica e culturocêntrica, pelo menos). Paulo VI, de fato, admitiu explicitamente que a Igreja foi superada pelo mundo; que o papel da Igreja se tornou de repente incerto e supérfluo; que o Poder real não precisa mais da Igreja e por isso a abandona a si própria; que os problemas sociais acabam sendo resolvidos no interior de uma sociedade onde a Igreja perdeu todo o prestígio; que não existe mais o problema dos "pobres", ou seja, o problema principal da Igreja etc. etc. Resumi as ideias de Paulo VI com minhas próprias palavras, isto é, com palavras que venho usando há muito tempo para dizer essas coisas. Mas o sentido do discurso de Paulo VI é precisamente este que aqui resumi; e até as palavras, afinal, não são muito diferentes.

Para dizer a verdade, não é a primeira vez que Paulo VI é sincero; mas, até agora, seus ímpetos de sinceridade tinham se manifestado de forma anômala, enigmática e muitas vezes (do ponto de vista da própria Igreja) um tanto inoportuna. Eram como arrebatamentos reveladores do seu verdadeiro estado de ânimo, que coincidia objetivamente com a situação histórica da Igreja, vivida pessoalmente pelo seu Chefe. Além disso, as encíclicas "históricas" de Paulo VI eram sempre fruto de um compromisso entre a angústia do papa e a diplomacia vaticana: compromisso que não deixava jamais perceber se tais encíclicas eram um progresso ou um retrocesso em relação às de João XXIII. Um papa profundamente impulsivo e sincero como Paulo VI acabava por parecer ambíguo e insincero, por definição. Agora, de repente, toda a sua sinceridade vem à tona, com uma clareza quase escandalosa. Como e por quê?

Não é difícil responder. Pela primeira vez, Paulo VI fez aquilo que João XXIII fazia habitualmente, ou seja, explicou a situação da Igreja recorrendo a uma lógica, a uma cultura, a uma problemática não eclesiástica, até mesmo exterior à Igreja: a do mundo laico, racionalista, talvez até socialista — mesmo que atenuado e anestesiado pela sociologia.

Um olhar fulminante lançado "do exterior" sobre a Igreja bastou para que Paulo VI compreendesse a real situação histórica dela: situação histórica que, após ser revivida "do interior", se revela trágica.

E foi aí que irrompeu, dessa vez sinceramente, a sinceridade de Paulo VI: ao invés de adotar a linha típica do período, ou seja, a linha do compromisso, da razão de Estado, da hipocrisia, as palavras sinceras de Paulo VI seguiram a lógica da realidade. Os reconhecimentos decorrentes são portanto reconhecimentos históricos, no sentido solene de que falei: eles delineiam de fato o fim da Igreja, ou pelo menos o fim do papel tradicional que a Igreja exerceu ininterruptamente durante dois mil anos.

Certamente — através talvez das ilusões que o Ano Santo não poderá deixar de criar — Paulo VI encontrará um meio de voltar a ser (de boa-fé) insincero. Seu pequeno discurso deste final de verão em Castelgandolfo será formalmente esquecido, serão erguidas ao redor da Igreja novas e tranquilizadoras barreiras de prestígio e esperança etc. etc. Mas sabe-se que a verdade, uma vez enunciada, é indelével; e irresistível a nova situação histórica que dela deriva.

À parte os problemas práticos particulares (como o fim das vocações religiosas), para cujas soluções o papa se revelou incapaz de formular alguma hipótese, agora é com relação a toda a situação dramática da Igreja que ele se mostra inteiramente irracional (isto é, de novo e de uma outra maneira, sincero). De fato, a solução que ele propõe é "rezar". O que significa que, depois de ter analisado a situação da Igreja "do exterior" e ter percebido seu caráter trágico, a solução que ele propõe é reformulada "do interior". Portanto, entre a colocação e a solução do problema não só existe uma relação historicamente ilógica, mas também uma indubitável incomensurabilidade. Além do quê, se o mundo superou a Igreja (em termos ainda mais absolutos e decisivos do que os demonstrados pelo referendo), é claro que esse mundo, justamente, não "reza" mais. Consequentemente, a Igreja é levada a "rezar" por ela mesma.

Assim, após ter denunciado com uma sinceridade dramática e escandalosa o perigo do fim da Igreja, Paulo VI não dá nenhuma solução ou indicação para enfrentá-lo.

Talvez porque não exista possibilidade de solução? Talvez porque o fim da Igreja seja doravante inevitável, por causa da "traição" de milhões e milhões de fiéis (principalmente camponeses, convertidos ao laicismo e ao hedonismo do consumo) e da "decisão" do poder, que agora está seguro de controlar esses ex-fiéis através do bem-estar e sobretudo da ideologia imposta a eles sem nem mesmo a necessidade de nomeá-la?

É possível. Mas uma coisa é certa: se os erros da Igreja foram numerosos e graves na sua longa história de poder, o mais grave de todos seria aceitar *passivamente* a sua própria liquidação por parte de um poder que zomba do Evangelho. Numa perspectiva radical, talvez utópica, ou, pode-se até dizer, milenarista, fica então claro o que a Igreja deveria fazer para evitar um fim inglório. Deveria *passar à oposição*. E, para passar à oposição, deveria antes de mais nada negar a si própria. Deveria passar à oposição contra um poder que a abandonou cinicamente, projetando reduzi-la, sem a menor cerimônia, a puro folclore. Deveria negar a si própria para reconquistar os fiéis (ou aqueles que sentem uma "nova necessidade de fé) que a abandonaram justamente por aquilo que ela é.

Se retomasse uma luta que, por sinal, faz parte de sua tradição (a luta do Papado contra o Império), mas não para conquistar o poder, a Igreja poderia ser o guia, grandioso mas não autoritário, de todos aqueles que recusam (e é um marxista que aqui fala, e justamente enquanto marxista) o novo poder consumista que é completamente irreligioso, totalitário, violento, falsamente tolerante, aliás, mais repressivo que nunca, corruptor, degradante (hoje, mais do que nunca, tem sentido a afirmação de Marx segundo a qual o capital transforma a dignidade humana em mercadoria). É essa recusa, então, que a Igreja poderia simbolizar, voltando às suas origens, isto é, à oposição e à revolta. Ou fazer isso, ou então aceitar um poder que não a quer mais, ou seja: suicidar-se.

Vou dar apenas um exemplo, mesmo que aparentemente redutor. Um dos mais poderosos instrumentos do novo poder é a televisão. A Igreja não entendeu isso até agora. Ao contrário, lamentavelmente achou que a televisão fosse um instrumento *seu* de poder. E, sem dúvida, a censura da televisão de fato foi uma censura vaticana. Além disso, a televisão fazia uma propaganda contínua da Igreja. Mas, justamente, fazia um tipo de propaganda completamente diferente da propaganda com que, por um lado, lançava os produtos e, por outro lado, e sobretudo, elaborava o novo modelo humano do consumidor.

A propaganda da Igreja era antiquada e ineficaz, puramente verbal; e explícita demais, pesadamente explícita. Um verdadeiro desastre em comparação à propaganda não verbal e maravilhosamente ágil dos produtos e da ideologia de consumo, com seu hedonismo perfeitamente irreligioso (nada de sacrifício, nada de fé, nada de ascetismo, nada de bons sentimentos, nada de economia, nada de hábitos austeros etc. etc.). Foi a televisão o principal artífice da vitória do "não" ao referendo, através da laicização, de fato imbecilizadora, dos cidadãos. E aquele "não" ao referendo forneceu apenas uma pálida ideia do quanto a sociedade italiana mudou precisamente no sentido indicado por Paulo VI no seu histórico discurso de Castelgandolfo.

Deveria a Igreja continuar aceitando semelhante televisão? Isto é, um instrumento da cultura de massa pertencente àquele novo poder "que não sabe mais o que fazer com a Igreja"? Não deveria, ao contrário, atacá-la violentamente, com a fúria de um São Paulo, justamente por sua *real irreligiosidade*, cinicamente retificada por um clericalismo oco?

Naturalmente, em vez disso, um grande acontecimento televisivo é anunciado para a inauguração do Ano Santo. Pois bem, que fique claro para os homens religiosos que essas manifestações pomposamente televisionadas não passarão de manifestações folclóricas grandes e vazias, e doravante politicamente inúteis mesmo para a direita mais tradicional.

Dei o exemplo da televisão porque é o mais espetacular e macroscópico. Mas poderia dar mil outros exemplos relativos à vida cotidiana de milhões de cidadãos: desde a função do padre num mundo agrícola em total abandono até a revolta das elites teologicamente mais avançadas e escandalosas.

Mas, definitivamente, o dilema hoje é este: ou a Igreja assume a máscara traumatizante de um Paulo VI folclórico que "brinca" com a tragédia, ou assume a trágica sinceridade de um Paulo VI que anuncia temerariamente o seu fim.

Novas perspectivas históricas: a Igreja é inútil ao Poder

(6 de outubro de 1974)[90]

Referindo-se à minha intervenção sobre o estado atual e real da Igreja (*Corriere della Sera*, 22/9/1974), *L'Osservatore Romano* — em um artigo de reação violenta — escreve, entre outras coisas: "Não sabemos de onde o supracitado retira tanta credibilidade a não ser de filmes de um decadentismo enigmático e reprovável, da habilidade de uma escrita corrosiva e de comportamentos um tanto quanto excêntricos".

Limitemo-nos a observar a antiquada frase que contém todo o "espírito" (no sentido de "cultura") do artigo clerical. O que se nota de imediato é uma ideia que a qualquer pessoa normal parecerá imediatamente aberrante: a ideia de que alguém, para escrever alguma coisa, deve possuir "credibilidade". Eu sinceramente não entendo como uma coisa dessas possa passar pela cabeça de alguém. Sempre pensei, como qualquer pessoa normal, que por trás de quem escreve deva haver necessidade de escrever, liberdade, autenticidade, risco. Pensar que deva existir algo de social e oficial que "fixe" a credibilidade de alguém é um pensamento, sem dúvida, aberrante, que se deve evidentemente à deformação de quem não sabe mais conceber a verdade fora da autoridade.

Eu não tenho sobre meus ombros nenhuma credibilidade: a não ser a que provém paradoxalmente de não tê-la e de não querer tê-la; de me ter colocado em condição de não ter nada a perder e, portanto, de não ser fiel a pacto nenhum, a não ser aquele com um leitor que considero, de resto, digno de pesquisas cada vez mais ousadas.

---

[90] Publicado no *Corriere della Sera* com o título "Chiesa e Potere" [Igreja e Poder]. O artigo citado do *Osservatore Romano*, sem assinatura, intitulava-se "I sofismi del nuovo 'profeta'" [Os sofismas do novo 'profeta']; o do escritor Mario Soldati, "La visita del padre" [A visita do pai]. (N. da E.)

Mas suponhamos, numa hipótese absurda, que eu possua "credibilidade"; digamos, contra a minha própria vontade, e decretada objetivamente no contexto cultural e na vida pública italiana.

Nesse caso, a proposição vaticana é ainda mais grave. De fato, ela põe sob suspeita não somente os círculos culturais, nos quais atuo como escritor, mas também as centenas de milhares e, em alguns casos, os milhões de italianos "simples" que decretam o sucesso das minhas obras cinematográficas. Resumindo, são culpados os críticos que me julgam e são tolos os espectadores que vão assistir a meus filmes. Tudo isso é "culturame". E é "culturame" porque não é clérico-fascista. De fato, quando no *Osservatore Romano* se escreve que um filme "é de um 'decadentismo' enigmático e reprovável", é inevitável: o sentido dessas palavras é o mesmo daquele da subcultura que queimava os livros e os quadros "decadentes" em nome de uma "moral sadia". Também a "escrita corrosiva" é um estilema típico de uns trinta anos atrás, porque institui o confronto entre uma hipotética saúde e a integridade da cultura oficial, baseada na autoridade e no poder. Finalmente, com a referência aos "comportamentos excêntricos" chegamos à alusão pessoal. Mas sobre isso não vou replicar. Cristo, ademais, nunca submeteu a "ovelha negra" (ou "desgarrada") a dar explicações.

A história da Igreja é uma história de poder e de crimes de poder; mas, ainda pior, é — ao menos no que diz respeito aos últimos séculos — uma história de ignorância. Ninguém poderia, por exemplo, demonstrar que continuar falando hoje de São Tomás de Aquino, ignorando a cultura liberal, racionalista e laica, primeiro, e depois a cultura marxista em política e a cultura freudiana em psicologia (para me ater a noções simples e elementares), não seja um ato subcultural. A ignorância da Igreja nos últimos dois séculos tem sido paradigmática, sobretudo no caso da Itália. Foi sobre ela que se moldou a ignorância indiferentista[91] da burguesia italiana. Trata-se de fato de uma ignorância cuja definição cultural é: a perfeita coexistência de "irracionalismo", "formalismo" e "pragmatismo". As sentenças da Sagrada Rota Romana são, por exemplo, um enorme *corpus* de documentos que de-

---

[91] Ver nota 21, p. 61. (N. da T.)

monstram a arbitrariedade espiritualista e formalista, por um lado, e por outro o tétrico praticismo (que beira até formas de behaviorismo fanático) através dos quais a Igreja vê as coisas do mundo.

As atualizações que parte do clero, incluindo o Vaticano, tentou e às vezes concretizou apenas confirmam o que eu disse. Na realidade, tais atualizações dizem respeito à técnica e à sociologia. Mais uma vez a cultura real ficou de fora. Mais uma vez são os instrumentos do poder que se mostram significativos e decisivos.

É essa cultura vaticana particular, como falta de cultura real, que provavelmente impediu o articulista do *Osservatore Romano* de entender o que escrevi sobre a crise da Igreja. Não era de fato um ataque: era, sim, quase um ato de solidariedade — decerto extremamente anômala e prematura — devida ao fato de que — finalmente — a Igreja me parecia derrotada: e portanto finalmente livre de si mesma, isto é, do poder.

Em um artigo no *Stampa* (29/9/1974), Mario Soldati[92] fala sobre a "risada" de um jesuíta quando lhe perguntam se ele possui um automóvel. Em tal risada Soldati vê um primeiro sinal, falso, de caráter prático e tradicionalista ("Não, não tenho carro, não são mais os tempos em que os jesuítas possuem carro"). Mas, por debaixo, no fundo, na essência daquela risada, Soldati vê uma sincera, exaltante, irresistível felicidade. A felicidade de ver as relações da Igreja com o mundo finalmente invertidas e renovadas. A felicidade da derrota. A felicidade de ter que recomeçar tudo do início. "A liberação do poder."

No choro de Paulo VI (me refiro a seu discurso histórico em Castelgandolfo no fim do verão[93]) senti a mesma coisa: um primeiro sinal de dor e desilusão, "merecidos", pelo declínio de um grandioso aparato de poder; e um sinal mais subterrâneo de dor sincera e profunda, isto é, religiosa, repleta de possibilidades futuras.

Quais são essas possibilidades futuras?

Antes de tudo, a distinção radical entre Igreja e Estado. Sempre me surpreendeu, ou melhor, na verdade, sempre me indignou profun-

---

[92] Mario Soldati (1906-1999), cineasta e escritor italiano. (N. da T.)

[93] Ver *O pequeno discurso histórico de Castelgandolfo*, neste volume. (N. da E.)

damente a interpretação clerical da frase de Cristo: "Dar a César o que é de César e a Deus o que é de Deus", interpretação na qual se concentrava toda a hipocrisia e a aberração que caracterizaram a Igreja contrarreformista. Fez-se passar — por mais que possa parecer monstruoso — por moderada, cínica e realista uma frase de Cristo que era, evidentemente, radical, extremista, perfeitamente religiosa. Cristo de fato não poderia de modo algum querer dizer: "Contente-se com qualquer coisa, não procure dores de cabeça na política, concilie a praticidade da vida social e a incontestabilidade da vida religiosa, dê uma no cravo e outra na ferradura. Ao contrário, Cristo — em absoluta coerência com toda a sua pregação — só poderia querer dizer: "Distinga claramente César e Deus; não os confunda; não os faça coexistir indiferentemente com a desculpa de poder servir melhor a Deus; não os concilie: lembre-se bem que o meu 'e' é disjuntivo, criando dois universos não comunicantes, ou, se quiser, contrastantes; em suma — repito — 'inconciliáveis'". Ao colocar esta dicotomia extremista, Cristo conduz e convida à oposição perene a César, ainda que talvez não violenta (diferentemente daquela dos zelotes).

A segunda novidade religiosa que se apresenta para o futuro é a seguinte. Até hoje, a Igreja foi a Igreja do universo camponês, o qual extraiu do cristianismo seu único momento original em relação a todas as outras religiões, isto é, Cristo. No universo camponês, Cristo foi assimilado a um dos mil adônis ou das mil prosérpinas existentes, os quais ignoravam o tempo real, isto é, a história. O tempo dos deuses agricultores similares a Cristo era um tempo "sagrado" ou "litúrgico" cujo valor era o caráter cíclico, o eterno retorno.

O tempo de seus nascimentos, de suas ações, de suas descidas ao inferno e de suas ressurreições, era um tempo paradigmático, ao qual, periodicamente, o tempo da vida, ritualizando-o, se modelava.

Ao contrário, Cristo aceitou o tempo "unilinear", isto é, aquilo que chamamos de história. Ele rompeu a estrutura circular das velhas religiões: falou de um "fim", não de um "retorno". Mas, repito, por dois milênios o mundo camponês continuou a assimilar Cristo aos seus velhos modelos míticos: fez disso a encarnação de um princípio axiológico, através do qual se encontrava o sentido do ciclo das culturas. A pregação de Cristo não teve muito peso. Somente as elites realmente religiosas da classe dominante entenderam por séculos o verdadeiro sentido de Cristo. Mas a Igreja, que era a Igreja oficial da classe dominante, sempre aceitou o equívoco: de fato, ela não poderia existir fora das massas camponesas.

Agora, de repente, o campo deixou de ser religioso. Mas, em compensação, a cidade começa a ser religiosa. O cristianismo, de agrícola, passa a ser urbano: característica de todas as religiões urbanas — e portanto das elites das classes dominantes — é a substituição (cristã) do fim pelo retorno, do misticismo soteriológico pela *pietas* rústica. Assim sendo, uma religião urbana, como esquema, é infinitamente mais capaz de acolher o modelo de Cristo do que qualquer religião camponesa.

O consumismo e a proliferação das indústrias terciárias destruíram o mundo camponês na Itália e o estão destruindo no mundo inteiro (o futuro da agricultura será ele também industrial): portanto não existirão mais padres, ou, se existirem, terão teoricamente nascido na cidade. E esses padres "nascidos na cidade", evidentemente, não vão querer saber de modo algum de ficar junto de policiais e militares, de burocratas ou de grandes industriais; de fato eles só poderão ser homens cultos, formados num mundo que, ao invés de ter às costas Adônis e Prosérpina, se apoia nos grandes textos da cultura moderna. Se quiser sobreviver enquanto Igreja, a Igreja terá que abandonar o poder e abraçar essa cultura — odiada desde sempre por ela — que é pela sua própria natureza livre, antiautoritária, em constante devir, contraditória, coletiva, escandalosa.

Além disso, quem disse que a Igreja deve corresponder exatamente ao Vaticano? Se — doando a grande cenografia (folclórica) da atual sede do Vaticano ao Estado italiano, e dando as tralhas (folclóricas), estolas, casacos, flabelos, sedes gestatórias de presente aos operários de Cinecittà — o papa se ajeitasse como *clergyman*, com seus colaboradores, em algum galpão de Toramarancio ou do Tuscolano,[94] não longe das catacumbas de São Damião ou de Santa Priscilla, a Igreja deixaria talvez de ser Igreja?

---

[94] Periferia de Roma. (N. da T.)

O romance dos massacres

(14 de novembro de 1974)[95]

Eu sei.

Eu sei os nomes dos responsáveis por aquilo que vem sendo chamado de "golpe" (e que na verdade é uma série de "golpes" instituídos como sistema de proteção do poder).

---

[95] Publicado no *Corriere della Sera* com o título "Che cos'è questo golpe?" [O que é este golpe?]. O artigo, estranhamente, não teve uma grande ressonância polêmica: só *Il Popolo* reagiu com dois artigos: o primeiro, não assinado ("Prosa psicopatica" [Prosa psicopática], 15 de novembro), no qual Pasolini é definido "um megalômano Robespierre de periferia"; o segundo é assinado por Marcello Camilucci ("I deliri di Pasolini" [Os delírios de Pasolini], 20 de novembro), no qual se critica mais extensivamente a posição convicta de Pasolini e se conclui observando que "puxando a lista, o senhor 'eu sei' se revela o senhor 'talvez, quem sabe', um entre tantos outros intelectuais que se atormentam, tentando ver com clareza: as acusações e as condenações globais e sem remissão denunciam ceticismo plebeu e anarquismo voluntarioso".

Em 12 de dezembro de 1969, a explosão de uma bomba na Banca Nazionale dell'Agricoltura [Banco Nacional de Agricultura], na Piazza Fontana, em Milão, deixou 16 mortos e 88 feridos. Os responsáveis pelo atentado foram inicialmente identificados como anarquistas: Pietro Valpreda, depois de três anos no cárcere, foi por fim absolvido de todas as acusações em 1985; Giuseppe Pinelli morreu depois de cair do quarto andar da Delegacia de Milão, onde estava detido. Em seguida, e concluído que Pinelli não participara do delito, os inquéritos conduziram a um grupo neofascista veneziano comandado por Franco Freda e Giovanni Ventura. Este último era próximo de um coronel do Serviço Secreto de Informação italiano (Sid), Guido Giannettini. Em 1981 Giannettini, Freda e Ventura foram condenados à prisão perpétua, sendo em seguida absolvidos pelo Tribunal de Recursos.

Pasolini dedicou ao atentado de Piazza Fontana um texto em versos, intitulado "Patmos", em dezembro de 1969, depois publicado no livro *Trasumanar e organizzar*.

Em 4/8/1974, a explosão de uma bomba no trem Italicus da linha Roma-Milão (ocorrida enquanto o trem se encontrava em um túnel nos Apeninos, próximo a San

Eu sei os nomes dos responsáveis pelo massacre de Milão de 12 de dezembro de 1969.

Eu sei os nomes dos responsáveis pelos massacres de Brescia e de Bolonha nos primeiros meses de 1974.

Eu sei, portanto, os nomes da "cúpula" que manobrou tanto os velhos fascistas idealizadores dos *golpes*, como os neofascistas autores materiais dos primeiros atentados, como ainda os "desconhecidos" autores materiais dos atentados mais recentes.

Eu sei os nomes que gerenciaram as duas diferentes, ou melhor, opostas fases da tensão: uma primeira fase anticomunista (Milão, 1969) e uma segunda fase antifascista (Brescia e Bolonha, 1974).

Eu sei o nome do grupo de poderosos que, com a ajuda da CIA (e, em segundo plano, dos coronéis gregos e da máfia), primeiro criaram (aliás, fracassando miseravelmente) uma cruzada anticomunista para tamponar 1968 e, em seguida, sempre com a ajuda e sob inspiração da CIA, reconstituíram para si próprios uma virgindade antifascista para tamponar o desastre do referendo.

Eu sei os nomes daqueles que, entre uma missa e outra, deram as instruções e asseguraram a proteção política a velhos generais (para manter em pé, de reserva, a organização de um potencial golpe de Estado), a jovens neofascistas, ou melhor, neonazistas (para criar concretamente a tensão anticomunista), e por fim a criminosos comuns, até este momento e, talvez, para sempre sem nome (para criar a sucessiva tensão antifascista). Eu sei os nomes das pessoas sérias e importantes que estão por trás de personagens cômicas como aquele general da Flo-

---

Benedetto Val di Sambro) provocou a morte de 12 pessoas. Depois de longas investigações, o atentado foi atribuído a um grupo de matriz neofascista.

O general Vito Miceli foi acusado de cumplicidade na tentativa de golpe de Estado de autoria de Junio Valerio Borghese, na noite entre 7 e 8 de dezembro de 1970; contra ele, em 31/10/1974, foi lavrado um mandado de prisão como responsável pela organização denominada Rosa dos Ventos, que promovia ações terroristas em prol de um golpe de Estado.

O editorial do *Corriere della Sera* de 1/11/1974, assinado por Paolo Meneghini, intitulava-se "L'ex-capo del Sid general Miceli arrestato per cospirazione politica" [General Miceli, ex chefe do Sid, é preso por conspiração política]. (N. da E.)

restal que atuava, um tanto quanto operisticamente, na Città Ducale (enquanto os bosques italianos queimavam), ou de personagens obscuras e puramente organizativas como o general Miceli.

Eu sei o nome das pessoas sérias e importantes que estão por trás dos trágicos rapazes que escolheram as suicidas atrocidades fascistas e dos bandidos comuns, sicilianos ou não, que se puseram à disposição, como *killers* e sicários.

Eu sei todos esses nomes e sei de todos os fatos (atentados a instituições e massacres) dos quais eles são culpados.

Eu sei. Mas não tenho as provas. Não tenho nem mesmo indícios.

Eu sei porque sou um intelectual, um escritor que procura acompanhar tudo o que acontece, procura conhecer tudo o que se escreve a respeito, procura imaginar tudo o que não se sabe ou o que se cala; que relaciona fatos ainda que distantes, que aproxima as peças desorganizadas e fragmentárias de todo um quadro político coerente, que restabelece a lógica ali onde parece reinar a arbitrariedade, a loucura e o mistério.

Tudo isso faz parte da minha profissão e do instinto da minha profissão. Acho difícil que meu "projeto de romance"[96] esteja errado, isto é, que não seja pertinente à realidade, e que suas referências a fatos e pessoas reais sejam inexatas. Acho inclusive que muitos outros intelectuais e romancistas sabem o que eu sei enquanto intelectual e romancista. Porque no fim das contas a reconstrução da verdade a propósito do que aconteceu na Itália depois de 1968 não é tão difícil assim.

Esta verdade — que é sentida com absoluta precisão — está por trás de uma grande quantidade de intervenções também jornalísticas e políticas: isto é, não de imaginação ou ficcionais como são por sua natureza as minhas. Último exemplo: é claro que a verdade urgia, com todos os seus nomes, por trás do editorial do *Corriere della Sera* de 1º de novembro de 1974.

Provavelmente os jornalistas e os políticos têm provas ou, pelo menos, indícios.

---

[96] Pasolini compunha nesse período o romance *Petróleo*, que ficaria inacabado com sua morte e só seria publicado em 1992. (N. da T.)

O problema então é este: os jornalistas e os políticos, embora possuindo talvez provas e certamente indícios, não dizem os nomes.

Logo, a quem compete dizer esses nomes? Evidentemente, a quem não só tem a coragem necessária mas, ao mesmo tempo, não está comprometido *na prática* com o poder, e, além disso, não tem, por definição, nada a perder: ou seja, um intelectual.

Um intelectual, portanto, poderia muito bem dizer publicamente aqueles nomes: mas ele não tem nem provas, nem indícios.

O poder e o mundo que, mesmo não sendo do poder, mantém relações práticas com o poder, excluiu os intelectuais livres — precisamente pelo modo como é feito — da possibilidade de ter provas e indícios.

Mas se poderia objetar que eu, por exemplo, como intelectual e inventor de histórias, poderia entrar naquele mundo explicitamente político (do poder ou ao redor do poder), comprometer-me com ele, e então participar do direito de ter, com alguma probabilidade, provas e indícios.

Mas a tal objeção eu responderei que isso não é possível, porque é justamente a repugnância em fazer parte de um mundo político semelhante que se identifica com a minha potencial coragem intelectual de dizer a verdade, isto é, dizer os nomes.

A coragem intelectual da verdade e a prática política são duas coisas inconciliáveis na Itália.

Ao intelectual — profunda e visceralmente desprezado por *toda* a burguesia italiana — se outorga um mandado falsamente importante e nobre, na realidade servil: o de debater os problemas morais e ideológicos.

Se ele não cumpre esse mandado é considerado traidor de sua função; e logo se grita (como se não se esperasse outra coisa) "traição dos intelectuais".[97] Denunciar a "traição dos intelectuais" é um álibi e uma gratificação para os políticos e para os servos do poder.

---

[97] A expressão faz referência ao livro do crítico, filósofo e escritor francês Julien Benda (1867-1956), *La trahison des clercs* [A traição dos intelectuais], publicado em 1927. De modo geral, a tese defendida por Benda era a da independência política e da

Mas não existe só o poder: existe também uma oposição ao poder. Essa oposição ao poder na Itália é tão vasta e forte que constitui um poder em si mesma: me refiro naturalmente ao Partido Comunista Italiano.

É certo que, neste momento, a presença de um grande partido de oposição como o Partido Comunista Italiano é a salvação da Itália e de suas pobres instituições democráticas.

O Partido Comunista Italiano é um país limpo em um país sujo, um país honesto em um país desonesto, um país inteligente em um país idiota, um país culto em um país consumista.

Nos últimos anos, entre o Partido Comunista Italiano — compreendido em sentido autenticamente unitário, num "conjunto" compacto de dirigentes, base e eleitores — e o restante da Itália se abriu um precipício, e exatamente por isso o Partido Comunista Italiano se tornou "um país separado", uma ilha. E é por essa razão que ele pode hoje, como nunca antes, manter estreitas relações com o poder efetivo, corrupto, inepto, degradado; mas se trata de relações diplomáticas, quase entre nação e nação. Na realidade as duas morais são imensuráveis, compreendidas na sua concretude, na sua totalidade. É possível, a partir dessas bases, ter como perspectiva o "compromisso", realista, que talvez salvasse a Itália do desmoronamento total: "compromisso" que seria na realidade uma "aliança" entre dois Estados fronteiriços, ou entre dois Estados encastrados um no outro.

Mas justamente tudo de positivo que falei sobre o Partido Comunista Italiano constitui também seu momento relativamente negativo.

A divisão do país em dois países, um mergulhado até o pescoço na degradação e na degeneração, o outro intacto e não comprometido, não pode ser uma condição de paz e de construção.

Além disso, concebida, tal como a delineei, creio que objetivamente — isto é, como um país no país —, a oposição identifica-se com um *outro* poder: que todavia é sempre poder.

---

neutralidade partidária dos intelectuais, sem que isso significasse indiferença diante de valores universais como verdade, justiça e liberdade. (N. da T.)

No caso específico, que neste momento tão dramático nos diz respeito, também entregam ao intelectual um mandado por eles estabelecido. E se o intelectual não cumpre o mandado — puramente moral e ideológico —, eis que ele é, para máxima satisfação de todos, um traidor.

Ora, por que nem mesmo os homens políticos da oposição, tendo — como provavelmente têm — provas ou ao menos indícios, dizem os nomes dos verdadeiros responsáveis, isto é, dos políticos, dos cômicos *golpes* e dos assustadores atentados destes anos? É simples: eles não o fazem na medida em que distinguem — diferentemente do que faria um intelectual — verdade política de prática política. E, portanto, naturalmente, nem mesmo eles colocam a par, quanto a provas e indícios, o intelectual que não é funcionário: nem sequer se sonha com isso, o que é inclusive normal, considerando de fato a situação objetiva.

O intelectual deve continuar a se ater ao que lhe é imposto como seu dever, a reiterar o seu próprio modo codificado de intervenção.

Sei muito bem que não é o caso — neste momento particular da história italiana — de mover publicamente uma moção de desconfiança contra toda a classe política. Não é diplomático, não é oportuno. Mas estas são categorias da política, não da verdade política: aquela a que — quando pode e como pode — o impotente intelectual tem o dever de servir.

Pois bem, justo porque não posso dizer os nomes dos responsáveis pelas tentativas de golpe de Estado e pelos massacres (e não em substituição a isso), não posso deixar de pronunciar minha débil e ideal acusação contra toda a classe política italiana.

E o faço porque acredito na política, acredito nos princípios "formais" da democracia, acredito no parlamento e nos partidos. E naturalmente através da minha ótica pessoal, que é a de um comunista.

Estarei pronto a retirar minha moção de desconfiança (na verdade é o que mais espero) somente quando um político — não por oportunismo, isto é, não porque tenha chegado o momento, mas sobretudo para criar a possibilidade de tal momento — decidir dizer os nomes dos responsáveis pelos golpes de Estado e pelos atentados que ele evidentemente conhece, como eu, mas dos quais — diferentemente de mim — não tem como não ter provas, ou ao menos indícios.

Provavelmente — se o poder americano consentir —, talvez decidindo "diplomaticamente" conceder a outra democracia aquilo que a democracia americana concedeu, a propósito de Nixon, a si própria — mais cedo ou mais tarde esses nomes serão ditos. Mas quem os dirá serão homens que dividiram com eles o poder, como menos responsáveis contra mais responsáveis (o que não quer dizer, como no caso americano, que sejam melhores). Este seria definitivamente o verdadeiro golpe de Estado.

A ignorância vaticana como paradigma da ignorância da burguesia italiana

(25 de janeiro de 1975)[98]

A posição de Donat Cattin[99] na DC parece para um profano bastante anômala: ele fala sobre a DC como o partido dos "setores médios" no momento em que se consolidam e se fundem com a classe operária. Mas a DC não é isso.

A DC expressa (ou expressou): a) a pequena burguesia, b) o mundo camponês (administrado pelo Vaticano).

Não se trata de uma dicotomia. Pequena burguesia e mundo camponês religioso eram até ontem um único mundo. A pequena burguesia italiana era ainda substancialmente de natureza camponesa e, por sua vez, os camponeses (como dizia Lênin) são pequenos-burgueses, ao menos potencialmente. A moral era uma única moral; e assim também a retórica. Apesar da grande variedade das "culturas" italianas — com frequência historicamente muito distantes entre si — na essência os "valores" do mundo pequeno-burguês e camponês coincidiam. A ambivalência de tais "valores" produziu um mundo ao mesmo tempo bom e ruim. De fato, em seus contextos culturais concretos, tais "valores" eram positivos, ou, ao menos, reais; extraídos de seus contextos e forçosamente transformados em "nacionais", mostraram-se como negativos, isto é, retóricos e repressivos.

---

[98] Publicado em *Epoca*, para uma pesquisa sobre a DC e os intelectuais, com o título "Il distacco degli intellettuali" [A indiferença dos intelectuais]. (N. da E.)

[99] Carlo Donat Cattin (1919-1991), político democrata-cristão, esteve na direção do partido a partir de 1959, tendo ocupado diversos ministérios ao longo dos anos 1970. (N. da T.)

Sobre isso se baseou o Estado policialesco fascista e, em seguida, sem solução de continuidade, o Estado policialesco democrata-cristão. Tanto um como o outro, de fato, mesmo "sendo expressão" da pequena burguesia e do mundo camponês, na realidade serviam os "patrões", ou seja, o grande capital. São banalidades, mas é melhor repeti-las. Os democrata-cristãos sempre se fizeram passar por antifascistas, mas sempre (alguns talvez inconscientemente) mentiram. O seu excessivo poder eleitoral dos anos 50 e o apoio do Vaticano lhes consentiram continuar, sob a fachada de uma democracia formal e de um antifascismo verbal, a mesma política do fascismo.

Mas sua arrogância, sua corrupção, seu despotismo provinciano e semicriminoso, de repente, em pouquíssimos anos, se viram "desprotegidos", sem bases reais. Seu eleitorado se desfez, o Vaticano esvaziou-se de toda autoridade.

Assim, um partido cujo poder histórico — e infelizmente concreto — havia coincidido com o Poder real, inesperadamente, foi obrigado a perceber (se é que percebeu) que seu poder histórico e concreto não coincidia mais com o Poder real. De fato, o Poder real (e — este é o ponto central — justamente por obra dos democrata-cristãos no governo!), de clérico-fascista ou sanfedista[100] — como havia sido ininterruptamente desde a unidade da Itália até o início dos anos 60 —, tinha se tornado aquilo que se chama, eufemisticamente e com certo humor, "consumista".

Todos os "valores" reais (populares e também burgueses) sobre os quais foram baseados os precedentes poderes estatais, portanto, desmoronaram, arrastando no desmoronamento os valores "falsos" desses poderes. Os novos valores consumistas preveem de fato o laicismo (?), a tolerância (?) e o hedonismo desenfreado, o que acaba por tornar ridículos a economia, a previdência, a respeitabilidade, o pudor, o recato, em suma, todos os velhos "bons sentimentos".

---

[100] De "sanfedismo", termo italiano derivado de "Santa Fé", movimento popular antirrepublicano organizado pelo cardeal Fabrizio Ruffo, que, entre fevereiro e junho de 1799, criou o Exército da Santa Fé e participou ativamente da restauração do governo de Bourbon em Nápoles. Por extensão, o adjetivo é usado em referência a grupos e pessoas que defendem o Vaticano. (N. da T.)

É tudo isso o desmoronamento da política democrata-cristã — sua crise consiste simplesmente na necessidade de jogar urgentemente ao mar o Vaticano, o velho exército nacionalista etc., o que não assegura o desmoronamento da "política cultural" democrata-cristã. Pela simples razão de que ela nunca existiu.

De fato, enquanto diretamente patronal, isto é, fascista, a Democracia Cristã continuou a elaborar, em chave mais marcadamente católica e hipocritamente democrática, as velhas retóricas fascistas: academicismo, oficialidade etc.

Enquanto partido que é expressão do mundo camponês, obediente (ao menos formalmente, muito formalmente, como se viu em seguida) ao Vaticano, a Democracia Cristã viveu na mais espantosa ausência de cultura, ou seja, na mais total, degradante ignorância.

Os códigos das culturas particularistas camponesas, válidas (como eu disse) em seus contextos, tornam-se ridículas e "provincianas" se assumidas em nível "nacional", e se tornam monstruosas se instrumentalizadas pela Igreja, visto que sua religiosidade não é católica (provavelmente nem mesmo no caso do Vêneto pobre). O paradigma cultural, neste sentido, é fornecido pela Democracia Cristã e pelo Vaticano. E para ver o miserável estado em que se encontra, basta ler suas revistas, seus jornais oficiais, suas publicações (talvez sobretudo o horrendo *corpus* totalmente pragmático e formalista, no pior sentido já dado a esses termos, das sentenças da Sagrada Rota Romana). Ainda hoje (quando já deveriam ter compreendido alguma coisa), o italiano usado pelos padres e pelos democrata-cristãos retrógrados é culturalmente de uma mesquinhez que beira a vulgaridade.

Enfim, enquanto partido que é expressão da pequena burguesia, a Democracia Cristã só poderia nutrir um desprezo profundo e irremediável pela cultura: para a pequena burguesia (mesmo nas suas aberrações "vermelhas") a cultura é sempre "culturame". A primazia, de modo moralista, é da ação. Quem pensa é réu. Os intelectuais, como depositários de algumas verdades (ainda que talvez contraditórias) que a pequena burguesia suspeita serem as verdadeiras, devem ser ao menos moralmente eliminados. A retaguarda democrata-cristã (ver o recente ataque a alguns intelectuais de Carlo Casalegno, vice-diretor do *Stampa*) continua ainda com essa política obscurantista que trouxe tanta satisfação no passado e que é tão inútil hoje, na qual a função anticultural foi assumida pelos *mass media* (os quais por sua vez fingem admirar e respeitar a cultura). A epígrafe para este capítulo da história burguesa foi escrita definitivamente por Goering: "Quando ouço falar em cultura, saco o revólver".[101]

Talvez algum leitor possa achar que digo coisas banais. Mas quem se escandaliza é sempre banal. E eu, infelizmente, estou escandalizado. O que resta saber é se — como todos aqueles que se escandalizam (a banalidade de suas linguagens o demonstra) — estou errado, ou se existem razões especiais que justifiquem meu escândalo. Mas concluamos.

Nos anos 50, a hegemonia cultural era do PCI, que a administrava num âmbito realmente antifascista e num sincero — mesmo se já naquele tempo um tanto retórico — respeito pelo sistema de valores da Resistência. Em seguida, o advento da nova forma do Poder real (isto é, um fascismo totalmente *outro*) criou uma nova hegemonia cultural burguesa, da qual a Democracia Cristã se apossou, objetivamente, sem se dar conta.

Hoje, o Partido Comunista, na nova situação histórica de crise da Democracia Cristã, coincidente com a crise do Poder consumista, poderia, se quisesse, retomar as rédeas da situação e repropor uma hegemonia cultural própria. A autoridade que lhe provinha da Resistência, nos anos 50, hoje provém do fato de ser a única parte da Itália limpa, honesta, coerente, íntegra, forte (ao ponto de instituir uma espécie de país no país, e com isso — decerto preterintencionalmente, já que o país "vermelho" fica ao Norte, talvez tendo Bolonha como capital — contribuindo para a ulterior marginalização do Sul, cada vez mais degradado).

---

[101] A frase, frequentemente atribuída a Hermann Goering e outros líderes nazistas, provém na verdade da peça *Schlageter* (1933), do dramaturgo alemão, diretamente alinhado à ideologia nazista, Hanns Johst (1890-1978). (N. da T.)

O coito, o aborto, a falsa tolerância do poder, o conformismo dos progressistas

(19 de janeiro de 1975)[102]

Sou a favor dos oito referendos do Partido Radical e estaria disposto a fazer uma campanha, até imediata, neste sentido. Partilho com o Partido Radical a ânsia da ratificação, isto é, a ânsia de dar corpo formal a realidades já existentes: a qual é o primeiro princípio da democracia.

---

[102] Publicado no *Corriere della Sera* com o título "Sono contro l'aborto" [Sou contra o aborto]. Este artigo de Pasolini originou uma grande polêmica, envolvendo muitos intelectuais e organizações feministas. O início se deu com um artigo de 21 de janeiro, "Pasolini imerso nelle acque prenatali" [Pasolini imerso nas águas pré-natais], de Ida Faré (*Quotidiano dei Lavoratori*), no qual Pasolini é acusado de "antifeminismo visceral". No mesmo dia, Nello Ponente ("Le ceneri di Solzenicyn" [As cinzas de Soljenítsin], *Paese Sera*) o acusa de "mammismo" — uma espécie de síndrome italiana que manteria os filhos homens preso às mães mesmo em idade adulta [ver artigo "*Thalassa*" neste volume (N. da T.)] — e faz um paralelo entre as "águas pré-natais" pasolinianas e as "águas maternas da Santa Rússia" de Soljenítsin. As acusações de irracionalismo e de personalismo se multiplicam; ainda em 21 de janeiro saem os artigos de Natalia Aspesi ("Pasolini, l'aborto e la libertà" [Pasolini, o aborto e a liberdade], *Il Giorno*) e as "Cronache italiane" [Crônicas italianas] de L. [provavelmente Nino Longobardi (N. da T.)] no *Messaggero*, onde se ironiza sobre uma hipotética vontade de Pasolini de "proibir o amor tradicional". Os artigos continuam: Dedalus (Umberto Eco) em "Le ceneri di Malthus" [As cinzas de Malthus] (*Il Manifesto*, ainda em 21 de janeiro) se diz porta-voz de "uma pequena minoria de heterossexuais inveterados". Em 22 de janeiro, Giorgio Manganelli publica "Risposta a Pasolini" [Resposta a Pasolini] (*Corriere della Sera*), ele também ironizando sobre o tema da nostalgia pré-natal (...) e se distancia do estilo do Pasolini opinioso (...); o "Pasolini e l'aborto" [Pasolini e o aborto] de Fausto Gianfranceschi é ainda de 22 de janeiro (*Tempo*). No dia 24 de janeiro intervém Alberto Moravia no *Corriere della Sera* ("Lo scandalo Pasolini" [O escândalo Pasolini]), afirmando que Pasolini é católico mas não sabe disso, ou melhor, que "não é católico com a mente mas com o sentimento"; Dacia Maraini ("Una

Estou, porém, traumatizado pela legalização do aborto, porque a considero, como muitos, uma legalização do homicídio. Nos meus sonhos e no meu comportamento cotidiano — coisa comum a todos os

---

femminista contro Pasolini" [Uma feminista contra Pasolini], *La Stampa*, 25 de janeiro) acusa Pasolini de não ver a questão do ponto de vista feminino (...). Em geral, as feministas frisam o fato de que a Igreja e os partidos conservadores são justamente os que *querem* o aborto como existia, enquanto a lei se propõe a regulamentá-lo.

Em 25 de janeiro, no *Paese Sera*, Pasolini responde às críticas com um artigo que fará parte dos *Escritos corsários* com o título "*Thalassa*"; em 26 de janeiro intervém Leonardo Sciascia ("Non dileggiare i cattolici" [Não zombem dos católicos], *Corriere della Sera*), declarando-se em desacordo com Pasolini mas afirmando respeitá-lo como "homem religioso". Em artigo de maior complexidade, Franco Rodano ("Aborto e clericalismo" [Aborto e clericalismo], *Paese Sera*, 28 de janeiro) distingue entre a posição radical (aborto como conquista da liberdade) e a posição comunista (aborto como culpa *coletiva* a ser resgatada gritando a verdade sobre a exploração das mulheres), concluindo que "Pasolini — e aqui já temos uma mostra do seu clericalismo invertido, inconsciente — troca a *materialidade* difícil e severa da revolução pela impaciência *espiritualista* daquelas 'boas almas' que são os nossos radicais". No *Corriere della Sera* de 3 de fevereiro, Claudio Magris escreve "Gli sbagliati" [Os errados], em que se declara de acordo com Pasolini, também considerando a vida algo unitário, sendo impossível dizer quando um feto se torna uma pessoa; Natalia Ginzburg ("Aborto: la donna è sola" [Aborto: a mulher está sozinha], *Corriere della Sera*, 7 de fevereiro) afirma que "a relação imperscrutável" entre o feto e a mãe não é discriminável por lei, e justamente por isso "quando se trata de aborto a mulher deve ser o único juiz". Em 9 de fevereiro saem pelo *Espresso* dois artigos, um de Giorgio Bocca e outro de Marco Pannella: Bocca ("Sull'aborto, ragionevolmente" [Sobre o aborto, racionalmente]) lamenta que a discussão esteja sendo conduzida de modo "confuso e pouco honesto" e convida para que se saia dos "vapores metafísicos", concentrando-se sobre as leis concretas que um estado laico deve garantir a seus cidadãos; Pannella ("L'agnello, lo zigote e Pasolini" [O cordeiro, o zigoto e Pasolini]) nega que queira despenalizar o aborto por Realpolitik e afirma ter estado entre os primeiros que lutaram por uma "sexualidade livre e responsável"; referindo-se ao artigo pasoliniano sobre o desaparecimento dos vaga-lumes, declara que "se tivesse de escolher entre salvar um cordeiro vivo, doce, trêmulo, amedrontado, com seus olhos e seus berros, e salvar um zigoto casual e não desejado, e o fizesse em comemoração e respeito pela vida, salvaria provavelmente a "criatura do Senhor". Em 9 de fevereiro intervém Italo Calvino ("Che cosa vuol dire rispettare la vita" [O que quer dizer respeitar a vida], *Corriere della Sera*). Calvino se declara aborrecido principalmente pelo fato de que, na maior parte da discussão, fala-se de vida e de natureza como coisas que possuem um valor em si, enquanto ele está convencido de que "não se é humano por direito natural, mas *torna-se humano*, bem ou mal, porque outros seres humanos querem nos ajudar a assim

homens — vivo a minha vida pré-natal, minha feliz imersão nas águas maternas: sei que ali eu era já existente. Limito-me a dizer isto porque, a propósito do aborto, tenho coisas mais urgentes a dizer. Que a vida seja sagrada, é óbvio: é um princípio ainda mais forte que qualquer princípio da democracia, e é inútil repeti-lo.

Em vez disso, a primeira coisa que gostaria de dizer é a seguinte: o aborto é o primeiro e único caso a propósito do qual os radicais e todos os democratas abortistas mais puros e rigorosos apelam para a *Realpolitik*, recorrendo assim à "cínica" prevaricação dos dados factuais e do bom senso.

Se eles sempre se colocaram, antes de mais nada e talvez idealmente (como é correto), o problema dos "princípios reais" a serem defendidos, desta vez não o fizeram.

Ora, como sabem eles perfeitamente, não existe um só caso em que os "princípios reais" coincidem com aqueles que a maioria considera como direitos próprios. No contexto democrático, luta-se evidentemente pela maioria, ou seja, pela sociedade civil inteira, mas acontece que a maioria, na sua santidade, está sempre equivocada: porque seu conformismo é sempre, por natureza, brutalmente repressivo.

---

nos tornarmos"; desse modo, o problema da interrupção da gravidez se transforma em um problema integralmente histórico e social; outra postura que lhe parece criticável é aquela "de associar a ideia da possibilidade do abortar legalmente a uma ideia de vida frívola e despreocupada, aquela que se chama uma ideia de vida hedonista", enquanto o aborto é uma das mais angustiantes experiências que pode acontecer a uma mulher.

Há ainda "Omossessualità e cultura" [Homossexualidade e cultura], de Franco Fornari (*Corriere della Sera*, 12 de fevereiro — sobre a questão do "emprego da homossexualidade como instrumento de limitação demográfica"), "Polemica con Pasolini" [Polêmica com Pasolini], de Dino Orilia (*L'Europeo*, 13 de fevereiro), "Letterati e aborto" [Literatos e aborto] de Domenico Porzio (*Epoca*, 15 de fevereiro), "Gli intellettuali e l'aborto" [Os intelectuais e o aborto] de Giulietta Ascoli (*Noi Donne*, 16 de fevereiro) e "Femminismo, aborto e omossessualità" [Feminismo, aborto e homossexualidade] de Mariella Gramaglia (*Il Manifesto*, 23 de fevereiro). Em 16 de março sai pelo *Espresso* um artigo de Umberto Eco ("C'è vita e vita" [Há vida e vida]), que resume a polêmica, concentrando-se sobre aquele que considera o "tema central", isto é, "em nome de qual processo um ser humano pode ser definido como tal". É fornecida ainda uma bibliografia que resume toda a polêmica. (N. da E.)

Por que considero não "reais" os princípios sobre os quais os radicais e os progressistas em geral assentam (conformisticamente) sua luta pela legalização do aborto?

Por uma série caótica, tumultuosa e emocionante de razões. Sei, no entanto, como já disse, que a maioria já está, potencialmente, toda a favor da legalização do aborto (embora talvez no caso de um novo referendo muitos votassem contra, e a "vitória" radical viesse a ser muito menos clamorosa). O aborto legalizado é efetivamente — quanto a isto não restam dúvidas — uma enorme comodidade para a maioria. Sobretudo porque tornaria ainda mais fácil o coito — a cópula heterossexual — para o qual praticamente não existiriam mais obstáculos. Mas essa liberdade do coito do "casal" tal como é concebido pela maioria — essa maravilhosa permissividade em relação a ele! —, quem é que tacitamente a desejou, tacitamente a promulgou e tacitamente a introduziu, de maneira agora irreversível, nos costumes? O poder do consumo, o novo fascismo. Ele se apropriou das exigências de liberdade, digamos, liberais e progressistas e, fazendo-as suas, inutilizou-as, modificando sua natureza.

Hoje, a liberdade sexual da maioria é na verdade uma convenção, uma obrigação, um dever social, uma ânsia social, uma característica irrenunciável da qualidade de vida do consumidor. Em suma, a falsa liberalização do bem-estar criou uma situação tão ou até mais insana que a dos tempos da pobreza. Na realidade:

1) O resultado de uma liberdade sexual "oferecida" pelo poder é uma verdadeira neurose geral. A facilidade criou a obsessão; porque se trata de uma facilidade "incutida" e imposta, derivada do fato de que a tolerância do poder concerne unicamente à exigência sexual expressa pelo conformismo da maioria. Protege unicamente o casal (não só o matrimonial, naturalmente); o casal acaba assim se tornando uma condição paroxística, ao invés de se tornar um signo de liberdade e felicidade (como nas esperanças democráticas).

2) Em contrapartida, tudo o que é sexualmente "diverso" é ignorado e repelido. Com uma violência só comparável à dos nazistas (ninguém, naturalmente, jamais lembra que as pessoas sexualmente diferenciadas acabaram ali dentro). É verdade que, pelas suas palavras, o novo poder estende sua falsa tolerância até às minorias. Não é sequer

impossível que, mais cedo ou mais tarde, até se fale delas publicamente na televisão. De resto, as elites são muito mais tolerantes com relação às minorias sexuais do que em outros tempos, e o são sem dúvida sinceramente (mesmo porque isso lhes afaga a consciência). Em compensação, a enorme maioria (a massa: cinquenta milhões de italianos) tornou-se de uma intolerância tão grosseira, violenta e infame como certamente jamais ocorreu na história italiana. Nestes últimos anos, aconteceu, antropologicamente, um enorme fenômeno de abjuração: o povo italiano quer esquecer, junto com sua antiga pobreza, até sua "real" tolerância; ou seja, não quer mais se lembrar dos dois fenômenos que melhor caracterizam toda a sua história. Essa história que o novo poder pretende extinguir para sempre. É essa mesma massa (disposta à chantagem, ao espancamento, ao linchamento das minorias) que, por decisão do poder, está agora passando por cima da velha convenção clérico-fascista, disposta a aceitar a legalização do aborto e, consequentemente, a abolição de todos os obstáculos à relação do casal consagrado.

Ora, todos, desde os radicais até Fanfani[103] (que, desta vez, se adiantando habilmente a Andreotti,[104] está lançando as bases de uma poderosíssima abjuração teológica, nas barbas do Vaticano), todos, repito, quando falam do aborto, se abstêm de falar daquilo que o precede logicamente, isto é, do coito.

Omissão extremamente significativa. O coito — com toda a permissividade do mundo — continua, é claro, sendo tabu. Mas, no que concerne aos radicais, as coisas certamente não se explicam pelo tabu: indicam, ao contrário, a falta de um exame político sincero, rigoroso e completo. Com efeito, o coito é político. Portanto, não se pode falar de política e concretamente do aborto sem considerar o coito como político. Não é possível ver no aborto (ou no nascimento de novos fi-

---

[103] Ver nota 20, p. 61. (N. da T.)

[104] Giulio Andreotti (1919-2013), um dos maiores expoentes do partido da Democracia Cristã, que dominou o cenário político italiano na segunda metade do século XX. Sua constante presença na política nacional se dá de 1945 até 2013. Mais para o final de sua carreira, passa por processos judiciais nos quais é associado a atividades mafiosas. (N. da T.)

lhos) os signos de uma condição social e política sem que os mesmos signos não sejam também vistos no seu antecedente imediato, ou melhor, "na sua causa", no coito.

Ora, o coito de hoje está se tornando, politicamente, muito diferente do de ontem. O contexto político de hoje já é o de tolerância (e o coito, portanto, uma obrigação social), ao passo que o contexto político de ontem era a repressão (e portanto o coito, fora do casamento, um escândalo). Eis portanto um primeiro erro de *Realpolitik*, de compromisso com o bom senso, que reconheço nas ações dos radicais e dos progressistas em sua luta pela legalização do aborto. Eles isolam o problema do aborto, com seus dados específicos, e por isso dão uma visão deformada dele: aquela que lhes convém (fazem-no de boa-fé, sobre isto seria insano discutir).

O segundo erro, mais grave, é o seguinte: os radicais e os outros progressistas que lutam na linha de frente pela legalização do aborto — após tê-lo isolado do coito — o inserem numa problemática estritamente contingente (italiana, no presente caso) e francamente interlocutória. Reduzem-no a um caso de pura praticidade, que deve precisamente ser encarado com espírito prático. Mas isso (como eles bem sabem) é sempre condenável.

O contexto em que se deve inserir o problema do aborto é bem mais amplo e vai muito além da ideologia dos partidos (que se autodestruiriam se o aceitassem: cf. *Breviario di ecologia* de Alfredo Todisco[105]). O contexto em que o aborto se insere é precisamente o ecológico: é a tragédia demográfica que, num horizonte ecológico, se apresenta como a mais grave ameaça à sobrevivência da humanidade. Em tal contexto, a figura — ética e legal — do aborto muda de forma e de natureza; e, num certo sentido, uma forma de legalização pode até ser justificada. Se os legisladores não chegassem sempre com atraso, e não fossem profundamente surdos aos apelos da imaginação a fim de permanecerem fiéis ao seu bom senso e à sua própria abstração pragmática, poderiam resolver tudo incluindo o delito do aborto naquele mais amplo da eutanásia, favorecendo-o com uma série particular de "cir-

---

[105] Alfredo Todisco, *Breviario di ecologia*, Milão, Rusconi, 1974. O livro foi resenhado por Pasolini em *Descrizioni di descrizioni*. (N. da E.)

cunstâncias atenuantes" de caráter justamente ecológico. Nem por isso deixaria ele de ser formalmente um delito e de se apresentar como tal à consciência. E é este o princípio que meus amigos radicais deveriam defender, em vez de se meterem (com quixotesca honestidade) numa barafunda, extremamente sensata mas um tanto carola, de mães solteiras ou de feministas, angustiadas na realidade por "outra coisa" (bem mais grave e séria). Qual é, na verdade, o quadro em que deveria se inscrever a nova figura do delito de eutanásia?

Ei-lo: antigamente o casal era bendito, hoje é maldito. As convenções e os jornalistas imbecis continuam se enternecendo com o "casalzinho" (como dizem de modo abominável), sem perceber que se trata de um pequeno pacto criminoso. Assim também os casamentos: eram antigamente festas, e a sua própria institucionalidade — tão estúpida e sinistra — era menos forte que o evento que os instituía, um evento, justamente, feliz, festivo. Hoje, pelo contrário, os casamentos parecem todos cerimônias fúnebres, sombrias e apressadas. A razão dessas coisas terríveis que estou dizendo é clara: antigamente a "espécie" devia lutar para sobreviver, portanto os nascimentos "deviam" superar as mortes. Hoje, ao contrário, a "espécie", se quiser sobreviver, deve agir de modo que os nascimentos não ultrapassem as mortes. Consequentemente, cada criança que nascia antigamente, por ser uma garantia de vida, era bendita; ao passo que cada criança que nasce hoje é uma contribuição para a autodestruição da humanidade e, por isso, maldita.

Chegamos assim ao paradoxo de que o que antes se dizia antinatural é natural, e o que se dizia natural é antinatural. Lembro que De Marsico[106] (colaborador do código Rocco[107]), numa brilhante alocução em defesa de um filme meu, chamou Braibanti[108] de "porco", declarando ser inadmissível a relação homossexual dada sua inutilidade

[106] Alfredo De Marsico (1888-1985), jurista, advogado e político italiano. (N. da T.)

[107] Código penal promulgado sob o regime de Mussolini, grande parte do qual ainda continua em vigor até hoje na Itália. (N. da T.)

[108] Aldo Braibanti (1922-2014) foi vítima de um dos casos judiciários mais controversos e terríveis da Itália. Homossexual, poeta, cineasta, ligado ao PCI e intelectual atuante, foi condenado por crime de plágio, previsto no código Rocco, a nove

para a sobrevivência da espécie. Ora, para ser coerente, ele na realidade deveria afirmar o contrário: é a relação heterossexual que estaria se configurando como um perigo para a espécie, enquanto a homossexual representa a sua segurança.

Em suma: antes do universo do parto e do aborto existe o universo do coito; e é o universo do coito que forma e condiciona o universo do parto e do aborto. Aquele que se ocupa, politicamente, do universo do parto e do aborto não pode considerar o universo do coito como ontológico — e assim colocá-lo fora de discussão — sem incorrer num indiferentismo[109] e num realismo mesquinho. Já esbocei o modo como hoje se configura, na Itália, o universo do coito, mas gostaria, para concluir, de resumi-lo.

Tal universo inclui uma maioria totalmente passiva e ao mesmo tempo violenta, que considera intocáveis todas as duas instituições, escritas ou não. Suas bases ainda são clérico-fascistas, com todos os lugares-comuns que isso implica. A ideia de absoluto privilégio da normalidade é tão natural quanto vulgar e francamente criminosa. Tudo ali é pré-constituído e conformista, configurando-se como "direito": até o que se opõe a tal "direito" (inclusive a tragicidade e o mistério implícitos no ato sexual) é assumido de modo conformista. Por inércia, o guia de toda essa violência majoritária é ainda a Igreja Católica, mesmo em suas frentes progressistas e avançadas (leia-se o pequeno capítulo, simplesmente atroz, na página 323 de *La Chiesa e la sessualità* [A Igreja e sexualidade], do progressista e avançado S. H. Pfurtner). Porém... porém, nos últimos dez anos, sobreveio a civilização de consumo, ou seja, um novo poder falsamente tolerante que reafirmou o casal em grande escala, favorecendo-o de todos os direitos do seu conformismo. A esse poder, entretanto, não interessava o casal gerador de prole (proletário), mas o casal consumidor (pequeno-burguês): *in pectore*, este já carrega a ideia da legalização do aborto (assim como também já carregava a ideia da ratificação do divórcio).

---

anos de prisão; seu companheiro foi submetido a tratamentos psíquicos e internações por sua condição de homossexual. (N. da T.)

[109] Ver nota 21, p. 61. (N. da T.)

Não me parece que os defensores do aborto tenham colocado tudo isso em discussão. Parece-me, ao contrário, que, relativamente ao aborto, eles se calam acerca do coito e consequentemente aceitam — por *Realpolitik*, repito, portanto num silêncio diplomático, e por conseguinte condenável — sua absoluta institucionalidade, irremovível e "natural".

Minha opinião extremamente razoável é, ao contrário, a seguinte: ao invés de lutar no plano do aborto contra a sociedade que repressivamente o condena, é preciso lutar contra essa sociedade no plano da causa do aborto, isto é, no plano do coito. Trata-se — é claro — de duas lutas "retardatárias", mas ao menos a luta "no plano do coito", além de ser mais lógica e mais rigorosa, possui também o mérito de ter um potencial infinitamente maior de implicações.

É preciso antes de mais nada lutar contra a "falsa tolerância" do novo poder totalitário de consumo, dele apartando-se com a maior indignação possível. Depois é preciso impor à retaguarda, ainda clérico-fascista, desse poder toda uma série de libertações "reais", relativas precisamente ao coito (e, consequentemente, aos seus efeitos): anticoncepcionais, pílulas, técnicas amatórias diversas, uma moral moderna da honra sexual etc. Bastaria que tudo isso fosse democraticamente difundido pela imprensa e sobretudo pela televisão, e o problema do aborto seria substancialmente vão, embora permanecendo — como deve ser — uma culpa e portanto um problema de consciência. Tudo isso é utópico? É loucura imaginar alguma "autoridade" fazendo propaganda de técnicas amorosas "diversas" na televisão? Pois bem, não são certamente os homens com quem aqui polemizo que hão de se assustar com essa dificuldade. Para eles, pelo que sei, o que conta é o rigor do princípio democrático, não os dados de fato (como é, ao contrário, brutalmente o caso para qualquer partido político).

Finalmente: muitos — desprovidos da capacidade viril e racional de compreensão — acusarão esta minha intervenção de ser pessoal, particular, minoritária. E daí?

Sacer

(30 de janeiro de 1975)[110]

Caro Moravia,

já há alguns anos me proíbo de chamar alguém de fascista (embora muitas vezes a tentação seja grande) e, em segunda instância, me proíbo também de chamar alguém de católico. Em todos os italianos há *traços* fascistas e católicos. Mas nos chamarmos alternadamente fascistas ou católicos — privilegiando aqueles traços, frequentemente irrelevantes — se tornaria um jogo desagradável e obsessivo.

Você, certamente por um automatismo antigo, acrítico — e certamente com graça e amizade —, se deixou levar ao me chamar de "católico" (justamente "católico", e não "cristão" ou "religioso"). E me chamou de católico encontrando, escandalizado, em mim (me parece) um trauma pelo qual a "maioria" considera — consciente ou inconscientemente como Himmler — minha vida "indigna de ser vivida". Isto é, meu bloqueio sexual, que me torna "diferente". Corolário de tal bloqueio é uma traumática e profunda "sexofobia", que compreende a pretensão — do mesmo modo traumática e profunda — de virgindade ou ao menos de castidade por parte da mulher. Tudo isso é verdade, verdade até demais. Mas é também a minha tragédia pessoal, sobre a qual me parece pouco generoso basear certas ilações ideológicas. Ainda mais quando tais ilações me parecem erradas.

---

[110] Publicado no *Corriere della Sera* com o título "Pasolini replica sull'aborto" [Resposta de Pasolini sobre o aborto]. O artigo de Moravia é *Lo scandalo Pasolini* [O escândalo Pasolini], cit. Em 25/1/1975, a jornalista Sandra Bonsanti recolheu no *Epoca*, sob o título *Dopo Firenze* [Depois de Florença], intervenções sobre o tema do aborto de Adriana Seroni, Flavio Orlandi, Loris Fortuna, Mario Tedeschi, Franca Falcucci, Agostino Bignardi, Biagio Pinto. (N. da E.)

Em primeiro lugar, o axioma "o católico é sexofóbico, logo quem é sexofóbico é católico", é um axioma que considero absurdo e irracional. Existe a sexofobia protestante, a sexofobia muçulmana, a sexofobia hindu, a sexofobia selvagem. Você remete à sexofobia de São Paulo (que — o que não é de todo negado sequer pelos pensadores católicos avançados — parece ter sido homossexual), mas a sexofobia de São Paulo não é precisamente católica, e sim judaica. Através de São Paulo ela é transmitida ao catolicismo (se é possível já se falar de catolicismo em se tratando de São Paulo), e isso é tudo. Hoje todas as religiões oficiais seguem a sexofobia católica, contrarreformista. No meu caso é totalmente diferente, antes de mais nada porque não tive uma educação católica na infância (nem sequer sou crismado), e depois porque minha escolha, já a partir do início da puberdade, foi conscientemente laica, e por fim, o que é mais importante do que tudo, porque minha "natureza" é idealista (não em sentido filosófico, e sim existencial). Você mesmo me acusa de idealismo. E essa é uma acusação que aceito, porque é verdadeira. Você não sabe o quanto sempre invejei a sua falta de mau idealismo...

Hoje, porém, o fato é que tudo pode ser dito sobre a Igreja Católica, menos que seja idealista. Ou melhor, ela é o contrário de idealista, é não idealista e, em compensação, é absolutamente pragmática. Os padres são aqueles que veem, com profundo pessimismo, e melhor do que os outros, o mundo como ele é: ninguém mais hábil e perspicaz do que eles para captar o *status quo* e formalizá-lo. Releiam aquele *opus* grandioso, do mais puro pragmatismo (no qual Deus não é sequer nomeado, a não ser nos preceitos), que são as sentenças da Sagrada Rota Romana. Portanto, se eu sou idealista, não sou católico; e se você é pessimista e pragmático, é católico. Como pode ver, é muito fácil revidar acusações desse gênero.

Atendo-me portanto à parte principal do seu discurso, você ironiza sobre o fato de que "há algum tempo o consumismo tem sido meu pesadelo": essa sua ironia me parece um tanto indiferentista[111] enquanto redutiva. Sei bem que você defende pragmaticamente a aceitação do

[111] Ver nota 21, p. 61. (N. da T.)

status quo, mas eu, que sou idealista, não. "O consumismo existe, o que se pode fazer?" é o que parece querer me dizer. E então deixe que eu lhe responda: para você o consumismo existe e pronto, ele não lhe concerne senão, como se diz, moralmente, enquanto do ponto de vista prático lhe concerne como concerne a todos. A sua vida pessoal profunda permanece incólume. Para mim, ao contrário, não. Enquanto cidadão, é verdade, ele me concerne tanto quanto a você, e sofro como você uma violência que me ofende (e nisso estamos irmanados, podemos pensar juntos num exílio comum), mas como pessoa (você sabe muito bem) estou infinitamente mais envolvido do que você. O consumismo consiste de fato num verdadeiro cataclismo antropológico: e eu *vivo*, existencialmente, esse cataclismo que, ao menos por enquanto, é pura degradação; eu o vivo nos meus dias, nas formas da minha existência, *no meu corpo*. Visto que minha vida social burguesa se esgota no trabalho, a minha vida social em geral depende totalmente daquilo que é a gente. Digo "gente" de propósito, entendendo com isso o que é a sociedade, o povo, a massa, no momento em que entra existencialmente (e até mesmo só visualmente) em contato comigo. É dessa experiência, existencial, direta, concreta, dramática, *corpórea*, que nascem, enfim, todos os meus discursos ideológicos. Enquanto transformação (por ora degradação) antropológica da "gente", o consumismo é para mim uma tragédia, que se manifesta como desilusão, raiva, *taedium vitae*, acídia e, por fim, como revolta idealista, como recusa do *status quo*. Não vejo como um amigo possa ironizar sobre tudo isso.

Passemos ao aborto. Você diz que a luta pela prevenção ao aborto que eu sugiro como primária é velha, já que são velhos os "anticoncepcionais" e é velha a ideia das técnicas amatórias diversas (e talvez seja velha a castidade). Mas eu não enfatizei os meios, e sim a difusão do conhecimento de tais meios, e sobretudo a aceitação moral dos mesmos. Para nós — homens privilegiados — é fácil aceitar o uso científico dos anticoncepcionais e sobretudo é fácil aceitar moralmente todas as mais diversas e perversas técnicas amatórias. Mas para as massas pequeno-burguesas e populares (embora já "consumistas"), ainda não. Eis por que eu incitei os radicais (meu discurso se deu com os radicais e portanto somente ganha pleno sentido se visto como um diálogo com eles) a lutar pela difusão do conhecimento dos meios de um "amor não procriador", considerando (eu dizia) que procriar é hoje um crime ecológico. Se alguma televisão, por um ano, fizesse uma propaganda sincera, corajosa, obstinada de tais meios, as gravidezes indesejadas diminuiriam de modo decisivo no que diz respeito ao problema do aborto. Você mesmo diz que no mundo moderno existem dois tipos de casais: os burgueses privilegiados (hedonistas), que "concebem o prazer distinto e separado da procriação", e os populares, que "por ignorância e bestialidade não alcançam tal concepção". Muito bem, eu coloquei como primeira instância à luta progressista e radical justamente isso: pretender abolir — através dos meios aos quais o país tem direito democraticamente — tal distinção classista.

Resumindo, repito, a luta pela não procriação deve acontecer no estágio do coito, não no estágio do parto. No que diz respeito ao aborto, eu havia sugerido paradoxalmente subscrever tal crime às leis sobre crime de eutanásia, inventando para esse caso uma série de atenuantes de caráter ecológico. Paradoxalmente. Na realidade, minha posição sobre esse ponto — mesmo com todas as implicações e a complexidade que são típicas de um único intelectual e não de um grupo — coincide inclusive com a dos comunistas. Poderia subscrever, palavra por palavra, o que escreveu Adriana Seroni no *Epoca* (25/1/1975). É preciso evitar *primeiramente* o aborto, e, se se chegar a ele, é preciso torná-lo legalmente possível só em alguns casos "responsavelmente avaliados" (evitando, acrescento, se lançar numa campanha histérica e terrorista pela sua completa legalização, que sancionaria como não sendo crime uma culpa).

Quanto ao referendo sobre o divórcio, entretanto, estava em total desacordo com os comunistas (que o temiam), prevendo a vitória que se deu. Enquanto estou em desacordo com os comunistas sobre os "oito referendos" propostos pelos radicais, prevendo aqui também a vitória (que ratificaria de fato uma realidade existente), estou ao contrário de acordo com os comunistas sobre o aborto. Aqui se trata da vida humana. E não digo isso porque a vida humana é sagrada. Já foi sagrada, e a sua sacralidade já foi sinceramente sentida no mundo antropológico da pobreza, porque todo novo nascimento era a garantia para a continuidade do homem. Hoje não é mais sagrada, a não ser em sentido maldito (*sacer* possui os dois sentidos), porque hoje cada novo nascimento constitui uma ameaça para a sobrevivência da humanidade. Portanto, dizendo "aqui se trata da vida humana", falo *desta* vida humana — *esta* única, concreta vida humana — que, neste momento, se encontra dentro do ventre *desta* mãe.

É a isso que você não responde. É popular estar com os abortistas em modo acrítico e extremista? Não existe nem mesmo a necessidade de dar explicações? Pode-se tranquilamente evitar a questão da consciência pessoal no que diz respeito à decisão de deixar ou não deixar vir ao mundo alguém que quer absolutamente vir (mesmo se depois vier a ser pouco mais que nada)? É preciso criar a qualquer custo o precedente "incondicionado" de um genocídio somente porque o *status quo* o impõe? Tudo bem, você é cínico (como Diógenes, como Menipo... como Hobbes), não acredita em nada, a vida do feto é sentimentalismo, uma questão de consciência sobre tal problema é uma bobagem idealista... Mas essas não são boas razões.

Thalassa

(25 de janeiro de 1975)[112]

Caro diretor,

Envio-lhe à parte, com uma dedicatória que é sinal de amizade sincera — mesmo que no caso específico não seja livre de polivalências e de longas vibrações alusivas — *Thalassa*, de Ferenczi. Não é um texto sagrado. Mas tenho certeza de que, por exemplo, Marcuse, Barthes, Jakobson e Lacan o amam. É um livro das "origens" da psicanálise, não dá para não amá-lo. Leia-o. Peça a alguns de seus colaboradores que o leiam também. Não há razão para constrangimento: não ter lido o livro não é uma grave lacuna. Refiro-me a um artigo publicado no *Paese Sera* de 21 de maio de 1975, "As cinzas de Soljenítsin", que seriam aliás as minhas: ao que tudo indica, estão querendo me ver totalmente reduzido a cinzas, levando-se em conta também o artigo de Eco,

---

[112] Publicado no *Paese Sera* com o título "Una lettera di Pasolini: 'opinioni' sull'aborto" [Uma carta de Pasolini: "opiniões" sobre o aborto]. Em resposta no mesmo número do jornal, Nello Ponente confirma a essência das próprias acusações e acrescenta: "Pasolini é um *enfant gâté* que pode se permitir, ou acredita poder se permitir, escrever em todo lugar, confiante do presente que nos dá, e *Paese Sera* e *Corriere della Sera* deveriam ser sempre gratos a cada palavra, máxima ou sentença dele; ou melhor, deveria ser grata a ele a sociedade inteira. E então é preciso começar a dizer que estamos fartos desses presentes, é preciso começar a dizer que palavras, máximas ou sentenças são por nós vistas pelo que na realidade são: soberbos e complacentes exibicionismos".

O artigo de Nello Ponente no *Paese Sera* é o intitulado "Le ceneri di Soljenitzin", cit. O de Manganelli, "Risposta a Pasolini", cit.

O livro de Ferenczi, *Thalassa* [Tálassa, na mitologia grega, é a deusa do mar (N. da T.)], é lembrado a propósito do aborto também na resenha pasoliniana em *Descrizioni di descrizioni* ao livro do escritor italiano Stanislao Nievo, *Prato in fondo al mare* [Campo no fundo do mar]. (N. da E.)

publicado no *Manifesto*[113] do mesmo dia, "As cinzas de Malthus", esse também referindo-se às minhas cinzas por interposta pessoa. Estou aqui para tentar ressurgir, mais uma vez, precisamente das cinzas. Como se sabe, são os restos de uma fogueira na qual geralmente se queimam as ideias. Nesse sentido, gostaria de adiantar que uma das lutas mais cheias de tensões dos homens de esquerda é contra a série de parágrafos do código Rocco (sobre o que escrevi há mais ou menos quinze anos aqui no *Paese Sera* e, antes de outros, sobre as frases "extremistas" que na época não eram sequer percebidas), que versam sobre o "crime de opinião".

O senhor acredita que, a esse respeito, o que nos deixa indignados naqueles parágrafos do nosso código é a "punição" ali contemplada?

Aqueles conhecidos meses em condicional, nosso risco diário? Acho que não. O que conta é a condenação. A condenação pública. O fato de ser apontado para a opinião pública como "rei" das ideias contrárias à comunidade. O seu colaborador Nello Ponente a todo momento pronuncia tal condenação a meu respeito: ele me acusa diante de uma "comunidade" — a "comunidade" dos intelectuais de esquerda e dos trabalhadores — e me acusa por "crime de opinião".

A minha opinião, no caso específico, é que considero o "aborto" uma culpa. Mas não moralmente, isso não pode sequer ser discutido. Moralmente não condeno nenhuma mulher que recorra ao aborto, e nenhum homem que esteja de acordo sobre isso. É e sempre foi para mim não uma questão moral, mas sim jurídica.

A questão moral diz respeito somente aos "atores": é uma questão entre quem aborta, quem ajuda a abortar, quem concorda com o aborto e a própria consciência. Na qual certamente não vou querer entrar. Se na realidade acabei por fazer isso, sempre escolhi naturalmente o mal menor, isto é, o aborto. Isto é, estabeleci uma culpa. Na vida, no "pragma", a moralidade é prática, não há alternativa. Mas ao pensar na vida, e em seu inevitável desenrolar pragmático, o que conta é a razão: que não pode jamais se contradizer nem fazer acordos.

---

[113] Jornal italiano criado em 1969 por um grupo do PCI, de perfil político mais à esquerda. (N. da T.)

Ela sanciona os princípios, não os fatos, embora só possa partir dos fatos. Foi o que notei nos meus amigos radicais em minha intervenção no *Corriere*: certo "praticismo" externo ao seu "rigor democrático", sempre tão vivamente racional e racionalmente extremista.

Não há nenhuma boa razão prática que justifique a supressão de um ser humano, mesmo que nos primeiros estágios de sua evolução. Eu sei que em nenhum outro fenômeno da existência há uma vontade de vida tão furibunda, total, essencial como no feto. Sua ânsia de atuar a própria potencialidade, retraçando fulminantemente a história do gênero humano, possui algo de irresistível e portanto de absoluto e jubiloso. Mesmo se depois nasça um imbecil.

Esta é a minha "opinião": pessoal, claro. Como pretendem ser todas as opiniões. Com esta minha "opinião" por acaso pus em perigo o PCI, a cultura de esquerda, a luta operária? Me "extraviei"? Fui um traidor do povo? De qualquer modo, o veredicto de Nello Ponente é mais ou menos esse. É verdade que no texto da sua condenação está totalmente ausente a lucidez burocrática das condenações dos tribunais do Estado. É um tanto mais vivaz, e também certamente mais confusa.

O nosso Nello Ponente ignora por completo a psicanálise e quer virilmente ignorá-la. Com certeza não leu Freud ou Ferenczi, nem outros, representantes particularmente desprezíveis que são do "culturame" ao qual tenho a honra de pertencer. Nello Ponente (como, ao que parece, Giorgio Manganelli) nunca sonhou estar imerso no Oceano — e sem dúvida é o que basta para destruir décadas de pesquisas psicanalíticas sobre tal problema.

Como consequência, ele confunde a lembrança das águas pré-natais com o "*mammismo*", isto é, a "fixação" de um período da vida em que o filho, já naturalmente nascido, liga-se à mãe. Nello Ponente, sempre virilmente, despreza (sempre como Giorgio Manganelli) as "mães". Enquanto eu não vejo razões, a não ser de ordem conformista, para me envergonhar de ter em relação a minha mãe, ou melhor, "mamãe", um forte sentimento de amor. Que dura a vida inteira, porque foi confirmado pela estima que sempre senti pela brandura e inteligência da mulher que é minha mãe. Fui coerente com este amor. Coerência que em outros tempos poderia levar ao Lager, e que de qualquer modo continua a ser taxada como infâmia. Nello Ponente, com a mesma delicadeza com que recomenda ao povo lançar à fogueira Freud, Ferenczi e toda a psicanálise, reserva para mim o desprezo do povo por ser "mammista". Naturalmente, o desprezo pelo "culturame" impediu Nello Ponente de ler a longa série de poemas que dediquei a minha mãe desde 1942 até hoje. Eu o desafio a demonstrar que se trata de poemas de um "*mammista*", para usar a sua definição vulgar, conformista, degradante, de homem intercambiável, equiparável a qualquer bem-pensante, a qualquer um que necessite pertencer a um bando.

E quanto a isso, gostaria aqui de declarar publicamente que de um homem tão ignorante e tão orgulhoso da própria ignorância, eu não sou, nunca fui e nunca serei "companheiro de estrada". De fato, sua intercambialidade, assentada sobre o conformismo e sobre o bem pensar, só pode ser sinal de uma "continuidade". A "continuidade" da pequena burguesia italiana e de sua consciência infeliz (recusa da cultura, ânsia pela normalidade, indiferentismo[114] fisiológico, caça às bruxas). Não por acaso, Napolitano,[115] no texto examinado, é reduzido ao modelo de um homem de poder que deve ser "acusado", como se se tratasse de um Bottai[116] ou de um cardeal.

O conformismo é sempre deplorável, mas o conformismo de quem está do lado da razão (para mim, o "conformismo de esquerda") é particularmente doloroso. Obviamente meu artigo "contra o aborto" é incompleto e passional, eu sei. Uma amiga, Laura Betti, me fez perceber que nele falta fisiologicamente a mulher. Ela tem razão. Alberto Moravia disse que a essência dos meus argumentos é paulina, isto é, em mim, como em São Paulo, há uma inconsciente pretensão de castidade por parte das mulheres. Ele também tem razão. Frisei mais o filho do que a mãe, porque no nosso caso trata-se de uma mãe inimiga. Eu não poderia mantê-la e privilegiar seu fruto. Assim como o cardeal

---

[114] Ver nota 21, p. 61. (N. da T.)

[115] Giorgio Napolitano (1925), político atuante no cenário político italiano ao longo do século XX, foi o único Chefe do Estado da Itália advindo dos quadros do Partido Comunista Italiano. (N. da T.)

[116] Giuseppe Bottai (1895-1959), polemista e nome de destaque entre os fascistas. (N. da T.)

Florit,[117] que, falando exatamente de massacres de inocentes (os fetos), ignora o massacre das inocentes (as mulheres como cidadãs inferiores). Mas, assim como deve ser considerada puramente "casual" minha eventual concordância ideológica com Nello Ponente, também deve ser considerada "casual" a coincidência da minha opinião sobre o aborto com a do cardeal Florit. Na verdade, não admito que possa licitamente falar de massacre de inocentes quem não tenha *pública e explicitamente falado* de massacres, por exemplo, de judeus, e mais ainda, quem não fala *pública e explicitamente* dos massacres culturais e humanos do novo poder (o que, por outro lado, um cardeal não pode deixar de endossar sem solução de continuidade com o poder precedente).

Por fim, quanto a minha opinião, o que mais espero é que me convençam de que está errada. É com grande prazer que, também sobre esse ponto, me vejo ao lado de homens com os quais substancialmente (apesar da força centrífuga, herética, desviante que faz parte justamente da minha condição de intelectual) concordo e — se é que posso licitamente dizê-lo — luto. Espero ser convencido racionalmente, e não através de ilações forçadas sobre minha pessoa ou sobre a honestidade da minha ideologia.

---

[117] Ermenegildo Florit (1901-1985) foi arcebispo em Florença e cardeal, de tendência conservadora. (N. da T.)

Cães

(Fevereiro de 1975)[118]

Em uma carta ao *Corriere*, o teólogo Dom Giovanni Giavini pergunta o que há de verdadeiro na minha afirmação (num artigo do mesmo *Corriere*, 30/1/1975) sobre São Paulo ter sido homossexual e sobre não existir, quanto a esse ponto, escândalo da parte dos católicos informados. (De resto, nem mesmo Dom Giovanni Giavini se escandaliza; e lembre-se ainda que a homossexualidade de Santo Agostinho é hoje, ou melhor, desde sempre aceita, já que foi o próprio Santo Agostinho quem a confessou.) Sobre São Paulo, que provavelmente não tinha consciência dessa sua diversidade (a qual, ao ser removida, fez surgir nele justamente aquele seu estado patológico universalmente admitido, e que por sua vez foi confessado nas *Cartas*), foi necessária a intervenção da psicanálise, interpretando seus sintomas e tentando um diagnóstico. Da parte católica "desobediente", veja-se Émile Gillabert, *Saint Paul ou le colosse aux pieds d'argile* [São Paulo ou o colosso com pés de barro], Éditions Métanoïa, 1974; enquanto da parte católica "obediente", eu citaria: "Se, na juventude, frequentou o estádio, essas escapadelas clandestinas que constituíam um pecado contra a lei — concessões ao fascínio do fruto proibido — poderiam ser colocadas entre aquelas que se leem, em filigrana, na patética página da Carta aos Romanos, nas quais certos psicanalistas, à luz de sua 'arte', quise-

[118] Inédito. O artigo de Franco Rodano no *Paese Sera* é o intitulado "Aborto e clericalismo", cit. O texto de Umberto Eco no *Manifesto* é o intitulado "Le ceneri di Malthus" [As cinzas de Malthus], cit. (a data correta é 21 de janeiro, e não 2 de fevereiro, como erroneamente escreve Pasolini). O artigo de L. [Nino Longobardi] no *Messaggero* é o intitulado "Cronache italiane" [Crônicas italianas], cit. O de Giorgio Bocca, "Sull'aborto, ragionevolmente" [Sobre o aborto, racionalmente], cit. (N. da E.)

ram até mesmo ler, relacionando-as com outras indicações contidas nas *Cartas*, uma tendência à pederastia..." (Jean Colson, *Paolo apostolo martire*, Mondadori Editore, 1974, e Éditions du Seuil, Paris, 1971).

No artigo que a redação do *Corriere* intitulou *Eu sou contra o aborto* — quando deveria tê-lo intitulado *Eu sou contra uma luta triunfalista pela legalização do aborto* — não resisti à tentação de abrir um breve, e portanto esquemático, parêntese ecológico. Foi nesse parêntese que incorri na observação sobre o amor chamado "contra a natureza" (não, porém, necessariamente homossexual), aproveitando para me vingar de De Marsico,[119] por ter chamado Braibanti[120] de "porco" e por ter condenado o amor homossexual, já que, não sendo procriador, seria nocivo à continuação da espécie. O contexto em que se colocava essa pequena vingança era porém extremamente funcional, sendo De Marsico um dos mais respeitáveis colaboradores do código Rocco, isto é, do código fascista.

Certamente, De Marsico não poderia jamais imaginar que em sua defesa se elevariam as vozes de bandos de iluminados e de progressistas.

Natalia Ginzburg, arrancada do seu natural estado de sonolência, ouviu evidentemente a exclamação, vinda de algum amigo comum, de que eu sugeria o amor contra a natureza como remédio para o problema do aborto, isto é, como se eu sugerisse o uso do óleo de amendoim para resolver o problema da crise econômica, ou, então, o uso do esperanto para resolver o problema da língua. Tudo bem, Natalia é cândida. Mas não há candor que justifique, pelo menos, a falta de informação. É verdade que se Natalia me tomou por alguém que acredita na solução do óleo de amendoim ou do esperanto, quer dizer que eu, nos vinte anos de nossa amizade, fui incapaz não só de fazer com que gostasse de mim, mas até mesmo de fazê-la entender que não sou um poeta louco ou um diletante cretino: mas ela poderia pelo menos ler os meus artigos em questão. Nesse caso, teria simplesmente se dado conta de estar, pelo menos literalmente, de acordo comigo, isto é, de ser

---

[119] Ver nota 106, p. 137. (N. da T.)

[120] Ver nota 108, p. 137. (N. da T.)

contrária às formas retóricas da luta pela legalização do aborto, e de estar portanto, neste caso, como eu, com os comunistas, e não com os radicais.

Na sua cândida intervenção, Natalia realiza um significativo delito linguístico (é uma escritora, portanto para ela este discurso é pertinente sem restrições). Ela usa a respeito da relação homossexual o adjetivo "sórdido", isto é, o adjetivo sempre, sistematicamente, mecanicamente, canalhamente usado nos artigos de toda a imprensa italiana, nisso totalmente demarsiquiana.

Este banal, e portanto vulgar, rancor anti-homossexual de Natalia me parece depor gravemente contra a pureza de seu candor. Mas não para por aí. Natalia foi despertada do seu sono (sobre a sinceridade de seus sonhos não tenho dúvida, mas sinceridade não basta) pelas persuasivas palavras de Franco Rodano (*Paese Sera*, 28/5/1975), que a entusiasmaram. Ficou entusiasmada a ponto de fazer elogios ao tal artigo de Rodano (estava por escrever, instintivamente, Padre Rodano) que chegam a ser embaraçosos: elogios a sua honestidade, a sua lisura, a sua abrangência etc. etc. Ora, nesse artigo, Rodano me chama de "clerical". Isto é, viola o código de mínimo respeito entre pessoas civilizadas. Acusar alguém de "clerical" é uma daquelas acusações puramente nominalistas que podem ser retorcidas infinitamente. A linguagem de Rodano, ingênua, compreensiva, mas com a necessária severidade, é de fato profundamente eclesiástica: é, linguisticamente, uma verdadeira repreensão. Italianos (e portanto Natalia), eu vos exorto à língua! Que eu seja clerical parece ter sido exaustivamente demonstrado para Rodano pelo fato de eu ser vêneto. É essa para Natalia a tão decantada honestidade de Rodano? Os moralistas são sempre mal informados. O que custava para Rodano se informar um pouco? Eu nasci em Bolonha, na Bolonha vermelha, e, o que mais conta, na Bolonha vermelha passei a minha adolescência e a minha juventude, isto é, os anos da minha formação. Ali me tornei antifascista por ter lido, aos 16 anos, um poema de Rimbaud. Ali escrevi minhas primeiras poesias em dialeto friulano (o que não era admissível pelo fascismo). Eu disse *friulano*, cara Natalia. E nada liga o Vêneto ao Friul. Absolutamente nada. A cada verão, eu passava um mês de férias (quando havia meios) no vilarejo friulano de minha mãe. Na verdade, eu não sabia o friulano. Ao escrever meus primeiros poemas, ia me lembrando, palavra por palavra, do dialeto. Fui aprender depois, quando em 1943 tive que me "refugiar" em Casarsa. Ali vivi primeiro a existência real dos falantes, isto é, a vida camponesa, depois a Resistência e por fim as lutas políticas dos boias-frias contra o latifúndio. No Friul, portanto, conheci primeiro um mundo camponês e católico que não tem nada a ver com o do Vêneto (hoje, no Friul, não existe nem é concebível uma trama fascista), e depois, com os boias-frias, me tornei comunista. No Friul li Gramsci e Marx. Eis o meu "clericalismo vêneto".

Saíram em seguida e contemporaneamente em defesa de De Marsico, e em perfeita concordância, Umberto Eco (*Il Manifesto*, 2/2/1975) e L. (*Il Messaggero*, 21/1/1975). Umberto Eco é um intelectual de esquerda inteligente e culto que sempre estimei e gostei; L. é um jornalista miserável, que sempre investiu furiosamente contra mim, quando *Il Messaggero* era clérico-fascista. O texto de Eco e o texto de L. são perfeitamente idênticos, no conteúdo e *na língua*. Segue-se um breve ensaio de análise comparada.

Eco: "Mas a tese reduzida ao osso (sagrado) é muito clara. Não é o aborto que deve ser discutido, é o coito, o qual, por causa da opressão e da repressão fascista-consumista, é sempre imposto como coito entre homem e mulher... A argumentação é apresentada como defesa dos direitos das minorias "diferentes", e não há como não ver a oportunidade de consentir a todas as minorias, incluindo a sexual, o direito às próprias práticas preferidas...".

L.: "E o amor normal (Jesus, que vulgaridade!) procria e, se procria, é preciso aceitar as consequências. Sempre segundo Pasolini, relações normais, isto é, não 'mistas', deveriam ser encorajadas... Invoca respeito e tolerância pelas 'minorias sexuais'. É um pedido legítimo. Assinamos embaixo".

Eco: "Mas a argumentação de Pasolini não se sustém porque, mesmo se por razões ecológicas pudesse parecer útil aconselhar o coito homossexual... em tal caso, ainda que para uma pequena minoria de heterossexuais inveterados, o problema da concepção continuaria a existir".

L: "Mas por que não sentir misericórdia pelos 'normais', que serão quase certamente a 'minoria' de amanhã?"

Eco: "Pasolini... deixa transparecer a vontade repressiva de oprimir os direitos de uma futura minoria, quando haja triunfado a nova maioria...".

L.: "Entenderam? Quando se vai para a cama com uma mulher, à parte todo o resto, é preciso agora se precaver das maldições de Pasolini...".

Eco: "O que não tinha passado pela mente de Huxley, de Orwell, nem mesmo de Hitler, nem mesmo de Fanfani...".

"Comparei" frases de uma certa complexidade sintática; se tivesse "comparado" as "piadas" isoladas, a identidade linguística entre o texto do *Manifesto* e o texto do *Messaggero* seria ainda mais impressionante.

O que fizeram os dois comparsas de De Marsico?

Primeiro: realizaram a mesma ilação que vimos em Natalia, isto é, partiram de um juízo errado (e desejado, como o lobo com o cordeiro) sobre as minhas intenções, atribuindo a mim argumentos aos quais somente um "louco" ou um "diletante imbecil" poderia recorrer.

Segundo: isolaram o "estado de ânimo", atrozmente doloroso, que pode ter influenciado meu posicionamento a respeito do aborto (isto é, ter lembrado que o aborto é uma culpa, mesmo que a prática aconselhe a descriminalizá-la); e, em vez de manifestar solidariedade a este "estado de ânimo", fizeram dele objeto de atrozes piadas grosseiras.

Terceiro: fingiram de passagem uma compreensão, puramente verbal, das minorias sexuais; que consiste, na realidade, na ideia de conceder, a tais minorias, um gueto onde se entregariam às suas práticas (com quem?), sendo-lhes porém proibido exprimir publicamente uma opinião sobre elas, mesmo que vagamente influenciada pelo "estado de ânimo" que fatalmente nasce por se viver tal experiência minoritária. O "ponto de vista" deve ser forçosamente maioritário, também sentimentalmente. Sanciona a caça às bruxas, se não pelas "práticas", pelo sentimento e a qualidade de vida que delas nascem.

Quarto: encenaram uma caça às bruxas — como sempre aterrorizante para as pobres bruxas — recorrendo, em substituição às penas corporais não mais disponíveis, à pura vulgaridade.

Junto a outros, que por razão de espaço e por menosprezá-los deixo de lado, quem saiu em defesa de De Marsico foi Giorgio Bocca

(*L'Espresso*, 9/2/1975). O que é previsível. O sexo com suas intolerâncias ferozes é uma zona não cultivada da nossa consciência e do nosso saber. O puritanismo de Bocca é bem conhecido. Portanto, neste campo, ele só pode recorrer aos lugares-comuns, sempre tranquilizadores. Isso dá à sua língua algo de barbárico, e surgem — como o "sórdido" em Natalia — "*maîtres a penser*" e "*sprint*": a vulgaridade linguística é produto direto da má consciência que, por sua vez, é resultado do uso de lugares-comuns. Além disso, são explicitamente vulgares também as alusões aos grupos ou clãs aos quais eu pertenceria. São argumentos de jornal literário de província, com a intenção de fazer moralismo punitivo. Naturalmente, falta qualquer tipo de demonstração tanto de caráter prático (as maiores tristezas nessa polêmica vieram justamente de meus poucos amigos) como profundo. Bocca não meditou por um instante sobre o que estava por dizer: tomou, impetuosa e intrepidamente, a decisão de dizer a coisa mais universalmente reconhecida como óbvia. Não há dúvida, por exemplo, de que afirmar que "na Itália se fala italiano" é uma verdade óbvia, comum, maioritária, consagrada e indiscutível. Mas se Bocca — com o ar de quem decidiu dizer, de uma vez por todas, a sacrossanta verdade — insiste em dizer: "Na Itália se fala italiano" para alguém do Vale do Rio Ádige ou do Friul, só pode esperar que o trentino ou o friulano, justamente, lhe respondam: "Vá pro inferno!". O fato é que na Itália se fala o italiano *e* o alemão, o italiano *e* o friulano. Quem não sabe e não admite isso a todo instante de sua vida, não sabe o que é uma relação democrática e humana com os outros. Assim, quando Bocca afirma: "A maioria dos habitantes italianos considera a cópula entre homem e mulher o modo natural de fazer amor", além de dizer uma verdade ridícula, recorre exatamente àquele mesmo e ofensivo princípio sobre o qual se fundamenta a noção de "sentimento comum do pudor" do código fascista de Rocco e de De Marsico.

Coração

(1º de março de 1975)[121]

O leitor que me desculpe, mas quero voltar de novo ao problema do aborto, ou melhor, aos problemas que a discussão sobre o aborto tem suscitado. De fato, os problemas que realmente contam são os do coito, não os do aborto.

No entanto, o aborto contém em si algo que desencadeia em nós forças "obscuras", anteriores ainda ao próprio coito: é o nosso *eros*, ilimitado, que ele coloca em discussão — ou sobre o qual impõe a discussão. No que me diz respeito — e como já disse claramente —, o aborto me remete obscuramente à ofensiva naturalidade com que é em geral concebido o coito. Essa ofensiva naturalidade torna o coito tão ontológico que o anula. A mulher parece que engravida como quem toma um copo d'água. Esse copo d'água é, sem dúvida, a coisa mais simples do mundo para quem o tem à disposição; mas para uma pessoa sozinha no meio de um deserto, esse copo d'água representa tudo, e ela não pode deixar de se ofender com aqueles que o consideram um nada.

Os defensores extremistas do aborto (isto é, quase todos os intelectuais "iluminados" e as feministas) falam do aborto como de uma tragédia feminina, na qual a mulher está sozinha com o seu terrível

[121] Publicado no *Corriere della Sera* com o título "Non aver paura di avere un cuore" [Não ter medo de ter um coração]. A atriz Maria Schneider (de *Último tango em Paris*, de Bertolucci, e *Profissão repórter*, de Antonioni), depois de ter divulgado que era homossexual, foi maltratada pela mídia. Dini Origlia é o autor do artigo "Polemica con Pasolini", cit. O artigo de Calvino no *Corriere della Sera* é o intitulado "Che cosa vuol dire 'rispettare la vita'" [O que quer dizer 'respeitar a vida'], já citado. (N. da E.)

problema, como se, naquele momento, o mundo todo a tivesse abandonado. Compreendo. Mas poderia acrescentar que quando a mulher estava na cama não estava sozinha. Além disso, me pergunto como é que as extremistas recusam com tão ostensiva repugnância a retórica épica da "maternidade" ao mesmo tempo que aceitam de modo totalmente acrítico a retórica apocalíptica do aborto.

Para o homem o aborto assumiu um significado simbólico de libertação: ser incondicionalmente a favor do aborto lhe parece um atestado de iluminismo, de progressismo, de ausência de preconceitos, de rebeldia. É, em suma, um lindo e gratificante brinquedo. Eis a razão de tanto ódio contra quem lembrar que uma gravidez não desejada pode ser, se não sempre culpada, pelo menos culposa. E que se a *praxis* aconselha justamente descriminalizar o aborto, ele não deixa por isso de ser um delito para a consciência. Não existe anticonformismo que o justifique, e isso só pode aborrecer e irritar aqueles cujo anticonformismo todo se reduz à defesa fanática do aborto. Recorrem então aos métodos mais arcaicos para se livrarem do adversário que os priva do prazer de se sentirem sem preconceitos e avançados. Esses métodos arcaicos são aqueles, infames, da "caça às bruxas": instigação ao linchamento, inserção na lista dos proscritos, exposição ao desprezo público.

A "caça às bruxas" é típica das culturas intolerantes, isto é, clérico-fascistas. Num contexto repressivo, o objeto da "caça às bruxas" (o "diferente") é antes de mais nada destituído de humanidade: operação que torna em seguida legítima sua efetiva exclusão de qualquer fraternidade ou piedade possíveis, e que, na prática, geralmente antecipa a sua supressão física (Himmler, os campos de concentração).

Mas eu já disse e repeti várias vezes que a sociedade italiana de hoje não é mais clérico-fascista: é consumista e permissiva. Portanto o fato de que nela possa se desencadear uma campanha persecutória com características clérico-fascistas arcaicas parece contradizer minha afirmação. Mas trata-se de uma contradição só aparente. Com efeito: em primeiro lugar, os autores dessa burlesca, vulgar, desprezível campanha contra a "diversidade" são quase todos homens de idade, cuja formação precede a era do consumo e da sua pretensa permissividade; em segundo lugar — como na verdade sempre disse e repeti —, o consumismo não passa de uma forma totalitária — enquanto plenamente totalizante, alienante até o limite extremo da degradação antropológica, até o genocídio (Marx) — cuja permissividade, portanto, é falsa: é a máscara da pior repressão jamais exercida pelo poder sobre a massa dos cidadãos.

De fato (como diz um dos protagonistas do meu próximo filme, extraído de Sade e ambientado na República de Salò): "numa sociedade onde tudo é proibido, tudo pode ser feito; numa sociedade onde alguma coisa é permitida, só se pode fazer essa coisa".

O que é que a sociedade permissiva permite? Permite a proliferação do casal heterossexual. O que é muito e é justo. Mas é preciso ver como isso se dá concretamente. Em primeiro lugar, isso se realiza em função do hedonismo consumista (para usarmos os termos de uma atual "língua franca", quase mera sigla), o que acentua ao extremo o momento social do coito. Além disso, faz dele uma obrigação: quem não é membro de um casal não é um homem moderno, como quem não bebe Petrus ou Cynar. Ademais, impõe uma precocidade neurotizante. Meninos e meninas que mal atingiram a puberdade — no espaço obrigatório da permissividade que torna a normalidade paroxística — têm uma experiência do sexo que elimina qualquer tensão no próprio campo sexual, assim como qualquer possibilidade de sublimação nos demais campos. Seria possível dizer que as sociedades repressivas (como dizia um ridículo *slogan* fascista) precisavam de soldados, tanto quanto de santos e de artistas, enquanto a sociedade permissiva só precisa de consumidores. De qualquer forma, salvo aquela "alguma coisa" que a sociedade permissiva permite, tudo é jogado — para grande vergonha dos ideais progressistas e da luta das bases — no inferno do não permitido, do tabu que provoca riso e ódio. Pode-se continuar falando dos "diferentes" com a mesma brutalidade dos tempos clérico-fascistas; só que, desgraçadamente, essa brutalidade aumentou na proporção direta da permissividade em relação ao coito normal. Já tive ocasião de dizer que, para compensar a presença de uma certa elite de pessoas tolerantes (que lisonjearam assim a própria consciência democrática), existem na Itália cinquenta milhões de pessoas intolerantes, prontas ao linchamento. O que nunca tinha acontecido antes na história italiana. Hoje quero, porém, acrescentar que aquelas elites de pessoas tolerantes demonstraram claramente que sua tolerância é apenas verbal; que na verdade lhes agrada plenamente a ideia de um gueto onde relegar mentalmente os "diferentes" (que fariam amor com quem?), e onde seriam vistos como "monstros" aceitáveis, com quem seria permitido fazer toda espécie de piada vulgar. Veja-se o caso de Maria Schneider, a propósito de quem toda a imprensa italiana se comportou da maneira mais descaradamente canalha e levianamente fascista.

Mas existe uma outra série de considerações — que me falam mais fundo ao coração —, nascidas na amarga meditação destas últimas semanas.

Eu disse que ser incondicionalmente favorável ao aborto confere a quem o é um atestado de racionalidade, de iluminismo, de modernidade etc. Garante, no caso específico, uma certa falta "superior" de sentimentos, o que enche de satisfação os intelectuais (chamemo-los assim) pseudoprogressistas (não os comunistas sérios nem os radicais, seguramente). Tipos como Dino Origlia,[122] para dar só um exemplo.

A afirmação dessa "superior" falta de sentimentos foi despudorada, histérica e inconscientemente lançada contra mim, a propósito do aborto, pela maior parte de meus adversários. A única intervenção civilizada e realmente racional a esse propósito foi a de Italo Calvino (*Corriere della Sera*, 9/2/1975). E é sobre isso que gostaria de discutir.

Como eu, Calvino passou seus anos de formação e, já se pode agora dizer, toda uma vida sob regimes tradicionalmente clérico-fascistas.

Quando éramos adolescentes havia o fascismo; depois, a primeira democracia cristã, que foi a continuação literal do fascismo. Era justo, portanto, que reagíssemos como reagimos. Era justo, portanto, que recorrêssemos à razão para dessacralizar toda a merda que os clericais-fascistas tinham sacralizado. Era justo, portanto, que fôssemos laicos, iluministas, progressistas a qualquer preço.

Agora Calvino — embora indiretamente e com o respeito próprio de uma polêmica civilizada — me acusa de certo sentimentalismo "ir-

---

[122] Dino Origlia (1920-2012), médico e psiquiatra italiano, atuou também como professor e jornalista. (N. da T.)

racionalista" e de certa tendência, igualmente "irracionalista", a sentir uma injustificada sacralidade na vida.

Para me ater a uma discussão direta, limitada ao aborto, gostaria de replicar a Calvino que nunca falei de uma vida em geral, mas sempre *desta* vida, *desta* mãe, *deste* ventre, *desta* criança. Evitei qualquer generalização (e se usei a propósito da vida o qualificativo "sagrada", trata-se evidentemente de uma citação, não isenta de ironia). Mas não é isso que importa aqui. O problema é bem mais vasto e compreende toda uma maneira de se conceber o próprio modo de sermos intelectuais: que consiste, antes de mais nada, no dever de recolocar sempre em discussão a nossa própria função, principalmente naquilo que ela parece ter de mais indiscutível, isto é, nos seus pressupostos de iluminismo, de laicismo, de racionalismo.

Por inércia, por preguiça, por inconsciência — pelo dever fatal de proceder coerentemente — muitos intelectuais como eu e Calvino correm o risco de serem ultrapassados por uma história real que os envelhece de repente, transformando-os em estátuas de cera de si próprios.

O poder, de fato, não é mais clérico-fascista, não é mais repressivo. Não podemos mais usar contra ele os argumentos que tantas vezes adotamos contra o poder clérico-fascista, contra o poder repressivo.

O novo poder consumista e permissivo se valeu justamente das nossas conquistas mentais de laicos, de iluministas, de racionalistas, para construir o seu próprio arcabouço de falso laicismo, de falso iluminismo, de falsa racionalidade. Valeu-se das nossas dessacralizações para se libertar de um passado que, com todas as suas atrozes e idiotas sacralizações, já não lhe servia.

Mas em compensação esse novo poder levou ao limite extremo a sua única sacralidade possível: a sacralidade do consumo como rito e, naturalmente, da mercadoria como fetiche. Nada mais obsta tudo isso. O novo poder não tem mais nenhum interesse, ou necessidade, de mascarar com Religiões, Ideais e coisas do gênero o que Marx tinha desmascarado.

Como cães amestrados, os italianos absorvem imediatamente a nova ideologia irreligiosa e antissentimental do poder — tamanha é a força de atração e de convicção da nova qualidade de vida que o poder promete, e tamanha é, ao mesmo tempo, a força dos instrumentos de comunicação (especialmente a televisão) de que o poder dispõe. Como cães amestrados, os italianos em seguida aceitaram a nova sacralidade, inominada, da mercadoria e do seu consumo.

Nesse contexto, nossos velhos argumentos laicos, iluministas, racionalistas não apenas são inócuos e inúteis, como até mesmo fazem o jogo do poder. Dizer que a vida não é sagrada e que os sentimentos são tolices é fazer um enorme favor aos produtores. E é, além do mais, como se diz, chover no molhado. Os novos italianos não têm mais nada a ver com o sagrado; são todos, na prática — se ainda não na consciência — moderníssimos; e quanto aos sentimentos, estão se livrando rapidamente deles.

O que é que, na verdade, torna realizáveis — concretamente nos gestos, na execução — os massacres políticos, uma vez concebidos? É terrivelmente óbvio: a falta do sentido de sacralidade da vida dos outros e o fim de qualquer sentimento na própria vida. O que é que torna realizáveis os empreendimentos atrozes desse fenômeno — tão imponente e decisivo — que é a nova criminalidade? É também terrivelmente óbvio: o fato de se considerar a vida dos outros como um nada e o próprio coração como nada mais que um músculo (como diz um daqueles intelectuais que só chovem no molhado, olhando com tranquilidade, comiseração e desprezo, do centro da "história", os desgraçados como eu que vagueiam, desesperados, pela vida). Finalmente, gostaria de dizer que, se da maioria silenciosa tivesse que renascer uma forma de fascismo arcaico, esse fascismo só poderia renascer da escandalosa escolha que essa maioria silenciosa viesse a fazer (e que, na realidade, já faz) entre a sacralidade da vida e os sentimentos, de um lado, e o patrimônio e a propriedade privada do outro, a favor do segundo termo do dilema. Ao contrário de Calvino, penso então que — sem trair nossa tradição intelectual humanista e racionalista — não se deve ter medo — como há um tempo, com razão, se tinha — de não desacreditar suficientemente o sagrado ou de ter um coração.

O artigo dos vaga-lumes

(1º de fevereiro de 1975)[123]

"A distinção entre fascismo adjetivo e fascismo substantivo remonta a nada menos que o jornal *Il Politecnico*,[124] isto é, ao imediato pós-guerra..." Assim começa uma intervenção de Franco Fortini[125] sobre o fascismo (*L'Europeu* de 26/12/74): intervenção que, como se diz, subscrevo inteiramente. Não posso todavia subscrever seu tendencioso exórdio. Com efeito, a distinção entre "fascismos" feita no *Politecnico* não é pertinente nem atual. Poderia ainda ser válida até cerca de dez anos atrás, quando o regime democrata-cristão ainda era a continuação pura e simples do regime fascista.

Mas há uma dezena de anos "alguma coisa" se passou. "Alguma coisa" que não existia nem era previsível, não só na época do *Politecnico*, mas nem mesmo um ano antes que acontecesse (ou melhor, como veremos, nem enquanto acontecia).

O verdadeiro confronto entre "fascismos" não pode ser "cronologicamente" o do fascismo fascista com o fascismo democrata-cristão, mas o do fascismo fascista com o fascismo radicalmente, totalmente, imprevisivelmente novo que nasceu daquela "alguma coisa" que se passou há uma dezena de anos.

---

[123] Publicado no *Corriere della Sera* com o título "Il vuoto del potere in Italia" [O vazio do poder na Itália]. (N. da E.)

[124] Importante revista de política e cultura, criada pelo intelectual e escritor italiano Elio Vittorini em 1945 e que circulou até 1947. (N. da T.)

[125] Franco Fortini (1917-1994), poeta, ensaísta e tradutor italiano. (N. da T.)

Posto que sou um escritor e que polemizo ou pelo menos discuto com outros escritores, que me seja permitido dar uma definição de caráter poético-literário desse fenômeno que ocorreu na Itália há uma dezena de anos. Isso servirá para simplificar e para abreviar nosso discurso (e provavelmente até para que possamos compreendê-lo melhor).

No início dos anos 60, por causa da poluição do ar e principalmente, no campo, por causa da poluição da água (dos rios azuis e regos transparentes), os vaga-lumes começaram a desaparecer. O fenômeno foi instantâneo e fulminante. Em poucos anos não existiam mais vaga-lumes. (São agora uma lembrança, bastante dilacerante, do passado: e um homem de idade que tenha essa lembrança não pode reconhecer nos novos jovens sua própria juventude e, por isso, não pode mais ter belas saudades de antigamente.)

Chamarei portanto essa "alguma coisa" que ocorreu há uma dezena de anos de "desaparecimento dos vaga-lumes".

O regime democrata-cristão teve duas fases absolutamente distintas, que não só não podem ser comparadas entre si, o que implicaria uma certa continuidade entre elas, mas também sem dúvida se tornaram historicamente incomensuráveis.

A primeira fase desse regime (como os radicais sempre insistiram justamente em chamá-lo) é a que vai do fim da guerra até o desaparecimento dos vaga-lumes; a segunda fase é a que vai do desaparecimento dos vaga-lumes até hoje. Observemos uma de cada vez.

Antes do desaparecimento dos vaga-lumes

A continuidade entre fascismo fascista e fascismo democrata-cristão é completa e absoluta. Não falo daquilo de que, a esse propósito, já naquele tempo se falava, talvez até mesmo no *Politecnico*: o saneamento falho, a continuidade dos códigos, a violência policial, o desprezo pela Constituição. E me detenho naquilo que veio mais tarde a contar para uma consciência histórica retrospectiva. A democracia que os antifascistas democratas-cristãos opunham à ditadura fascista era descaradamente formal.

Baseava-se numa maioria absoluta obtida através dos votos de enormes estratos da classe média e de enormes massas camponesas, dirigidas pelo Vaticano. Essa direção do Vaticano só era possível enquanto se ancorasse num regime totalmente repressivo. Nesse universo, os "valores" que contavam eram os mesmos que contavam para o fascismo: a Igreja, a pátria, a família, a obediência, a disciplina, a ordem, a poupança, a moralidade. Tais "valores" (como aliás durante o fascismo) eram "também reais", ou seja, faziam parte das culturas particulares e concretas que constituíam a Itália arcaicamente agrícola e paleoindustrial. Mas no momento em que foram erigidos em "valores" nacionais não podiam senão perder toda a realidade e se transformar num atroz, estúpido, repressivo conformismo de Estado: o conformismo do poder fascista e democrata-cristão. O provincianismo, a grosseria e a ignorância, tanto das elites quanto, em outro nível, das massas, eram iguais tanto durante o fascismo como durante a primeira fase do regime democrata-cristão. Paradigmas dessa ignorância eram o pragmatismo e o formalismo do Vaticano.

Tudo isso resulta hoje claro e inequívoco, enquanto naquela época os intelectuais e os oposicionistas nutriam insensatas esperanças. Esperavam que tudo isso não fosse totalmente verdadeiro e que a democracia formal, no fundo, contasse para alguma coisa.

Devo agora, antes de passar à segunda fase, dedicar algumas linhas ao momento de transição.

Durante o desaparecimento dos vaga-lumes

Nesse período a distinção entre fascismos feita no *Politecnico* podia ainda funcionar. De fato, nem o grande país que estava se formando dentro do país — isto é, a massa operária e camponesa organizada pelo PCI — nem os intelectuais mais avançados e críticos tinham percebido que "os vaga-lumes estavam desaparecendo". Mantinham-se bem informados pela sociologia (que naqueles anos tinha provocado a crise do método de análise marxista), mas eram informações ainda não vividas, essencialmente formais. Ninguém podia supor a realidade histórica que viria a ser o futuro imediato, nem identificar aquilo que então se chamava "bem-estar" com o "desenvolvimento" que, pela primeira vez, realizaria na Itália plenamente o "genocídio" de que Marx falava no *Manifesto*.

Após o desaparecimento dos vaga-lumes

Os "valores", nacionalizados e portanto falsificados, do velho universo agrícola e paleocapitalista repentinamente não contam mais. Igreja, pátria, família, obediência, ordem, poupança, moralidade não contam mais. E nem mesmo como falsos valores eles ainda servem. Sobrevivem apenas no clérico-fascismo marginalizado (até o MSI[126] em essência os repudia). Passam a substituí-los os "valores" de um novo tipo de civilização, totalmente "outra" em relação à civilização camponesa e paleoindustrial. Essa experiência já foi feita por outros Estados. Mas na Itália ela é extremamente particular, porque se trata da primeira "unificação" real imposta ao nosso país, enquanto nos outros países ela se sobrepõe, com uma certa lógica, à unificação monárquica e à uniformização posterior da revolução burguesa e industrial. O trauma italiano do choque entre o "arcaísmo" pluralista e o nivelamento industrial tem talvez um único precedente: a Alemanha anterior a Hitler. Ali também os valores das diversas culturas particulares foram destruídos pela padronização violenta da industrialização, com a consequente formação daquelas enormes massas, não mais antigas (camponesas, artesãs) e ainda não modernas (burguesas), que constituíam o corpo selvagem, aberrante, imponderável das tropas nazistas.

Na Itália está acontecendo algo parecido; e com uma violência ainda maior, posto que a industrialização dos anos 70 constitui uma "mutação" decisiva, mesmo que em comparação com a mutação alemã de cinquenta anos atrás. Não estamos mais, como todos sabem, diante de "novos tempos", mas sim de uma nova época da história humana: daquela história cujos compassos são milenares. Era impossível que os italianos reagissem de modo pior a esse trauma histórico. Em poucos anos, tornaram-se (especialmente no centro-sul) um povo degenerado, ridículo, monstruoso, criminoso. Basta sair à rua para perceber isso. Mas, naturalmente, para perceber as mudanças nas pessoas é preciso amá-las. Eu, infelizmente, amava esse povo italiano: tanto fora dos esquemas do poder (e até em desesperada oposição a eles)

---

[126] Movimento Social Italiano, de filiação direta ao antigo Partido Fascista. (N. da T.)

como fora dos esquemas populistas e humanitários. Tratava-se de um amor real, enraizado no meu modo de ser. Vi pois "com os meus sentidos" o comportamento imposto pelo poder do consumo recriar e deformar a consciência do povo italiano a um ponto de irreversível degradação. Coisa que não tinha acontecido durante o fascismo fascista, período no qual o comportamento estava completamente dissociado da consciência. Era em vão que o poder "totalitário" iterava e reiterava suas imposições quanto ao comportamento: a consciência não estava implicada nisso. Os "modelos" fascistas não passavam de máscaras que se punham e se tiravam. Quando o fascismo fascista caiu, tudo voltou a ser como antes. O mesmo se viu também em Portugal: após quarenta anos de fascismo, o povo português comemorou o Primeiro de Maio como se tivesse comemorado o último no ano precedente.

É portanto ridículo que Fortini faça remontar a distinção entre fascismo e fascismo ao imediato pós-guerra: a distinção entre o fascismo fascista e o fascismo dessa segunda fase do poder democrata-cristão não tem termos de comparação não só na nossa história, como provavelmente em toda a história.

Todavia, não escrevo este artigo só para polemizar sobre este ponto, embora ele me seja particularmente caro. Escrevo o presente artigo por uma razão na verdade bem diferente. Que é a seguinte.

Todos os meus leitores terão certamente percebido a transformação dos dirigentes democrata-cristãos: em poucos meses, tornaram-se máscaras mortuárias. É verdade que continuam ostentando sorrisos radiantes, de uma sinceridade incrível. Em suas pupilas se agruma o verdadeiro e beato brilho do bom humor. Quando não se trata do brilho debochado da astúcia e da velhacaria. Coisa que aparentemente agrada tanto aos eleitores quanto a felicidade plena. Além disso, nossos dirigentes prosseguem impávidos no seu palavrório incompreensível, em que flutuam as *flatus vocis* das habituais promessas estereotipadas.

Na realidade, trata-se efetivamente de máscaras. Estou certo de que, se tirássemos essas máscaras, não encontraríamos nem mesmo um monte de osso ou de cinzas: haveria o nada, o vazio.

A explicação é simples: na realidade, temos hoje na Itália um vazio de poder. Mas este é o ponto importante: não um vazio de poder legislativo ou executivo, não um vazio de poder dirigente, nem, enfim, um vazio de poder político num sentido tradicional qualquer. Mas um vazio de poder em si mesmo.

Como chegamos a esse vazio? Ou melhor, "como a ele chegaram os homens do poder"?

A explicação também é simples: os homens do poder democrata-cristão passaram da "fase dos vaga-lumes" à "fase do desaparecimento dos vaga-lumes" sem se dar conta disso. Embora isso possa parecer quase criminoso, sua inconsciência sobre esse ponto foi absoluta: nem sequer suspeitaram minimamente que o poder que eles detinham e administravam não estava simplesmente sofrendo uma evolução "normal", mas estava mudando radicalmente de natureza.

Iludiram-se achando que no seu regime tudo permaneceria essencialmente o mesmo: que, por exemplo, poderiam contar eternamente com o Vaticano, sem se darem conta de que o poder, que eles próprios continuavam a deter e a gerir, não tinha mais nada a ver com o Vaticano enquanto centro da vida camponesa, retrógrada e pobre. Iludiram-se achando que podiam contar eternamente com um exército nacionalista (exatamente como seus predecessores fascistas); e não viam que o poder, que eles próprios continuavam a deter e a gerir, já estava manobrando para lançar as bases de exércitos novos, transnacionais, de polícias tecnocráticas, por assim dizer. E pode-se afirmar o mesmo da família, coagida, sem solução de continuidade desde os tempos do fascismo, à poupança e à moralidade; agora o poder do consumo lhe impunha mudanças radicais, como até mesmo aceitar o divórcio e, doravante, todo o resto, sem mais limites (ou pelo menos nos limites consentidos pela permissividade do novo poder, poder mais que totalitário porque violentamente totalizante).

Os homens do poder democrata-cristãos se sujeitaram a todas essas coisas julgando que as estavam administrando. Não perceberam que eram "outras": sem medida comum não só com eles próprios, mas com toda uma forma de civilização. Como sempre (cf. Gramsci), alguns sintomas só aparecem na língua. Na fase de transição — ou seja, "durante o desaparecimento dos vaga-lumes" —, os homens do poder democrata-cristãos mudaram quase bruscamente sua maneira de se expressar, adotando uma linguagem completamente nova (aliás incompreensível como o latim): especialmente Aldo Moro,[127] isto é (por enigmática correlação), aquele que de todos parece o menos implicado nas coisas horríveis que têm sido organizadas de 1969 para cá, na tentativa, até agora formalmente bem-sucedida, de conservar o poder a qualquer custo.

Digo formalmente porque, repito, na realidade os dirigentes democrata-cristãos escondem, com suas manobras de autômatos e seus sorrisos, o vazio. O verdadeiro poder procede sem eles, os quais já não têm em mãos nada além daqueles aparatos inúteis que fazem dos seus lúgubres paletós a única coisa que eles têm de verdadeiro.

Entretanto, na história o "vazio" não pode subsistir: só pode ser predicado em abstrato e por absurdo. É provável que, efetivamente, o "vazio" a que me refiro já esteja sendo preenchido através de uma crise e de uma reorganização que não poderão deixar de abalar a nação inteira. Um indício disto é, por exemplo, a expectativa "mórbida" de um golpe de Estado. Como se fosse só questão de "substituir" o grupo de homens que tão pavorosamente nos governou durante trinta anos, levando a Itália ao desastre econômico, ecológico, urbanístico, antropológico. Na realidade, a falsa substituição desses "fantoches" por outros "fantoches" (não menos, mas até mais lugubremente carnavalescos), feita através do reforço artificial dos velhos aparelhos do poder fascista, não serviria para nada (e que fique claro que, em tal caso, a "tropa" seria, já por sua própria constituição, nazista). O poder real a que há dez anos os "fantoches" vêm servindo sem se darem conta da sua realidade: eis aí algo que já poderia ter preenchido o vazio (tornando vã até a possível participação no governo do grande país comunista que nasceu quando a Itália se esfacelava: porque não se trata de "governar"). Desse "poder real" temos imagens abstratas e no fundo apocalípticas: não sabemos imaginar quais "formas" ele assumiria para substituir diretamente os servos que o tomaram por uma simples

[127] Ver nota 76, p. 100. (N. da T.)

"modernização" de técnicas. De qualquer modo, quanto a mim (se é que isso possa interessar ao leitor), uma coisa é clara: eu daria a Montedison[128] inteira, por mais multinacional que seja, em troca de um único vaga-lume.

---

[128] A Montedison foi um grande conglomerado industrial e financeiro da Itália, prevalentemente ligado à produção química mas com interesses difusos pela indústria farmacêutica, energética, metalúrgica, agroalimentar, editorial e de seguros. Criada em 1966, chegou a ser a maior empresa estatal italiana. (N. da T.)

Os Nixons italianos

(18 de fevereiro de 1975)[129]

Vi na televisão, por alguns instantes, a sala na qual estavam reunidos os poderosos democrata-cristãos que há mais ou menos trinta anos nos governam. Da boca daqueles homens velhos, obsessivamente iguais a si mesmos, não saía uma única palavra que tivesse alguma relação com o que vivemos ou conhecemos. Pareciam prisioneiros que há trinta anos vivessem num universo concentracionário: havia algo de morto até mesmo em sua autoridade, cujo sentimento, entretanto, ainda exalava de seus corpos. As referências de Fanfani ao *ancien régime*, repletas de pomposa desinibição, eram de tal modo insinceras que beiram o delírio; os jovens descritos por Moro eram fantasmas que só poderiam ser imaginados do fundo de um fosso de serpentes; o silêncio de Andreotti era embebido num sorriso de cera de uma astúcia terrivelmente insegura e agora irreparavelmente tímida...

---

[129] Publicado no *Corriere della Sera* com o título "Gli insostituibili Nixon italiani" [Os insubstituíveis Nixons italianos].

Giulio Andreotti responde ao artigo de Pasolini no mesmo número do jornal ("Le lucciole e i potenti" [Os vaga-lumes e os poderosos]), fazendo a distinção entre consumismo e hedonismo: o segundo, sempre condenável, o primeiro mero reflexo da "dilatação ocorrida por alguns efeitos sensíveis do desenvolvimento industrial". Declara considerar gravíssima a estratégia da tensão ("até o dia em que permanecerem obscuros os mandantes e os executores dos inúmeros atos de terrorismo que afligiram a Itália, permanece no horizonte uma nuvem escuríssima e muito preocupante") e, quanto a Nixon, considera que seu caso não tenha nada a ver "com aquela intermitência que diria fisiológica das forças ao governo". O editorial do *Corriere* de 9 de fevereiro intitulava-se "Il potere e chi c'è dietro" [O poder e quem está por trás dele]. (N. da E.)

Andreotti, justamente. Eu deveria replicar a sua resposta. Naturalmente, não sem hesitações. O que temo é que ele deliberadamente — com a habilidade que é natural ao poder — tenha me arrastado para seu pântano. Portanto, se lhe respondo de dentro desse pântano — e dessa escuridão — faço o jogo dele.

Se não respondo, porém, não faço o meu jogo.

No que consistiria a habilidade de Andreotti (se é que a tem)? Em ter respondido a um artigo *que eu não escrevi*. De fato, nem sequer me passaria pela cabeça escrever algo que diga respeito à má administração ou ao empreguismo. Existem centenas de jornalistas e de políticos, muito mais informados do que eu, que escrevem justamente, e há trinta anos, sobre a má administração e o empreguismo democrata-cristão. Andreotti, de acordo com a hipótese que estou aqui formulando, teria *fingido* me incluir entre aqueles que escrevem sobre a má administração e o empreguismo democrata-cristãos, e, em consequência, teria escrito uma *fingida* defesa oficial. Nesse "jogo de ficções" eu não poderia senão me perder.

Ao contrário, quero excluir — ao menos por ora — essa credibilíssima hipótese do "jogo de ficções" no qual Andreotti teria, com certa cortesia, me atolado: quero aceitar a carta com sua resposta, quero acreditar em sua sinceridade. Quero acreditar que, mesmo falando com ele olho no olho — e com a hipotética certeza da sua máxima boa-fé — ele teria me dado a resposta que me deu publicamente no *Corriere*.

Nesse caso, ele *não teria fingido não ter entendido* o que escrevi a propósito da Democracia Cristã: ele *realmente não teria entendido* o que escrevi.

No que consiste, de fato, honestamente, sua defesa da Democracia Cristã (contra alguém, nesse sentido, que nunca sonhou em atacá-la)? Consiste numa longa, previsível e diligente lista de méritos, da Democracia Cristã precisamente. Tal lista não é desprovida, tecnicamente, de certo apelo litúrgico: sabe-se que todas as religiões têm uma queda pelas listas, que têm como modelo os mandamentos, a litania, o rosário. Num certo sentido, isso depõe a favor de Andreotti, porque demonstra inequivocamente — como toda prova linguística — que sua boa-fé católica, remontando à infância, tem algo de sincero.

Todavia, no que nos diz respeito, a tal lista andreottiana dos méritos da Democracia Cristã chega a nós essencialmente, e fatalmente, como uma lista das Obras do Regime. Não digo isso para polemizar (o que há também, subentende-se, já que sinceramente quis aceitar a sinceridade da resposta de Andreotti), mas o digo sobretudo para destacar um fenômeno que é objetivamente comum a todas as Obras do Regime, e que é o seguinte: as Obras do Regime não são Obras do Regime. São somente Obras que o Regime não pode deixar de fazer. Naturalmente são feitas do pior modo (e nisso a Democracia Cristã não se diferencia dos outros Regimes) mas, repito, não pode deixar de fazer. Qualquer governo na Itália por volta do final dos anos 30 teria feito melhorias nas Paludi Pontine:[130] o Regime Fascista listou tal melhoria, parte da administração pública, entre as próprias obras. De todas as obras que Andreotti liturgicamente registra como dignas Obras do Regime Democrata-Cristão, seria possível afirmar a mesma coisa: o Regime Democrata-Cristão não poderia deixar de fazê-las. E, repito, fez pessimamente. Mas eu não me interesso pela má administração ou pelo empreguismo democrata-cristão. Só se eu me interessasse pela má administração ou pelo empreguismo democrata-cristão poderia observar como falta à lista de Andreotti qualquer referência a hospitais e escolas (alude-se à "população escolar", fazendo disso uma petição de princípio, como se as escolas tivessem melhorado os italianos e não, como se deu, piorado).

Tomo duas das mais relevantes Obras listadas por Andreotti, isto é, a construção de casas ("o número de italianos que vivem em casas das quais são proprietários superou cinquenta por cento") e o deslocamento de grandes massas do campo para a cidade ("milhões de camponeses passaram para o trabalho industrial ou autônomo").

Os dois fenômenos são vistos por Andreotti de um ponto de vista estritamente pragmático, factual, material, quase diria nomenclatório. São apresentados na lista como friamente desprovidos de significado para além do mero existir (ou ser atuais). Puro nominalismo administrativo. Andreotti não se preocupa, quase como se não fosse da sua conta, com os efeitos humanos, culturais, políticos de tais fenômenos.

---

[130] Área de terreno pantanoso ao sul de Roma. (N. da T.)

Parece não ter nunca ouvido falar da degradação antropológica derivada de um "desenvolvimento sem progresso", como foi o caso italiano com suas casas e seu urbanismo. Além do fato de que as casas construídas na Itália nos trinta anos democrata-cristãos são uma vergonha, e que as condições de vida a que foram submetidos os camponeses no norte ou na Alemanha são atrozes. (Mas eu não sou alguém que se interesse pela má administração ou pelo empreguismo.) Para permanecer no jogo que, na verdade, eu não deveria aceitar, farei, a respeito dos dois fenômenos tomados como exemplo, as seguintes observações.

A respeito da construção de casas e do abandono do campo, é possível verificar com particular precisão e pertinência — acredito que estatisticamente também — as duas "fases dos vaga-lumes" de que eu falava no meu *verdadeiro* artigo.

De fato, durante a "fase da presença dos vaga-lumes" (anos 50), as casas que — por meio de uma série de escândalos memoráveis da construção civil — a Democracia Cristã, apesar disso, construiu, são uma obra a que ela foi forçada pela mais normal e tradicional luta de classes. E o mesmo vale para a política agrária. As contribuições próprias, originais da Democracia Cristã nesses casos foram justamente a especulação imobiliária e os tiros da polícia.

Durante a "fase do desaparecimento dos vaga-lumes" (anos 60 e 70) ocorre uma completa reviravolta da situação, ocorre aquela "solução de continuidade" que não hesitei, e não hesito agora, em declarar milenarista: a passagem de uma época humana a uma outra, em decorrência do advento do consumismo e do seu hedonismo de massa, evento este que constituiu, sobretudo na Itália, uma verdadeira revolução antropológica. Nessa "fase", quem induziu a Democracia Cristã às Obras não foi (a não ser no início e relativamente) a classe operária guiada pelo PCI; foram, ao contrário, os patrões, com a sua irrefreável "expansão econômica". A qual acabou por construir — através da inebriada Democracia Cristã — uma infinidade de casas e sugou milhões de camponeses do campo.

A Democracia Cristã também não tem nada a ver com isso. E tanto não tem que (parece) nem se deu conta de coisa alguma. Não se deu conta de ter se transformado, quase repentinamente, em nada mais que um instrumento de poder formal sobrevivente; através do qual um novo poder real destruiu o país. Andreotti não dedica naturalmente mais do que duas palavras, ao me responder a propósito da Igreja. Mas a Igreja é exatamente um daqueles valores que o novo poder real destruiu, realizando um verdadeiro genocídio dos padres, que faz parte de um quadro bem mais imponente e dramático de genocídio dos camponeses.

Não quero passar para o lado da Igreja e dos valores análogos, cancelados pragmaticamente pelo "desenvolvimento". Mas Andreotti não pode vir me acusar de que isso não se trate de um problema para mim. Ele de fato zomba dos vaga-lumes, eu não.

Mas, cumprido o meu triste dever, chegou o momento de retornar à primeira hipótese formulada por mim: hipótese muito mais divertida, isto é, que Andreotti tenha *fingido* não ter me entendido, me dando assim uma resposta desviante e que encobriu tudo. Que a tal hipótese tenha alta probabilidade de ser a correta pode ser demonstrado pelo fato de Andreotti — ao final da sua intervenção —, no ponto retoricamente mais delicado, o que precede a peroração, ter feito uma obscura alusão ao destino de Nixon.

O sentido diplomático de tal obscura alusão é contudo claro, e é o seguinte: aqui na Itália, meus caros, não se pode fazer como foi feito nos Estados Unidos com Nixon, isto é, expulsar alguém que foi responsável por graves violações do pacto democrático. Aqui na Itália os poderosos democrata-cristãos são insubstituíveis.

Nessa obscura alusão de Andreotti, de sentido tão claro, existe um desafio quase demoníaco. Os poderosos democrata-cristãos são comparáveis (ou melhor, são comparados) a Nixon. E o que isso quer dizer?

Não só — parece dizer Andreotti — os sucessores de Nixon seguem a mesma política de Nixon e continuam, portanto, ao menos no que diz respeito à Itália, a sustentar os equivalentes de Nixon; não só, aqui na Itália, não existiria um medíocre Ford eventualmente pronto para substituir os nossos Nixons (todos sabem no que se transformou a carreira política na Itália, e como os advogadozinhos provincianos e vulgares, que eram eleitos deputados até uns dez anos atrás, parecem gigantes em relação a seus possíveis sucessores de hoje); não só, mas os nossos Nixons são infinitamente mais poderosos que o Nixon americano: eles encontraram, ao que parece, um modo de se tornarem insubstituíveis.

O elo que une de fato essa *alusão* de Andreotti a uma *omissão* sua, igualmente significativa, é de uma lógica perfeita. Quero dizer que — embora acenando à criminalidade, comum e política, que, como se caída do céu, caracteriza a vida italiana atual — Andreotti se omitiu em seu artigo de falar sobre a "estratégia da tensão" e sobre os atentados.

Portanto, os homens que decidem a política italiana — e definitivamente a nossa vida —, primeiro: não sabem nada, ou *fingem não saber nada*, daquilo que mudou radicalmente no "poder" ao qual servem, detendo-o e administrando-o na prática; segundo, não sabem nada, ou *fingem não saber nada*, sobre a única "continuidade" de tal poder, isto é, sobre a série de atentados. O que é escandaloso. E eu estou escandalizado, sob o risco de ser também mesquinho e conformista (como é sempre quem se escandaliza, tornando-se assim porta-voz de um sentimento comum e majoritário, não desprovido de indiferentismo). É claro, porém, que, enquanto os poderosos democrata-cristãos se calarem sobre a mudança traumática do mundo ocorrida sob seus olhos, o diálogo com eles é impossível.

E é igualmente claro que, enquanto os poderosos democrata-cristãos se calarem sobre aquilo que, nessa mudança, constitui a continuidade, ou seja, a criminalidade do Estado, não somente o diálogo com eles é impossível como é inadmissível a sua permanência na condução do país. De resto, é de se perguntar o que é mais escandaloso: a provocatória obstinação dos poderosos em permanecer no poder, ou a apocalíptica passividade do país ao aceitar a sua própria presença física ("[...] quando o poder ousou ultrapassar todo limite, não se pode mudá-lo, é preciso aceitá-lo assim como é", editorial do *Corriere della Sera*, 9/2/1975).

DOCUMENTOS ANEXOS

Sandro Penna: *Um pouco de febre*[131]

Que país maravilhoso era a Itália durante o período do fascismo e logo depois! A vida era como a tínhamos conhecido ainda crianças, e durante vinte, trinta anos, ela não mudou: não me refiro aos seus valores — palavra muito elevada e ideológica para o que quero dizer com simplicidade —, mas as aparências pareciam dotadas do dom da eternidade. Podíamos acreditar apaixonadamente na revolta ou na revolução, e no entanto aquela coisa maravilhosa que era a forma da vida não seria transformada. Podíamos nos sentir heróis da mutação e da novidade, porque o que nos dava coragem e força era a certeza de que as cidades e os homens, no seu aspecto profundo e belo, nunca mudariam. Somente melhorariam, justamente, suas condições econômicas e culturais, que não são nada quando comparadas à verdade preexistente que governa de forma maravilhosamente imutável os gestos, os olhares, as atitudes do corpo de um homem ou de um rapaz. As cidades, que terminavam em grandes avenidas rodeadas de casas, pequenas *vilas* ou edifícios populares de "cores deliciosas e terríveis", acabavam no vasto campo. Logo depois do ponto final dos bondes ou dos ônibus começavam os campos de trigo, os canais com suas fileiras de álamos ou de sabugueiros, ou as matas inúteis e maravilhosas de groselheiras e amoreiras. As aldeias mantinham a sua forma intacta, sobre planu-

---

[131] Publicado no *Tempo*, ano XXXV, nº 23, 10/6/1973, com o título "Un po' di febbre per ignorare stupidità e ferocia del fascismo" [Um pouco de febre para ignorar a estupidez e a ferocidade do fascismo].

Resenha ao livro de Sandro Penna, *Un po' di febbre* [Um pouco de febre], Milão, Garzanti, 1973. (N. da E.)

ras verdes, ou no topo de antigas colinas, ou de um lado e de outro de pequenos ribeirões. As pessoas vestiam-se tosca e pobremente (não importava que as calças fossem remendadas, bastava que estivessem limpas e passadas).[132] Os rapazes eram mantidos à distância dos adultos e sentiam perante eles uma espécie de vergonha por sua desavergonhada virilidade nascente, cheia no entanto de pudor e dignidade, com suas calças castas de bolsos fundos. E os rapazes calavam-se, obedecendo à regra tácita que os mantinha incógnitos e à parte. Mas no seu silêncio havia uma intensidade e uma humilde vontade de vida (não queriam outra coisa senão tomar o lugar dos seus pais, com paciência), um tal brilho nos olhos, uma tal pureza em todo o seu ser, uma tal graça em sua sensualidade, que acabavam por constituir, para quem soubesse ver, um mundo no interior do mundo. É verdade que as mulheres eram injustamente mantidas à parte da vida, e não só quando mocinhas. Mas eram mantidas injustamente à parte assim como os rapazes e os pobres. Era a graça e a humilde vontade delas de se aterem a um ideal antigo e justo que as faziam retornar ao mundo como protagonistas. Pois o que esperavam aqueles rapazes um tanto rudes, mas íntegros e gentis, senão o momento de amar uma mulher? Sua espera era tão longa quanto a adolescência — apesar de algumas exceções, que eram um pecado maravilhoso —, mas eles sabiam esperar com viril paciência. E quando chegava o momento, estavam maduros e tornavam-se jovens amantes ou maridos com toda a força luminosa de uma longa castidade, preenchida pelas amizades fiéis de seus companheiros.

Vagavam em grupos, a pé ou de bonde, por essas cidades intactas e precisamente confinadas com o campo; não tinham nada que fazer, eram disponíveis e, por isso, puros. Sua sensualidade natural, que apesar da repressão permanecia milagrosamente sadia, tornava-os simplesmente dispostos a qualquer aventura, sem que perdessem nem um pouco de sua retidão e de sua inocência. Até os ladrões e os delinquentes tinham uma qualidade maravilhosa: nunca eram vulgares. Eram como que tomados por uma inspiração para violar as leis e aceitar o seu destino de bandidos, sabendo, com leviandade ou com antigo sentimento

---

[132] Extrapolação a partir de uma intervenção, oral evidentemente, de Ninetto Davoli. (N. do A.)

de culpa, que estavam atentando contra uma sociedade da qual só conheciam diretamente o lado bom: a honestidade dos pais e das mães. O poder que, com seu mal, os teria justificado era tão codificado e remoto que não tinha nenhum peso real na vida deles.

Hoje, quando tudo é abjeto e foi invadido por um monstruoso sentimento de culpa — e que os rapazes, feios, pálidos, neuróticos, quebraram o isolamento a que eram condenados pelo ciúme dos pais, para irromper, estúpidos, presunçosos e sarcásticos, no mundo do qual se apoderaram, coagindo os adultos ao silêncio ou à bajulação —, nasce uma saudade escandalosa: a da Itália fascista ou destruída pela guerra. Os delinquentes no poder — quer em Roma, quer nos municípios da grande província agrícola — não faziam parte da vida: o passado que determinava a vida (e que não era, claro, o idiota passado arqueológico deles) neles só determinava sua fatal figura de criminosos destinados a deter o poder nos países antigos e pobres.

No livro *Un po' di febbre* [Um pouco de febre], de Sandro Penna (Garzanti, 1973), é esta a Itália evocada. O trauma é enorme. É impossível não ficar perturbado. Ao ler essas páginas se é tomado por uma emoção que provoca arrepios. E que provoca também uma certa vontade de partir deste mundo levando aquelas lembranças. De fato, não é uma mudança de época que vivemos, mas uma tragédia. O que nos perturba não é a dificuldade de adaptação a um novo tempo, mas uma dor irremediável, semelhante àquela que deviam sentir as mães ao verem seus filhos emigrar e saber que nunca mais os veriam. A realidade lança sobre nós um olhar de vitória, intolerável: o veredicto é que aquilo que amamos nos foi tirado para sempre. No livro de Penna, esse mundo ainda aparece em toda a sua estabilidade e eternidade, quando era "o" mundo e ninguém suspeitava que algum dia fosse mudar. Penna o vivia ávida e totalmente. Tinha entendido que era estupendo. Nada o desvia daquela aventura maravilhosa que se repete todos os dias: acordar, sair à rua, pegar um bonde ao acaso, andar a pé onde vive o povo, comprimido e barulhento nas praças, espalhado e dedicado aos seus trabalhos cotidianos nas distantes periferias ao longo dos campos; caminhar ao sol, que tudo protege com sua luz silenciosa, ou sob uma sublime chuva impalpável de primavera, ou ao sopro das primeiras e excitantes sombras de uma tarde lenta; e por fim encontrar — o que nunca deixa de acontecer — um rapaz a quem imediatamente se ama pela inocente disposição do seu coração, pelo hábito de uma obediência e um respeito não servis, por sua liberdade devida à sua graça: por sua retidão.

Parece que Penna não poderia jamais ser traído nas suas esperanças de tais encontros, que conferiam à existência cotidiana, já exaltante por si própria, a alegria prodigiosa da revelação, ou seja, da repetição.

Nas páginas desses seus breves contos, escritos com uma habilidade narrativa que não fica nada a dever ao Bassani de *L'odore del fieno* [O cheiro do feno] ou ao Parise de *Silabario* [Alfabeto][133] — e o digo porque o Penna narrador é uma novidade e uma surpresa —, está contida toda a realidade daquela forma de vida, na qual a alegria, prometida e alcançada, tinha se tornado uma obsessão. Tanto que é difícil falar de *Um pouco de febre* como de um livro: é uma fração de tempo reencontrado. É algo material. Um material delicadíssimo, feito de paisagens urbanas de asfalto e relva, rebocos de casas pobres, interiores com móveis modestos, corpos de rapazes em roupas castas, olhos ardentes de pureza e cumplicidade inocente. E como é sublime o completo desinteresse de Penna por tudo o que acontecia fora dessa existência no meio do povo! Nada foi mais antifascista do que essa exaltação de Penna da Itália sob o fascismo, vista como um lugar de inenarrável beleza e bondade. Penna ignorou a estupidez e a ferocidade do fascismo, não considerou sua existência. Não se podia — inocentemente — inventar pior insulto. Como Penna é cruel! Não tem piedade alguma pelo que não é minimamente investido da graça da realidade, imaginem então pelo que está fora dela ou contra ela! Sua condenação — não pronunciada — é absoluta, implacável, sem apelo.

Em sua escassez de motivos e de problemas, no espaço mínimo que se permite, esse livro está na realidade repleto de um sentimento imenso, transbordante de vida. A alegria é tão grande que chega a ser dolorosa. A custo se consegue reprimir uma dor infinita, a do pressentimento da perda dessa alegria. Essa ilimitação sentimental faz entrever

---

[133] Giorgio Bassani (1916-2000), escritor, poeta e político italiano. Goffredo Parise (1929-1986), escritor e jornalista italiano. (N. da T.)

nesse poeta, que é (talvez com Bertolucci[134]) *realmente* o maior poeta italiano vivo, também o poeta que ele não foi: um poeta fora dos limites que ele próprio se impôs com comovente e puríssimo rigor. Um poeta que pode perder o seu delicioso e desesperado *humour*, dilacerar os limites da forma, se expandir no cosmos, delirar. Que o leitor me desculpe se, tendo dado ao meu discurso esta impostação, não entro de modo mais crítico nos méritos do livro, analisando-o literariamente. Sendo algo diferente, repito, de um livro (ou sendo um livro único), ele está fora da literatura. Não que eu polemize contra a literatura. Ao contrário, considero-a uma grande invenção, uma grande ocupação do homem. E Penna, por sua vez, é um grande escritor. Mas prefiro deixar minha resenha pairando na emoção que esse livro me causou simplesmente com sua poética quase óbvia (adjetivos antepostos aos substantivos, algumas inversões, exclusão de palavras banais, apenas adotadas em alguns casos, por uma necessidade súbita de realismo ou expressionismo): ele deixa o leitor ardendo em lágrimas, embora não seja em nenhum momento sentimental.

(*Tempo*, 10 de junho de 1973)

---

[134] Attilio Bertolucci (1911-2000), poeta italiano, pai do cineasta Bernardo Bertolucci, foi um grande amigo de Pasolini. (N. da T.)

Dom Lorenzo Milani: *Cartas para mamãe*[135] (ou melhor: *Cartas de um padre católico à sua mãe judia*)

Instintivamente li as *Cartas para mamãe* de Dom Lorenzo Milani como se lê um romance epistolar, isto é, não lhe atribuindo valor de documento, e muito menos de documento menor. E assim como não li as *Cartas* como complemento da *Experiência pastoral*, também não recorri à *Experiência pastoral*, e outros escritos, como complemento das *Cartas*. Completei as lacunas e as longas suspensões entre uma carta e outra de modo romanesco. Fiz reconstruções e estabeleci nexos; fiz suposições e tentei interpretações, exatamente como se faz com uma obra de imaginação, em suas relações com a realidade autobiográfica e a cultura.

Há algo de desagradável e de certo modo pegajoso na pessoa que diz "eu" escrevendo essas cartas para a própria mãe. Naturalmente contra a sua vontade, e contra as doces e boas qualidades filiais. Toda a primeira parte não passa de uma sentimental história "factual" da vocação, do seminário e da ordenação, em Florença, em plena guerra. Claro, a decisão de ignorar a guerra e o fascismo era um princípio dominante e intransgredível para o seminarista. A tragédia é sobre a nação italiana, assustadora, sem esperança; e o jovem Lorenzo, dentro dos muros do seminário, é um ímpeto só de seráfico bom humor. Faz piada sobre a escassez de comida e de roupas, sobre o incômodo da vida em comum, sobre suas desventuras como pessoa delicada às voltas com uma obrigação dura e humilhante (semelhante de certo modo à vida na caserna), sobre a fraqueza de seus companheiros e de seus

---

[135] *Lettere alla mamma*, livro organizado por Alice Milani Comparetti, Milão, Arnoldo Mondadori Editore, 1973. (N. da E.)

superiores, sobre o próprio ingênuo prazer em participar das grandes solenidades litúrgicas (missas cantadas de não sei que gênero, coisas eclesiásticas e clericais que repugnam um laico), mas sobretudo faz piada sobre a própria vocação e sobre a própria e inevitável decisão de se tornar padre. Sobre isso, jamais uma palavra firme, séria, dramática. Tudo passa pela proteção do *humour* (repito, de caráter sentimental e um pouco femíneo; linguisticamente limpo e preciso e ainda assim incrivelmente influenciado por leituras infantis, *Pinocchio* ou mesmo *Gian Burrasca*[136]). Mas se, ao falar da própria vocação e da própria dedicação a Deus e à Igreja, o signo dominante é o pudor, a lítotes e a piada (características que serão também típicas do Pontificado pequeno-burguês de João XXIII), ao contrário, ao falar das autoridades eclesiásticas temporais — por exemplo, o bispo de Florença —, ao declarar a própria decisão à mais total obediência e submissão a elas, o jovem Dom Milani sabe encontrar as únicas inflexões sérias e engajadas.

A sede de conformismo é, portanto, igual ao pudor. O impulso de se autoeleger campeão da autoridade o inebria (e não se envergonha disso) tanto quanto a alegria (não declarada) de servir a Deus. Era o mesmo vandalismo que levava, naqueles anos, muitos jovens, mesmo que inteligentes, a se embrutecer na degradação da lealdade fascista: uma espécie de revolta ao contrário, não menos provocativa do que a revolta verdadeira, e também ela postulante a uma negação de si, a uma abnegação de caráter naturalmente masoquista e autopunitivo. A embriaguez de servir ao Poder era uma gratificação. E os sujeitos dessa operação atroz eram frequentemente jovens intelectuais muito delicados. Foi assim que Dom Milani realizou seu aprendizado. E o vulgarizou, com um estilo um pouco adocicado (para uma inteligente mãe com a qual tem, todavia, uma maravilhosa confidência), temas dramáticos ou extremos. "Quando alguém presenteia sua liberdade é mais livre do que aquele que é obrigado a conservá-la." Esta é a essência. Mas são palavras, porque apoiadas sobre uma petição de princípio ou

---

[136] Gian Burrasca [Gian Tempestade] é um personagem popular — um garoto irrequieto — criado pelo jornalista e escritor italiano Luigi Bertelli (pseudônimo Vamba). De 1906 a 1908, suas histórias circularam em um jornal para crianças, ganhando a forma de livro em 1912, no romance *Il giornalino di Gian Burrasca*. (N. da T.)

sobre um fato meramente subjetivo: a liberdade sentida como constrição é uma contradição em termos. O fato é que naquele momento doentio (os primeiros anos 40) a tentação era a do suicídio; e o terror era tão profundo e coletivo que sugeria soluções que não teriam sido analisáveis segundo os métodos familiares da psicologia e da psicanálise. Essa sensação de haver algo de errado e indefinivelmente inoportuno no caráter de Dom Milani continua perceptível no livro todo, até o final. Ele irá superar naturalmente a primeira fase conformista e puerilmente triunfalista (e por isso também comovente) do noviciado. *Algo* (que nas cartas não está dito, e se apresenta como "dado") acontece. Dom Milani se tornará Dom Milani, e sua relação com as Autoridades será completamente virada do avesso. Mas mesmo no período da maturidade aquela morrinha de padre — que se explica talvez somente por uma particular inescrutabilidade da profundeza, uma espécie de inconsciente mais subterrâneo que o inconsciente, e portanto de uma culpa mais grave e indizível do que qualquer outra — continua a emanar da figura de Dom Milani. Penso, por exemplo, na sua relação de cinismo desejado e declarado a respeito da morte. Ele descreve à mãe dois ou três casos de morte violenta, e o modo como o faz é sempre repulsivo (a despeito dele) pela naturalidade (provavelmente mentirosa) com que demonstra o desejo de aceitar serenamente a atrocidade corporal da morte (revelação possível, incerta, espectral de certa "forma" da sua libido). E penso também em sua loucura pragmática: à parte o estreito relacionamento com a mãe, feito de pequenos empréstimos, pequenas transações financeiras, sapatos, roupas, mantimentos, objetos úteis etc., o que impressiona é a sua fúria organizativa que não conhece barreiras, e que, pouco a pouco, vai tomando conta de tudo. E o que conta é que esta tem tanto mais valor para Dom Milani quanto mais for controlada, quanto mais se der num campo que pode ser dominado "pelo olhar". Tanto assim que o seu ideal será realmente Barbiana, a paróquia perdida nos Apeninos — formada por menos de uma centena de almas espalhadas aqui e ali, entre as desoladas e deprimentes encostas daquelas montanhas — que lhe é entregue como punição, embora, na verdade, seja o maior presente que lhe poderiam ter dado.

Finalmente, de fato, sua obsessão organizativa pôde ser exercitada nas dimensões que ele havia sempre ardorosamente preferido: a de um seminário-prisão, de um *kibbutz*.

Na verdade, o verdadeiro título desse livro deveria ser: *Cartas de um padre católico à sua mãe judia*. Socialmente, culturalmente, psicologicamente, este é o nó da questão.

Aquele *algo* que aconteceu, e que mudou radicalmente o espírito e a conduta do pouco entusiasmado noviço Dom Milani, levando-o da obediência à desobediência, de uma vocação mística a uma vocação organizativa, explica-se pela sua cultura judaica. Ele é uma reprodução, mesmo que inexata, de São Paulo. A sua queda na estrada de Damasco não ocorreu ao final dos anos 40, momento em que se converteu e decidiu se tornar padre; a queda na estrada de Damasco ocorreu muitos anos depois, quando já estava convertido e padre, durante sua experiência pastoral; e sua real conversão foi a redescoberta do mundo laico, burguês, abandonado por ele como num sonho, e, consequentemente, da necessidade moral da organização. Também em São Paulo — justamente enquanto ex-fariseu, e portanto fariseu indelevelmente por toda a vida — tal necessidade surgiu aos poucos, até assumir o primeiro lugar (paralelamente ao *raptus* místico que, porém, deixava as coisas como estavam): São Paulo foi acima de tudo um grande codificador e um grande organizador. Foi assim que ele — ai de mim — fundou a Igreja.

Enquanto fariseu (um fariseu delicado, cheio de lacerações e dúvidas, incapaz de qualquer forma de exercício do poder, distante das tentações da Razão de Estado), também Dom Milani integrou o pragmatismo a seu misticismo, até a gradual prevalência histórica do primeiro; também Dom Milani quis ser — e poderia ter sido — acima de tudo um organizador. É verdade que a sua "organização" era contrária à de São Paulo, isto é, tendia a criticar a organização eclesiástica e colocá-la em xeque. Mas nada garante que, se a história tivesse continuado do modo como se poderia prever nos anos 50 e nos primeiros anos 60, também os resultados organizativos de tipo laico, burguês-social, de Dom Milani não poderiam fazer parte da grande organização paulina, ser reabsorvidos, tal como estava destinado que fosse reabsorvido o papado de João XXIII, que recuperou um século de história liberal e socialista.

Não foi assim. Barbiana era um caso extremo. Era o último caso de vida pré-histórica em relação à segunda revolução industrial e à consequente luta de classes (na qual um padre moderno poderia se inserir). Hoje, provavelmente, ainda existem lugares como Barbiana, mas eles perderam totalmente o sentido e valem somente enquanto destroços. Bastaram alguns anos. Se Dom Milani não tivesse morrido de uma daquelas mortes atrozes que ele sempre tomara com tanta naturalidade, quase com desprezo, e com um pouco de regozijo evangélico excessivo, teria visto, hoje, sua maravilhosa obra organizativa como um esforço inútil, tornado anacrônico.

Mas, embora persista em Dom Milani um moralismo mal disfarçado por um atrevimento apenas nominal (as *Cartas a uma professora*, escritas por ele e por seus meninos, são de um puritanismo sexual digno das mais castas edições paulinas); ainda que sua desesperada obra organizativa de tipo laico e progressista pareça, de repente, empobrecida e envelhecida, por conta do declínio dos problemas nela pressupostos (isto é, o fim do subproletariado camponês num estágio histórico pré-industrial); ainda que sua vocação para padre dê a inquietante sensação de tratar-se de uma traição inconsciente da parte judia que existia nele, num momento em que a perseguição antijudaica se desencadeava do modo mais feroz — Dom Milani se impõe (também através das cartas) no nosso universo como um personagem fraterno; uma figura desesperada e consoladora.

Por quê? Porque o espírito que ele sempre exercitou, no que diz respeito aos homens e à sociedade, a todo momento, foi sempre um espírito crítico. Dentro dos limites que lhe eram consentidos, subentende-se; no campo restrito em que ele podia efetivamente operar, e que se reduzia, na prática, a sua relação com o poder central da Igreja. Nessa relação, o seu espírito crítico foi implacável e exemplar, a ponto de redimi-lo de qualquer possível signo do mal — seja devido ao excesso de paixão ou à aridez — tornando-o, enfim, apesar de tudo, um homem adorável. A mesquinhez do poder eclesiástico diante dele é um dado objetivo que não pode mais ser suprimido. Antecipando 68 (mesmo com a contrapartida de disseminar no mundo umas dezenas de sindicalistas e de católicos de esquerda esforçados e bonzinhos demais), ele levou a cabo o único ato revolucionário destes anos. Foi feito com certa ingenuidade e certa presunção, mas com substancial pureza ascética, o que dá à sua passagem pela terra um valor provavelmente maior que o do próprio papa João XXIII, que, ainda que se brinque com isso, era um homem de poder.

(*Tempo*, 8 de julho de 1973)

Para o editor Rusconi[137]

Não pretendo condenar nenhum autor que aceite trabalhar com Rusconi. Não só porque penso, por exemplo, que trabalhar para a Televisão é muito pior, mas porque, por questão de princípio, não pretendo condenar ninguém por razões formais. Que o façam os jovens, cujo radicalismo é simplista e biologicamente cruel. Quanto à operação Rusconi, penso que está muito avançada (do ponto de vista da evolução capitalista), e já dentro do mais completo cinismo noético (pressupondo uma filosofia neo-hedonista, que substitua TUDO: Igreja, nação, família, moral); e todavia ainda combatendo — como a situação objetiva exige (para a Itália e para o Chile) — as batalhas retardatárias (que pressupõem formas de fascismo tradicional). As coisas estando nesse ponto, na luta contra Rusconi, Monti e a CIA — aliados na fundação de uma grande Direita cultural — sacar o antifascismo clássico me parece anacrônico, miserável e também um pouco ridículo. É chegada a hora de as Esquerdas tradicionais italianas e a classe operária se colocarem com urgência o problema de vencerem onde o esquerdismo faliu: e que combatam o inimigo ali onde ele se encontra e não nas posições que ele abandonou ao avançar pela sua estrada.

---

[137] Eu tinha dado esta notinha para Giuseppe Catalano para uma matéria do *Espresso* (23/9/1973). Dessa nota — com o título "Scrivere a sinistra e pubblicare a destra" [Escrever à esquerda e publicar à direita] — foi publicado, muito fielmente, somente um insensato *excerptum*. Inevitáveis, portanto, os equívocos após a publicação. (N. do A.)

Andrea Valcarenghi: *Underground: de punho cerrado*[138]

Ao evitar se exprimir através de um discurso que não fosse unicamente político, os jovens de 68 e dos anos seguintes foram julgados através da sua presença física, do seu comportamento e da sua ação. Isto é, foram julgados através de sua linguagem não verbal.

O código da "linguagem da presença física" (cabelos, roupas, expressões do rosto etc.) é um código incerto: não pode fornecer interpretações objetivas.

O código da "linguagem do comportamento" é menos incerto, mas nos deu somente informações negativas sobre os jovens: estes "não" se comportam como os burgueses-pais, indicados de modo maniqueísta com o mero pronome "eles", nada mais. Mas no momento em que, eventualmente, a linguagem de seu comportamento estava por oferecer alguma indicação positiva — apresentando-se, portanto, finalmente como "alternativa" —, eis que era subtraída a toda e qualquer possível interpretação estável, através daquele novo tipo de ambiguidade, a irrisão (frequentemente, e por escolha, vandálica).

Tanto a "linguagem da presença física" como a "linguagem do comportamento" (cuja realidade de "sistema de signos" foi revelada e objetivada pela conscientização trazida pelas comunicações audiovisuais, o cinema e a televisão) oferecem sobretudo informações de ca-

---

[138] Publicado no *Tempo*, nº 43, 4/11/1973, com o título "Finalmente un giovane parla della 'stagione dell'irreverenza'" [Finalmente um jovem fala da 'estação da irreverência']. Resenha a A. Valcarenghi, "*Underground: a pugno chiuso*", introdução de Marco Pannella, intervenções de Goffredo Fofi, Carlo Silvestri e Michele Straniero, Roma, Arcana, 1973. Andrea Valcarenghi (1948) foi um dos fundadores da revista [da contracultura italiana] *Re Nudo*, em 1970. (N. da E.)

ráter psicológico ou moral. Só de modo mediado elas possuem sentido também político.

A "linguagem da ação", por fim, traz informações de caráter diretamente político (psicologia e ética são plano de fundo). Ainda mais que, neste caso, a ação dos jovens foi prevalentemente, ou melhor, exclusivamente política.

O que foi dito a respeito dos jovens, sobre a "linguagem da ação", é já de conhecimento de todos. A pior opinião pública já fez sua condenação de modo vulgar, e já esqueceu tudo (guardando disso uma lembrança desagradável, junto ao ódio suscitado pelo medo). A melhor opinião pública — a dos intelectuais, dos dirigentes e dos grupos mais inteligentes dos próprios jovens — não se pronunciou ainda diretamente. A adulação dos jovens de um lado, e a sujeição resultante de seu comportamento terrorista, impediu os intelectuais de se pronunciarem com sinceridade e com a necessária liberdade crítica.

Como eu dizia, para dar informações reais de si próprios — tanto políticas como sociológicas e psicológicas — os jovens possuem também sua linguagem política "verbal" — seja oral ou escrita. Tal linguagem — examinada precisamente enquanto linguagem verbal — revelou duas características aparentemente opostas e inconciliáveis: por um lado, um cânone retórico caracterizado pela hipérbole e pelo simplismo (se diz "assassino" quando se quer dizer "responsável politicamente indireto de um assassinato", coisa que os juízes dos nossos Tribunais — ignorantes de qualquer sutileza linguística não forense — não suspeitaram sequer vagamente); por outro, o tecnicismo.

Esse tecnicismo foi tomado não tanto dos textos marxistas (que são científicos, não técnicos), mas dos textos sociológicos. A sociologia é uma ciência burguesa. Seus modelos são anglo-saxões e franceses. Além disso, também a retórica assentada sobre a "hipérbole simplista" possui características saborosamente burguesas. Veja-se por exemplo a linguagem do futurismo (fascista).

A linguagem de *Lotta Continua* e (num nível muito mais baixo) a de *Potere Operaio*[139] são um misto de "escritura" paradoxal e es-

[139] *Lotta Continua*, jornal político italiano publicado por grupo extraparlamentar de mesmo nome. Foi fundado em 1969 e circulou até 1982. Pasolini, entre outros,

candalosa de caráter marinettiano e de "escritura" sociológica anglo-americana. Além disso, para ser "popular" linguisticamente, esses jornais adotam — espero que ao menos com cinismo, embora o cinismo, entendido como "realista", é a pior característica do assim chamado "revisionismo" — o modo de falar da televisão e do mais banal jornalismo (incluído o do *Borghese*,[140] quando não até mesmo o dos boletins paroquiais). Mas a massa dos jovens, cujo exército misteriosamente se reuniu em 68 e depois, também misteriosamente, se dispersou, permaneceu sem explicação, justamente por não "ter falado".

O primeiro documento "falado" de alguma relevância, que eu saiba, acaba de sair, e é uma espécie de memorial ou diário de Andrea Valcarenghi (um dos fundadores de *Re Nudo*): trata-se de um livro, isto é, um documento "escrito", mas na realidade é uma transcrição quase perfeitamente fiel da linguagem "oral". Enfim, Andrea Valcarenghi "falou". Podemos, portanto, julgá-lo.

Ele, ingenuamente, não evita de modo nenhum ser julgado. É verdade que ele pertence, e continua a operar, naquela que, num apêndice do livro, Carlo Silvestro, um seu coetâneo mais culto, chama de "estação da irreverência". Mas Valcarenghi foi e é irreverente por princípio: não é essencialmente capaz, portanto, de fazer o joguinho da fuga para a ambiguidade através da irreverência. Ele está nu, como seu rei, diante de nós. Conta seus feitos vandálicos, e portanto ambíguos — não atribuo aprioristicamente, neste caso, nenhuma conotação negativa ao termo "vandalismo" ou ao termo "ambiguidade" —, com a elementaridade de um "coração simples".

Mesmo os atos de vandalismo de caráter marinettiano — de uma rusticidade típica das psicologias juvenis da idade da técnica e do bem-estar neocapitalista — surgem aos olhos de Valcarenghi como uma

---

foi responsável pela publicação, sem que tivesse feito parte do movimento, emprestando seu nome em resposta a uma exigência legal. *Potere Operaio*, também jornal italiano ligado a movimento político extraparlamentar de mesmo nome, criado em 1967 e que deixou de circular em 1973. Teve entre seus principais líderes Antonio Negri. (N. da T.)

[140] *Il Borghese*, jornal semanal italiano de política e cultura, de expressão direitista, criado em 1950, que circulou até 1993. (N. da T.)

espécie de epos, e assim totalmente "autoguetizado" — como se lê na incrível expressão usada por Goffredo Fofi[141] em outro apêndice do livro — a ponto de não ter mais nexos com nenhuma outra realidade circundante.

Valcarenghi, a partir de 66, viveu numa espécie de pesadelo divertido, de tal modo autossuficiente e de tal modo fechado, que se apresentava como totalidade. Ele foi um "contestador" em estado puro: fez parte de todas as formas de contestação e de nenhuma. O seu entusiasmo pela "luta contra o sistema" não conhecia limites. Incorporava tudo o que lhe passava pela frente, movimento estudantil ou comunidade *beat*, *Lotta Continua*, ou *provos*,[142] desde que houvesse cabelos compridos, *slogans* revolucionários e, sobretudo, piadas em grande estilo contra o sistema. Che Guevara e os pacifistas, Notarnicola[143] e Pannella, stalinistas e anti-stalinistas coexistiam tranquilamente: o importante é que tudo fosse lugar-comum.

E agora Valcarenghi escreveu suas memórias sobre esses seus anos memoráveis. Não se colocou, naturalmente, o problema de como escrever: escreveu, repito, como falava. Nem suspeitou que o fato de escrever sobre isso causasse um distanciamento e, portanto, uma fixação da matéria: não, impávido, escreve como se sua matéria não estivesse às suas costas, mas *hic et nunc*, fluente e ilimitada, como em 66, em 68, em 69. Hoje, em 73, a função sua ação revolucionária parece ser a liberação do tempo livre e a difusão do uso da droga: portanto, a luta não foi suspensa.

---

[141] Goffredo Fofi (1937) é um ensaísta, ativista, jornalista e crítico italiano. (N. da T.)

[142] *Provos* ("provocadores"), movimento contracultural holandês que, de 1965 a 1967, instaurou em Amsterdã um clima de *happening* e de ironia em relação ao poder, através de ações não violentas. Considerado precursor dos movimentos juvenis da década de 70, o símbolo do movimento era uma bicicleta branca, que remetia a uma frase-lema do grupo: "mover-se no mundo como ciclistas numa pista". (N. da T.)

[143] Sante Notarnicola (1938). Inicialmente ligado a vários grupos políticos italianos, a partir de 1963 esteve à frente da *Banda Cavallero*, responsável por inúmeros atentados terroristas na Itália. Em 1968 é preso e condenado à prisão perpétua. Na prisão escreve seu primeiro livro, *L'evasione impossibile* [A evasão impossível] (Milão, Feltrinelli, 1972). Desde 2002 está em liberdade. (N. da T.)

A linguagem "oral" de Valcarenghi, que se espelha, como já dito, na sua linguagem "escrita", é um jargão. A especialização da existência de Valcarenghi é assim inconfundivelmente demonstrada. Tal jargão é constituído por um fundo de linguagem "vivaz", e apesar disso muito pobre, de caráter milanês pequeno-burguês (não popular!), formatado no início dos anos 60; a ele se mistura a pulverização da linguagem política esquerdista que se tornou "conversa mole", isto é, uma série de frases feitas, de lugares-comuns, de meras indicações.

A princípio, a leitura do livro de Valcarenghi é intolerável. As descrições do *cast* são horripilantes pela miséria e vulgaridade linguísticas. Sobre Paolo Melchiorre Gerbino: "*Beatnik* siciliano emigrado em tempos distantes para a Suécia, esposa loira sueca..."; sobre Vittorio Di Russo: "É o *leader* carismático do cabeludismo milanês..."; sobre Ombra, ou seja, Giorgio Cavalli: "Se transforma gradualmente de estudante em *beat* de primeira linha...".

Sobre Pink ("Uma das figuras mais bonitas da experiência *beat* italiana"): "Muitos se lembram ainda quando se pôs a dançar como King Kong entre os carros diante de Montecitorio[144] enquanto uma dezena de policiais tentava agarrá-lo...". Sobre Angelo Quattrocchi: "Possui o fascínio do escorpião, no sentido do signo zodiacal... Oportunista e megalômano, é igualmente simpático. O máximo foi quando se apresentou nas eleições políticas de 1970 pelo 'Partido Hippie', nossa!". Sobre Emanuele Criscione: "Nervoso e sempre de saco cheio..."; sobre Adriano Sofri: "Nunca conheci pessoalmente, mas levando em conta sua fama vou tentar dizer algum troço também sobre ele. Por exemplo, que é um gênio quando faz análises. O maior teórico europeu, alguém capaz de ir ao fundo dos problemas. Infelizmente, porém, parece que vai ao fundo também nas cretinices". Sobre Gianni-Emilio Simonetti: "Pintor e curioso intelectual ultraesquerdista..."; sobre Furio Colombo: "(...) resumindo, um pouco como Eco...".

Valcarenghi continua assim até superar qualquer limite imaginável, até o delírio. O seu relato da humilde criada que fala imitando

---

[144] Montecitorio é o nome do edifício histórico de Roma, localizado entre a Piazza di Monte Citorio e a Piazza del Parlamento, que abriga a Câmara dos Deputados e o Senado da República. (N. da T.)

a linguagem dos adorados patrões, ou do *Giornalino di Gian Burrasca*,[145] ou ainda dos folhetos dos padres missionários (este nível foi totalmente alcançado nas páginas da revista *Re Nudo*), tem algo de desmesurado e de incontido. Lê-se quase que em um estado de *raptus*, não acreditando nos próprios olhos, mas a reiteração do lugar-comum atinge tamanha intensidade e implacabilidade que faz deste livro um *unicum* na história do italiano escrito. Certamente ninguém antes tinha conseguido imaginar um conjunto de duzentas páginas de correspondência com leitores de alguma revista feminina do mais baixo nível organizadas segundo um nexo lógico. Completamente acrítico diante da limitação do próprio microcosmo, Valcarenghi não desiste diante de nada e, de fato, não sabe nada. Não sabe por exemplo uma coisa fundamental: fazer piada sobre tudo, redutivamente, como ele faz, mesmo sobre os fatos mais trágicos e difíceis, é exatamente a primeira característica da relação linguística com a realidade do pequeno-burguês. Corte os cabelos, vista terninho *beat* discreto, frequente os jovens integrados da sua idade, e, mais ainda, aqueles um pouco mais velhos do que ele, e seus pais: vai ouvi-los apenas bater papo ou fazer piada. A primeira regra do comportamento deles é nunca dizer nada de sério, reduzir tudo humoristicamente e, *a fortiori*, vulgarmente.

O que este livro, através de sua linguagem, revela é, portanto, uma assustadora miséria cultural. É formalmente o produto da mais pura subcultura. O nosso Valcarenghi não só nunca "pensou" sobre o que é a pequena burguesia contra quem se revolta, como também nunca realmente "pensou" sobre o que é a contestação. Todas as suas opiniões são automáticas, deslizam sobre uma realidade desprovida de qualquer resistência. E pensar que neste pobre livro degradado há um momento altíssimo, quase solene: "Me lembro de Pinelli em 67, quando participei de uma reunião na ponte da Ghisolfa com os *provos*. Ao ir embora, me disse: 'Estes meninos precisam ler, caso contrário, dentro de alguns anos, passada a moda, não os veremos mais'".

Como exemplar (que finalmente, falando, se manifestou) da tal moda, Valcarenghi, de uma só vez, ao revelar os caracteres da própria

---

[145] Ver nota 136, p. 185. (N. da T.)

cultura, revela também os caracteres da própria psicologia. Ele, exatamente como um antigo italiano, é de muito boa índole. É um filhote que, rompida por acaso sua corrente, partiu sem dono pelo mundo (ou seja, entre Milão e Roma), ansioso por fazer festa a novos patrões. Sua humildade de base torna absolutamente mecânica qualquer atitude vândala que tenha. Sua revolta é puramente mimética. E — este é o ponto — ele é muito bonzinho para saber escarnecer. Ele zomba, ri, sorri, mas é absolutamente incapaz de escarnecer. Se o faz é organizativamente, coletivamente. Ele é um bom filho, ama muito os pais abolidos, é obediente e leal (frequentemente de fato se lembra com indisfarçável afeto de sua verdadeira família). Talvez por conta dessa bondade e simplicidade (sua assustadora vulgaridade de linguagem é social, não pessoal), ele tenha cativado a estima e a amizade de Marco Pannella, que escreveu o prefácio a este livro.

O prefácio de Marco Pannella, dez páginas, é enfim o texto de um manifesto político do radicalismo. É um acontecimento na cultura italiana dos últimos anos. Não se pode ignorá-lo. A definição que aí se dá dos revolucionários, da não violência do poder, da esquerda tradicional e da nova esquerda ("chega dessa esquerda grandiosa somente nos funerais, nas comemorações, nos protestos, nas celebrações; toda ela coisa imunda), sobre o fascismo, e sobretudo, de modo sublime, sobre o antifascismo ("E quem são os fascistas contra os quais há vinte anos vocês se constituíram... em sagrado casamento, em tétrico e medroso exército de salvação?", "onde estão os fascistas senão no poder e no governo? São os Moro, os Fanfani, os Rumor, os Colombo, os Pastore, os Gronchi, os Segni e — por que não? — os Tanassi, os Cariglia, e talvez os Saragat, os La Malfa";[146] "sob a bandeira antifascista, dá-se prosseguimento a uma trágica operação digressiva"; "Em toda esta história antifascista de vocês não sei onde está o maior estrago: se na recuperação... de uma cultura violenta, antilaica... segundo a qual o adversário deve ser morto ou exorcizado como o demônio...; ou se no serviço prático indireto, imenso que prestam ao Estado de ho-

[146] Ver notas 76 a 79, p. 100. Emilio Colombo (1920-2013) também pertenceu ao partido da Democracia Cristã e foi primeiro-ministro da Itália entre 1970 e 1972. (N. da T.)

je e a seus patrões, despejando sobre seus sicários... a força... de verdadeiro antifascismo..."; "o fascismo é uma coisa mais grave, séria e importante, *com a qual não raro temos uma relação de intimidade*").

O registro parenético, ou de intervenção, que, por força das circunstâncias, o livro do qual me ocupei impôs a meu relato crítico, me leva agora inevitavelmente a concluir com uma exortação ao leitor para que não deixe passar essas páginas de Pannella, que são as únicas, até o momento na Itália, a definir desde uma perspectiva interna um período da contestação e a delinear uma possível continuidade.

(*Tempo*, 4 de novembro de 1973)

Experiências de uma pesquisa sobre as toxicomanias juvenis na Itália, coordenada por Luigi Cancrini[147]

Até poucos anos atrás, os pobres entre os pobres, os mais pobres dos pobres, eram modelos puros de comportamento da sociedade pobre: tantos mais puros quanto, justamente, mais pobres. Na época, esses pobres eram chamados subproletários. Eram portadores de valores de velhas culturas particularistas (e geralmente regionais). Eram os "falantes" por definição de línguas autônomas, que só eles conheciam a fundo e eram capazes de recriar, através de uma contínua regeneração (sem infrações) do código. Suas vidas se desenvolviam dentro dessas culturas particulares que, segundo a ótica burguesa, eram enormes guetos (o burguês mau achava isso natural; o bom afligia-se). Na realidade, quem vivia nessas "reservas" era pobre mas absolutamente livre. O que o condicionava era sua pobreza, isto é, algo intrínseco a ele, que fazia parte de seu mundo, que não tinha solução de continuidade no seu passado e presumivelmente nem mesmo no seu futuro.

Ele não podia ver as limitações que uma outra cultura lhe impunha pela simples razão de que não conhecia essa outra cultura (só a percebia como uma coisa estranha, incomensurável com sua própria cultura). Não trabalhando nas indústrias ou nas grandes empresas privadas ou públicas (esses pobres eram camponeses ou trabalhadores

---

[147] Publicado em *Tempo*, ano XXXV, nº 44, 11/11/1973, com o título "Se lo stato ignora i disadatti che cosa si deve fare?" [O que fazer se o estado ignora os desajustados?]. Resenha a L. Cancrini (a cura di), *Esperienze di una ricerca sulle tossicomanie giovanili in Italia* [Experiências de uma pesquisa sobre as toxicomanias juvenis na Itália], Milão, Mondadori, 1973. (N. da E.)

braçais, ou então pequenos artesãos, ínfimos comerciantes), não eram tocados sequer através da condição "proletária" pela burguesia e pelo espírito burguês. Diferentemente dos operários, os subproletários haviam se conservado totalmente estranhos à história burguesa, até há dois ou três anos atrás. Portanto, até dois ou três anos atrás, a figura do "desajustado" encontrava rapidamente o modo de se arranjar: tal figura era prevista por uma ordem social antiga, precisa, fatal e humana como a natureza. Os "mais pobres entre os pobres" — os órfãos, os filhos abandonados, os filhos sem pai, os filhos de pais separados —, todos aqueles "marcados" pelo nascimento ou pela primeira infância — colocavam-se à margem de uma sociedade que, por sua vez, ocupava as margens (embora imensas), e se empenhavam em se adequar a modelos bem precisos. Tornavam-se bandidos, delinquentes. Ou então simplesmente miseráveis. Ou então, ainda mais simplesmente, conseguiam se tornar, depois de algumas turbulências juvenis, pobres "como os outros".

Hoje: a emigração rompeu, como numa enchente, as margens que circunscreviam os pobres nas antigas reservas. Por aquelas margens varridas para longe, rios de jovens pobres foram povoar outros mundos: mundos proletários ou burgueses. Foi criado um novo tipo de "desajustado", que não possui modelos próprios aos quais se ater, encontrando neles uma espécie de equilíbrio consagrado. Ao mesmo tempo, também do centro houve uma expansão irreprimível em direção às margens: as antigas infraestruturas (o trem, o bonde, a bicicleta, os carretos, o correio) foram, por sua vez, varridos para longe, substituídos por meios rápidos (a motorização e particularmente a televisão). O espírito da classe dominante — destruídos (tanto por fora como por dentro) os muros que dividiam a cidade dos ricos da cidade dos pobres — espalhou-se. Em poucos anos, ou melhor, em poucos meses, reduziu a dejetos as velhas culturas particulares, relegou os dialetos à condição de fósseis, pura vocalidade sem espírito (as gírias e a expressividade foram fulminantemente enfraquecidas até o desaparecimento: o código não pode ser recriado por quem não o considera mais o seu "único e verdadeiro" meio de comunicação). Os pobres, portanto, se viram de uma hora para outra sem a própria cultura, sem a própria língua, sem a própria liberdade: numa palavra, sem os próprios modelos cuja realização representava a realidade da vida sobre esta terra.

Outros "desajustados" foram criados — além daqueles que foram embora — entre os que restaram. Os "mais pobres dos pobres" — os órfãos, os filhos de famílias infelizes etc. —, saindo de um tipo de existência já tão transtornada — enquanto antes se tornavam, por assim dizer, os "modelos dos modelos", criativamente populares, hoje se tornam os "modelos dos modelos" de uma crise na qual o povo mais pobre — o subproletariado que já não o é mais — entra em contato com a cultura (isto é, a subcultura) burguesa.

O que fazem os garotos que tempos atrás eram considerados, sem tanta tragédia, "desajustados"? Fazem tudo o que, segundo eles, fazem os filhos dos ricos, os estudantes. São estes que lhes oferecem os modelos de vida a realizar. E como esses garotos "mais pobres entre os pobres" são efetivamente desgarrados e não têm um lar, a vida de protestos lhes é, obviamente, muito cômoda, e então assumem — levados pela necessidade — posturas que se tornam imediatamente inautênticas. Os cabelos compridos, a raiva, a droga. São eles que misturam tudo isso. E mais uma vez os verdadeiros objetos do ódio racista dos bem-pensantes são justamente eles.

Contemporaneamente ao nascimento desses novos tipos humanos no subproletariado, deu-se o nascimento de novos tipos humanos na burguesia. Relativamente novos. Na realidade, seguem esquemas bastante conhecidos: os missionários, os utopistas, os anárquicos, certos revolucionários etc. O que é bastante novo é o seu tipo de comportamento e de linguagem e, sobretudo, objetivamente, aquilo com que devem se ocupar.

O encontro de um grupo de jovens "desajustados" subproletários — neuróticos, incapazes de alegria, devorados pela toxicomania perpetrada como forma de comportamento, afásicos, ou então imitadores de línguas alheias — com um grupo de jovens burgueses em violenta polêmica com a própria classe — neuróticos também eles, incapazes de alegria também eles, e, se não afásicos ou miseravelmente miméticos, usuários todavia de uma língua que soa como que decorada, capaz de tornar tudo tecnicamente pronunciável — poderia ser o tema de um grande livro.

Foi nesta chave que não pude deixar de ler o relatório, fruto de uma pesquisa em equipe, sob a responsabilidade de Luigi Cancrini, sobre toxicomania juvenil na Itália.

Guido, Giorgio, Franco, Lucio, Filippo, Roberto, Marcello, Vincenzo, Gianni, Mario, Furio, Pietro, Nicoletta, Piero, Alberto, Maria, de um lado; de outro, Grazia Cancrini Coletti, Maurizio Coletti, Giuseppe Costi, Andrea Dotti, Silvana Ferraguti, Gianni Fioravanti, Grazia Fischer, Marisa Malagoli Togliatti, Remo Marcone, Silvana Popazzi, Maura Ricci, Pierluigi Scapicchio, então se encontraram, provenientes de margens opostas, de mundos inconciliáveis. Cheios de boa vontade (sobretudo, sem dúvida, os últimos), procuraram o diálogo, reuniram-se para debater coletivamente os problemas que eram existenciais para os primeiros e culturais para os últimos.

Disso nasceu essa "pesquisa" (como se autodefine). Os jovens "desajustados" contaram suas experiências, pedindo implicitamente ajuda; os jovens intelectuais burgueses os ouviram e tentaram estender-lhes a mão. Se esta pesquisa fosse um romance, não se saberia como o romance terminou. Mal, presumivelmente. Não é suficiente pensar que os "desajustados" — mesmo nos casos mais graves — sejam recuperáveis, para recuperá-los. E recuperá-los para quê? Os jovens burgueses benfeitores (que decerto jamais gostariam de se ver assim definidos) terão seguramente saboreado a atroz amargura da desilusão e daquilo que a consola. Os "desajustados" terão continuado a seguir seus caminhos, e agora estarão ainda lá, na miserável vida dos submundos culturais, das noites de uma cidade que se tornou irremediavelmente feia, vazia e feroz.

Dois deles morreram tragicamente. Sobre um deles, a "pesquisa" fala com lacônica coragem. Sobre outro, Eros Alesi, tivemos notícia por meio de uma antologia publicada meses atrás pela Mondadori, que recolhia alguns de seus míseros poemas.[148]

Com uma linguagem anônima e informe de trabalho técnico, o responsável pela pesquisa, Cancrini, expõe de imediato quais seriam

---

[148] Pasolini fala sobre os "míseros poemas" de Eros Alesi em uma resenha no *Almanacco dello Specchio*, nº 2, 1973, e depois em seu livro *Descrizioni di descrizioni*. (N. da E.)

os limites, os fins e o caráter do livro. Expõe também sua metodologia. Tudo isso segundo a tradição dos livros "científicos" — neste caso específico, sociológicos ou antropológicos — anglo-americanos. Só que os preâmbulos destes últimos são geralmente cheios de humor, ou melhor, na verdade, de bom humor, ao lado da declaração de modéstia (devida à autoconfiança), enquanto o preâmbulo de Cancrini é sério, seco, cortante, frio, quase invejoso, e portanto arrogante (certamente por causa da extrema insegurança). Da dedicatória ao "Povo vietnamita" à admissão do financiamento do trabalho pela Fundação Agnelli de Turim e às informações sobre as modalidades da pesquisa, Cancrini parece querer mascarar sua exasperação por detrás de um comportamento linguístico absolutamente inexpressivo, só fatos e informações.

Que o livro é, ao contrário, tendencioso, passional, furioso, beirando o rancor, é evidentemente claro de imediato. E no entanto continua obstinadamente ambicionando apresentar-se como uma pesquisa científica e, portanto, imparcial. Tabelas, estatísticas, listagens, dados vêm demonstrá-lo. Os jovens viciados, dos quais Cancrini e sua equipe se aproximaram, segundo as normas de um encontro autoconstituído (a "Comunidade" da praça Bologna[149]), tendem a se apresentar como obscuras presenças existenciais, em uma concretude enunciada mas jamais representada e, ao mesmo tempo, como presenças míticas: seus atos e suas palavras — pelo distanciamento científico com que são comunicados por Cancrini e por sua equipe — adquirem assim uma espécie de distanciamento reverente, como se seus interlocutores, depois de tê-los fisicamente conhecido, tivessem permanecido vítimas do retorno daquela dissociação classista pela qual "a eles era proibido conhecê-los".

Mas, seja sobre a qualidade de "presenças existenciais", seja sobre a qualidade de "presenças míticas" dos jovens tratados, acaba predominando a qualidade de "objetos de uma pesquisa". Tudo isso cria uma desagradável confusão.

Como personagens reais, Guido, Giorgio, Franco, Lucio, Filippo etc. são reduzidos a puras *flatus vocis*; como personagens míticos, per-

---

[149] Praça romana. (N. da T.)

tencem à retórica. Como "objetos" de uma pesquisa médica ou sociológica, então, só seriam válidos se bem-sucedidos como personagens reais ou como personagens míticos. Por quê? Justamente porque este livro não é uma pesquisa científica no sentido clássico (isto é, objetiva mas "dentro do sistema"); é uma pesquisa que toma partido, que quer demonstrar os erros da objetividade (a qual pode se permitir, à sombra do poder, tratar seres humanos como dados).

Uma pesquisa "de esquerda" em polêmica com a pesquisa típica do "sistema" não pode adotar os hábitos linguísticos e, menos ainda, metodológicos desta última. O romance de Dario Bellezza que fala dos Guidi, Giorgi, Franchi, Luci, Filippi etc. tem infinitamente mais valor, mesmo sociologicamente, do que este relatório sociológico. Cancrini e sua equipe estão naturalmente do lado dos "jovens desgarrados" contra a sociedade, que primeiro os produz e depois os condena. Mas a sua simpatia é apriorística e indiscriminada. E portanto facciosa. Por exemplo: eles parecem aprovar incondicionalmente a atitude dos jovens modelos burgueses — aos quais os ínfimos pequeno-burgueses e os subproletários se adéquam — em todas as suas manifestações. Se o signo dominante de tal comportamento são a "ironia e o desprezo", não me parece todavia justo que isso deva ser, sem mais, aprovado ou justificado: deve ser submetido a um juízo crítico, como qualquer outro fenômeno. A ironia e o desprezo, por exemplo, tanto em um estudante que contesta a sociedade com alguma maturidade política como em seus pobres imitadores, são, em todos os aspectos, sentimentos dignos da sociedade condenada. Somente os filhos reais de tal sociedade são capazes de nutrir ironia e desprezo, sentimentos que recaem sobre aqueles que os experimentam. Quanto à toxicomania dos "objetos de pesquisa", ela também é aceita apriorística e indiscriminadamente: de início unicamente a aceitam, distantes de qualquer julgamento. E isso está certo. Mas qual julgamento contrapor ao julgamento do "sistema"? Este ponto não pode passar em branco, apresentando a toxicomania como perfeitamente ontológica. Provavelmente é difícil defini-la, sobretudo enquanto "comportamento" (porque é aqui que intervém, consciente ou inconscientemente, um julgamento moral). E talvez Cancrini e sua equipe não tenham ousado pôr-se um problema dessa dimensão. Porém polemizaram — com o extremismo, mesmo que não verborrágico, da moda — contra as "terapias" do "sistema": e é nesse ponto que deveriam ter sentido a obrigação de, em seguida à condenação das tais terapias, propor ao menos a hipótese de uma terapia alternativa.

O que o Estado faz com os desajustados é horrível. Mas o que fazer, então? O "sistema" não caiu do céu, foi produzido pelos homens e os homens são, apesar deles mesmos, realistas. A declaração de "irrecuperabilidade" de qualquer filho particularmente "desgarrado" é de fato realista. Os filhos desgarrados têm em geral, justamente por causa de sua "degradante" diversidade, personalidades muito fortes e originais. Possuem um refinado mecanismo de reações sentimentais e intelectuais. Em sua inteligência há algo de demoníaco, como em um político, em um intelectual, em um cientista. Nenhum político, intelectual ou cientista gostaria de renunciar sequer à mais ínfima das características que fazem dele o que ele é. Ele se considera irrecuperável para outras formas de vida, ou melhor, considera esta irrecuperabilidade como o seu direito mais sagrado. Mesmo um delinquente, um bandido, um viciado — quando ultrapassaram certo limite — sentem esse desesperado direito de continuar, de qualquer modo, e à custa de qualquer dor, a ser o que são. Portanto, declarar alguém irrecuperável é sancionar um dado de fato e definir uma forma de liberdade. É atroz que isso ocorra nos deprimentes lugares do poder, mas com o poder é preciso instaurar uma relação inteligente (mesmo, e especialmente, na luta aberta) e não se limitar a descarregar sobre ele todas as culpas, procurando, por outro lado, tornar tal operação tanto mais meritória quanto mais extremista.

(*Tempo*, 11 de novembro de 1973)

Giovanni Comisso: *Os dois companheiros*[150]

Giovanni Comisso escreveu *Os dois companheiros* [*I due compagni*] em 1934, isto é, no período em que (excluindo Moravia e alguma obra narrativa arcaica antes dele) não se escreviam romances. O último caso tinha sido o judeu-alemão Italo Svevo (*Una burla riuscita* é de 1928)[151] ou Federigo Tozzi (*Gli egoisti* é de 1923).

Eram os tempos da prosa de arte e do elzevir,[152] detestados até hoje com razão, e talvez, hoje, por serem redescobertos. Entre os prosadores de arte ou elzeveristas, certamente Comisso foi o maior: maior que Cardarelli, maior que Cecchi.[153] O que é bem sabido entre "aqueles que conhecem". Mas infelizmente a impotência crítica daquele período[154] — tendo se prolongado ainda no período seguinte e, enfim, durando até hoje — fez desaparecer da história da literatura italiana, ignorando-a, a verdadeira obra narrativa de Comisso, ou ao menos es-

---

[150] Publicado no *Tempo*, ano XXXV, nº 47, 2/12/1973, com o título "Nei *Due compagni* di Giovanni Comisso la pureza dei grandi romanzi" [Em *Dois companheiros* de Comisso a pureza dos grandes romances]. Resenha de G. Comisso, *I due compagni*, Milão, Longanesi, 1973.

[151] Ed. bras.: *Uma gozação bem-sucedida*, São Paulo, Carambaia, 2017, tradução de Davi Pessoa. (N. da T.)

[152] Elzevir é originalmente um tipo de letra criado para a família de editores e tipógrafos holandeses Elzevier, dos séculos XVI e XVII. Na Itália, o termo passou a designar também um tipo de artigo que era publicado na terceira página dos jornais. (N. da T.)

[153] Vincenzo Cardarelli (1887-1959) e Emilio Cecchi (1884-1966). (N. da T.)

[154] Excluo Gianfranco Contini, embora ele também estivesse envolvido. (N. do A.)

te romance: *Os dois companheiros* (que eu, por exemplo, crítico amador, leio agora pela primeira vez, vítima justamente do sectarismo ou da aquiescência de meus colegas profissionais).

Sabe-se como Comisso escreve. De modo impressionista, por mímese com meu objeto, eu diria que uma descarga elétrica, atravessando o "corpo" de Comisso, encontra nele um órgão transformador que a reduz à escrita. Esta, por causa dessa transformação, torna-se corpórea, física e, ao mesmo tempo, tem algo de mecânico, de absorto, como se magicamente confeccionado. A escrita tem a inconsistência típica da mão literariamente rústica que, quase soletrando, atua como intermediário e, ao mesmo tempo, tem a resistência de um objeto absoluto, feito com materiais inconsumíveis. A mão de Comisso é, repito, literariamente rústica (parece que ele aprendeu, ao mesmo tempo, a escrever e a escrever literariamente, libertando-se triunfal e agressivamente de um analfabetismo atávico). No entanto, aquela mão tem a firmeza do mestre artesão (apesar da febril impaciência pela excessiva segurança): mão branca, leve, de velho senhor, que não condiz com seu frenesi infantil ou soldadesco. Comisso devorou o dom da vida como recém-chegado sobre a terra, vindo de lugares de onde vêm as crianças, sem fazer nenhuma pergunta: sua vida foi um eterno, um voraz recreio, sem alegria verdadeira mas plena sobretudo de exaltação. Sua razão e seu senso comum foram miméticos: era completamente irracional e privado de senso comum (possuía o bom senso camponês). A terra sobre a qual desceu ao nascer era a Itália, mas não era nem uma nação, nem um Estado, não tinha governo, não tinha classes. Era simplesmente um Lugar que se distinguia de outros Lugares.

As pessoas possuíam ofícios e profissões, que tinham sentido só concretamente; e quanto a problemas, sentiam somente os técnicos, reais, como que pairando no caos da vida de todos (que em 1934 era fundamentalmente compreendida segundo uma ordem antiga). A questão da riqueza e da pobreza era uma questão pessoal. Era um entre tantos destinos possíveis. Reconhecer tal destino e descrevê-lo era um ato em si festivo e vital para que se considerasse o lado teórico e político. A pintura ou a literatura? Ontologias. Um pintor ou um escritor, enquanto tal, não tem origens. Na vida, quando o encontramos, é já pintor e escritor, por apriorístico destino, felicidade, sorte. Suas dúvidas são técnicas: as teóricas são puramente miméticas. E de resto sempre se sabe que serão superadas: o privilégio expressivo pode ter altos e baixos, mas não pode ser posto seriamente em discussão. A falência é prevista, mas é devida a circunstâncias externas: torna-se tragédia, mas rapidamente assume o aspecto externo, público, da tragédia. O conhecimento de tal tragédia não implica dor: toma-se consciência, eis tudo, e não exatamente com virilidade, e nem mesmo com estoicismo, mas com uma espécie de humanidade impenetrável, que reduz o mal alheio a uma série de informações a respeito, que podem mesmo beirar a fofoca. No egoísmo de Comisso encontram lugar, ao mesmo tempo, a *pietas* mais pura e a mais leviana indiferença. A guerra? É como nas cartilhas: a Itália entrou em guerra contra a Alemanha, os dois exércitos se encontraram em belíssimas planícies, sob radiantes montanhas. Explodem bombas e granadas, como misteriosos fogos de artifício, os soldadinhos caem como nos *westerns* mudos: por trás de tudo isso está a grandiosidade da fantasia infantil, com sua emoção que jamais poderá ser dessacralizada. Marco Sberga e Giulio Drigo são dois jovens pintores que vivem num lugar privilegiado da Itália virgiliana e popular de Comisso, Treviso. De tudo aquilo que se dá a conhecer, eles só conhecem um ao outro (muito mal: se tratam por "senhor" e assim continuarão até o fim); além disso, naturalmente, conhecem a pintura e, cada um deles, uma garota. Vem a guerra, e, sem que se façam perguntas, são arrancados da pintura e do amor (além da amizade juvenil) e engolidos por um novo destino. A "Alemanha" e a "Itália" fazem a guerra, e os quadros dos dois jovens, os "quadros concretos", "aqueles ali", permanecem no sótão.

De acordo com a técnica da "montagem paralela", Comisso — ou alguém por ele, e através dele — narra os dois destinos diversos: um, o mais rico e afortunado (e menos genial), supera brilhantemente o batismo de fogo e a experiência da guerra, retorna, casa-se com sua amada desconhecida (que depois se revelará diferente daquele anjo que parecia ser, e seu caráter — burguês enquanto hostil ao desinteresse sublime da arte — surgirá impiedosamente); o outro, mais pobre (filho ilegítimo de uma empregada) e mais genial, acabará como prisioneiro, e ao retornar terá a surpresa de saber que sua esposinha fugiu com um oficial, e logo em seguida, de ver sua mãe transformada em uma cafetina, justamente, dos oficiais. Sua mente vacila. Volta a pintar loucamente. Reencontra seu amigo "aburguesado", e assim ele, o poeta *maldito*, se defronta com um poeta simplesmente "vital", em meio ao campo vêneto. Por fim, é trancado num manicômio. A riqueza das duas tramas que se entrelaçam — embora a impaciência de Comisso a limite e a torne continuamente resumida e essencial — é a de um longo romance, de um *Adeus às armas* folhetinesco, concentrado num libreto de duzentas páginas. Mas as invenções "romanescas", embora sempre de uma extrema pureza, se sucedem infinitamente, como nos grandes romances. A ânsia do escritor por um fim torna-se a ânsia do leitor por um fim, atraído pelos fatos e pelas coincidências. Mas não é o fim do romance o que Comisso almeja: ele almeja o exaurimento do tema, o que o impulsiona a escrever com uma felicidade tão intensa que acaba por se tornar agressiva. O que quer explicar ao leitor é o privilégio do artista, o que de resto o leitor já conhece. Portanto, mais do que explicar uma condição humana — com sua vocação e sua abnegação —, quer ratificá-la. Há nisso certa prevaricação que poderia ser tomada por vandalismo se não fosse perfeitamente cândida. Mas Comisso talvez tenha sempre temido não ter todos os papéis em ordem para ser um verdadeiro escritor, universalmente reconhecido, mesmo nos termos mais convencionais. Talvez sua marginalidade o aterrorizasse. Daí, talvez, o tom arrogante e agressivo que torna sua prosa absoluta: objetividade pura. O leve convencionalismo que permeia o romance dá, neste sentido, uma leveza e uma precisão de clássico às suas páginas. Não há uma vírgula a ser mudada.

O primeiro grande achado de *Os dois companheiros* é este: falar de dois pintores, e assim ver o mundo (a natureza) através de seus olhos. Comisso nunca exagerou nas descrições, e também não exagera desta vez. Mas a cada vez que há neste livro uma descrição (como sempre belíssima), ela é, sobretudo, perfeitamente funcional à narrativa, ou melhor, é mais necessária que qualquer informação sobre fatos, porque é justamente a pintura o principal desses fatos.

Comisso executa as descrições com o cuidado que os pintores tinham ao pintar, seja entre 1914 e 1918 — época na qual se desenrolam os acontecimentos do livro —, seja em 1934 — época em que o livro foi escrito. Rápidas impressões, quase como aquarelas, ou então óleos pacientemente deixados a fermentar, pincelada após pincelada, todas as paisagens de *Os dois companheiros* são de uma beleza comovente. São, simplesmente, vistas através dos olhos de dois jovens artistas. Suprema é a paisagem de montanha com verdes vertiginosos, casas brancas distantes e luz rasante, que um dos rapazes entrevê durante uma operação de guerra, conquistando, sem saber, uma posição inimiga para além de uma cumeada. É uma aparição inebriante. De resto, tal estado de embriaguez é transmitido por Comisso em todo o livro. Ébrio era ele por causa do licor da vida que bebia com loucura e moderação, na mesma medida. O segundo grande achado do livro foi fazer dos dois personagens, na realidade, dois aspectos de um personagem único, dividido classicamente por um conflito interior.

Dizem as crônicas que efetivamente, por trás de Giulio Drigo, se esconde o próprio Comisso (misturado com Arturo Martini[155]), enquanto por trás de Marco Sberga está o pintor Gino Rossi[156] (morto, de fato, num manicômio). Mas seria possível defender *também* que tanto Giulio Drago como Marco Sberga são o próprio autor, Comisso, dilacerado pelo dilema de uma escolha artística, de um modo diferente de ser na relação com o real. Nesse sentido, hoje, *Os dois companheiros* é de uma modernidade emocionante. Giulio Drigo persegue o "verdadeiro"; Marco Sberga, sem saber bem o porquê, é contra esse "verdadeiro", embora também ele pinte inicialmente paisagens e figuras semelhantes a paisagens e figuras reais. Somente no final, veterano da prisão, meio louco, no quartinho onde a mãe-cafetina o hospeda, rabisca em papel de embrulho desenhos abstratos. Era a vanguarda "clássica", o estupendo momento do pós-cubismo, do futurismo, do formalismo. Como todos os vanguardistas, também Marco Sberga é terrorista (com a doçura heroica daqueles anos): e de fato isso aterroriza Giulio Drigo. O seu amor (igualmente heroico) pelo "verdadeiro" é abalado, posto em xeque. A luta se desenvolve em termos narrativos de modo tão delicado, e portanto tão profundos, que não há dúvida de que o lugar em que se dá essa luta é a intimidade de Comisso. A sua

---

[155] Arturo Martini (1889-1947), escultor italiano. (N. da T.)

[156] Gino Rossi (1884-1947), pintor e gravador italiano. (N. da T.)

escolha, porém, já tinha sido feita: o "verdadeiro". Ele devia passar pela terrível prova da dúvida e da angústia, e devia sair dela marcado, sim, mas enfim vitorioso. Que o outro "si mesmo" acabasse no manicômio! O verdadeiro si mesmo, aquele que estava destinado à concretude do viver e do agir, sabia bem que os argumentos que demonstram a inutilidade e a ilusão do "verdadeiro" são, também eles, "verdadeiros", pobre filosofia como qualquer outra: esta sim, inútil e ilusória, diante da intimidade com o grande e cálido corpo da existência.

(*Tempo*, 2 de dezembro de 1973)

Desenvolvimento e progresso[157]

Existem duas palavras que aparecem frequentemente em nossos discursos, ou melhor, são as palavras-chave de nossos discursos. São as palavras "desenvolvimento" e "progresso". Será que são dois sinônimos? Ou, se não forem dois sinônimos, será que indicam dois momentos diferentes de um mesmo fenômeno? Ou então será que indicam dois fenômenos diferentes que, entretanto, se integram necessariamente? Ou será, ainda, que indicam dois fenômenos só *parcialmente* análogos e sincrônicos? Ou, por fim, será que indicam dois fenômenos "opostos" entre si que só aparentemente coincidem e se integram? É absolutamente necessário esclarecer o sentido dessas duas palavras e a relação existente entre elas, se quisermos nos entender numa discussão que tem muito a ver com a nossa vida até mesmo cotidiana e física.

Vejamos: a palavra "desenvolvimento" possui hoje uma rede de referências que concernem a um contexto indubitavelmente de "direita".

Quem quer realmente o "desenvolvimento"? Isto é, quem o quer, não de maneira abstrata e ideal, mas concretamente e por razões de interesse econômico imediato? É evidente: quem quer o "desenvolvimento" em tal sentido é quem produz, isto é, os industriais. E como, na Itália, o "desenvolvimento" é *este* desenvolvimento, são, mais exatamente, os industriais que produzem bens supérfluos. A tecnologia (a aplicação da ciência) criou a possibilidade de uma industrialização praticamente ilimitada, cujas características já são concretamente trans-

---

[157] Texto escrito entre dezembro de 1973 e janeiro de 1974 para os *Escritos corsários*. (N. da T.)

nacionais. Os consumidores de bens supérfluos, por sua vez, estão irracional e inconscientemente de acordo em desejar o desenvolvimento (*este* "desenvolvimento"). O qual, para eles, significa promoção social e liberação, com a consequente abjuração dos valores culturais que lhes tinham sido fornecidos pelos modelos do "pobre", do "trabalhador", do "poupador", do "soldado", do "crente". A massa é, portanto, a favor do "desenvolvimento", mas vive essa ideologia só existencialmente, e existencialmente é portadora dos novos valores do consumo. O que não impede que sua escolha seja decisiva, triunfalista e feroz.

Quem, ao contrário, quer o "progresso"? Querem-no aqueles que não têm interesses imediatos a serem satisfeitos, justamente, através do "progresso": operários, camponeses, intelectuais de esquerda. Querem-no aqueles que trabalham e que são, portanto, explorados. Quando digo "querem", digo-o num sentido autêntico e total (pode existir algum "produtor" que queira, acima de tudo e, quem sabe, até sinceramente, o progresso; mas seu caso não seria a regra). O "progresso" é, portanto, uma noção ideal (social e política), ao passo que o "desenvolvimento" é um fato pragmático e econômico.

É essa dissociação que requer, agora, uma "sincronização" entre "desenvolvimento" e "progresso", já que é inconcebível (ao que parece) um verdadeiro progresso se não se criam as premissas econômicas necessárias para realizá-lo.

Qual foi a palavra de ordem de Lênin logo após a vitória da Revolução? Uma palavra de ordem que convidava ao imediato e grandioso "desenvolvimento" de um país subdesenvolvido. Soviete e indústria elétrica... Vencida a grande luta de classes em prol do "progresso", era então preciso vencer uma luta — talvez mais sombria, mas não menos grandiosa — em prol do "desenvolvimento". Gostaria porém de acrescentar — não sem hesitação — que esta não é uma condição obrigatória para se aplicar o marxismo revolucionário e realizar uma sociedade comunista. A indústria e a industrialização total não foram inventadas nem por Marx, nem por Lênin: foram inventadas pela burguesia. Industrializar um país comunista agrário significa entrar em competição com os países burgueses já industrializados. Foi o que, no caso, fez Stálin. E não tinha, de resto, outra escolha.

Em suma: a direita quer o "desenvolvimento" (pela simples razão de que é ela que o faz); a esquerda quer o "progresso".

Mas quando a esquerda vence a luta pelo poder, ela passa também a querer — para poder realmente progredir social e politicamente — o "desenvolvimento". Um "desenvolvimento" cuja figura, entretanto, já foi formada e fixada no contexto da industrialização burguesa.

Todavia, aqui na Itália, o caso é historicamente diferente. Não se venceu revolução alguma. Aqui, a esquerda que quer o "progresso", se aceitar o "desenvolvimento", tem que aceitar justamente *este* "desenvolvimento": o desenvolvimento da expansão econômica e tecnológica burguesa.

Será isto uma contradição? Uma escolha que cria um problema de consciência? Provavelmente, sim. Mas, no mínimo, trata-se de um problema que se deve colocar claramente, isto é, sem jamais confundir, nem por um instante, a ideia de "progresso" com a realidade *deste* "desenvolvimento". No que diz respeito às bases da esquerda (ou, digamos, à sua base eleitoral, algo da ordem de milhões de cidadãos), a sua situação é a seguinte: um trabalhador vive *na sua consciência* a ideologia marxista e, consequentemente, entre outros valores seus, vive *na consciência* a ideia de "progresso"; ao passo que, concomitantemente, vive *na sua existência* a ideologia consumista e, consequentemente *a fortiori*, os valores do "desenvolvimento". O trabalhador está portanto dissociado de si mesmo. Mas ele não é o único nessa situação.

Também o poder burguês clássico está, no presente momento, completamente dissociado; para nós, italianos, esse poder burguês clássico (isto é, praticamente fascista) é a Democracia Cristã.

Mas gostaria agora de abandonar a terminologia que eu (artista!) uso um tanto forçadamente e de recorrer a um exemplo vivo. A dissociação que hoje divide em dois o velho poder clérico-fascista pode ser representada por dois símbolos opostos e, na verdade, inconciliáveis: por um lado, "Jesus" (neste caso, o Jesus do Vaticano) e, por outro, os "jeans Jesus". Duas formas de poder, uma diante da outra: do lado de cá, o grande bando de padres, de soldados, dos bem-pensantes e dos sicários; do lado de lá, os "industriais" produtores de bens supérfluos e as grandes massas do consumo, leigas e, até idiotamente, irreligiosas.

Entre o "Jesus" do Vaticano e o "Jesus" das calças jeans travou-se uma luta. Quando esse produto e seus cartazes apareceram, altos lamentos se ergueram no Vaticano. Altos lamentos aos quais habitualmente se seguia a ação do braço secular que se encarregava de eliminar os inimigos que a Igreja nem sequer nomeava, limitando-se apenas aos lamentos. Mas, dessa vez, aos lamentos não se seguiu nada. A *longa manus* ficou inexplicavelmente inerte. A Itália está forrada de cartazes que representam traseiros cobertos justamente pelos jeans Jesus, com os dizeres "quem me ama, que me siga". O Jesus do Vaticano perdeu.

Hoje o poder democrata-cristão e clérico-fascista se encontra dilacerado entre esses dois "Jesus": a velha forma de poder e a nova realidade do poder...

Ignazio Buttitta: *Eu sou poeta*[158]

Já há muito tempo vinha repetindo que sinto uma grande nostalgia da pobreza — minha e alheia —, e que é errado pensar que a pobreza seja um mal. São afirmações reacionárias, que eu, porém, sabia serem formuladas a partir de uma extrema esquerda ainda não definida e certamente difícil de definir. Imerso na dor de me ver rodeado por pessoas que não reconhecia mais — por uma juventude que se tornara infeliz, neurótica, afásica, obtusa e presunçosa graças às mil liras a mais que o bem-estar tinha inesperadamente enfiado em seus bolsos — eis que chegou a austeridade, ou a pobreza obrigatória. Enquanto medida governamental, considero essa austeridade sem dúvida anticonstitucional, e fico furiosamente indignado ao pensar que ela seja "solidária" com o Jubileu.[159] Mas, enquanto "signo premonitório" do retorno de uma pobreza real, ela só pode me encher de alegria. Digo *pobreza*, e não *miséria*. Estou pronto a qualquer sacrifício pessoal, naturalmente. Como compensação, me bastará que volte ao rosto das pessoas o antigo modo de sorrir, o antigo respeito pelos outros que era respeito por

[158] Publicado no *Tempo*, ano XXXVI, nº 2, 11/1/1974, com o título "Il recordo di un mondo che parlava in dialeto" [Lembranças de um mundo que falava em dialeto]. Resenha a I. Buttitta, *Io faccio il poeta* [Eu sou poeta], Milão, Feltrinelli, 1973. (N. da E.)

[159] Comemoração religiosa da Igreja Católica, de origem judaica, que ocorria a cada 50 anos e que seguia a prescrição de Moisés segundo a qual a terra, cujo dono único era Deus, não fosse cultivada por um ano e os escravos fossem libertos. Ocorre em periodicidade fixada pelos papas, quando são distribuídas indulgências plenárias aos fiéis. O ano no qual a comemoração acontece é denominado Ano Santo. 1975 foi decretado um ano jubilar pelo papa Paulo VI, que escreveu para a ocasião a Exortação Apostólica *Gaudete in Domino*, ou seja, uma exortação à alegria. (N. da T.)

si próprio, o orgulho de ser aquilo que a própria cultura "pobre" ensinava a ser. Aí talvez se possa então recomeçar tudo de novo... Estou devaneando, eu sei. É claro que essas restrições econômicas, que parecem se fixar num teor de vida que será daqui por diante o de todo o nosso futuro, podem significar uma coisa: que talvez tivesse sido uma profecia excessivamente lúcida, própria de desesperados, pensar que a história da humanidade tinha passado a ser a história da industrialização total e do bem-estar, isto é, uma "outra história", na qual não teriam mais sentido nem a maneira de ser do povo nem a razão do marxismo. Talvez já tivéssemos chegado — embora não ousássemos esperar por isso — ao cume dessa história aberrante e esteja agora começando a parábola descendente. Os homens deverão talvez experimentar de novo o passado, depois de o terem artificialmente superado e esquecido numa espécie de febre, de inconsciência frenética. Evidentemente (como escreveu Piovene[160]), a recuperação desse passado será por muito tempo um aborto: uma mistura infeliz das novas comodidades com as antigas misérias. Mas que seja bem-vindo mesmo este mundo confuso e caótico, esta "degradação". Qualquer coisa é melhor do que o tipo de vida que a sociedade estava vertiginosamente adquirindo.

Nesta situação, recomecei inesperadamente, depois de quase trinta anos, a escrever em dialeto friulano. Talvez não continue. Os poucos versos que escrevi talvez permaneçam um caso isolado. Contudo, trata-se de um sintoma e, de qualquer modo, de um fenômeno irreversível. Eu não tinha carro quando escrevia em dialeto (primeiro o friulano, depois o romano). Não tinha um tostão no bolso e andava de bicicleta. E isso até os trinta e tantos anos. Não era só uma questão de penúria juvenil. E, em todo o mundo pobre ao meu redor, o dialeto parecia destinado a nunca se extinguir, ou então só num tempo tão longínquo que parecia totalmente abstrato. A italianização da Itália parecia ter que se basear numa ampla contribuição das bases, dialetal e popular precisamente (e não na substituição da língua-piloto literária pela língua-piloto industrial, como ocorreu depois). Entre as outras tragédias que vivemos (e eu mesmo até pessoalmente, sensualmente)

---

[160] Guido Piovene (1907-1974), escritor italiano. (N. da T.)

nestes últimos anos, houve também a tragédia da perda do dialeto, um dos momentos mais dolorosos da perda da realidade (que na Itália sempre foi particular, excêntrica, concreta; nunca centralista, nunca "do poder").

Esse esvaziamento do dialeto, junto com a cultura particular que ele expressava — esvaziamento devido à aculturação do novo poder da sociedade consumista, o poder mais centralizador e, portanto, mais essencialmente fascista que a história jamais registrou — é o tema explícito de um poema dialetal, intitulado precisamente "Língua e dialeto" (o poeta é Ignazio Buttitta; o dialeto, o siciliano). O povo é sempre essencialmente livre e rico: pode ser acorrentado, espoliado, ter a boca tapada, mas é essencialmente livre; pode-se tirar-lhe o trabalho, o passaporte, a mesa onde come, mas é essencialmente rico. Por quê? Porque quem possui uma cultura própria e se exprime através dela é livre e rico, mesmo se o que ele é e exprime for (em relação à classe que o domina) falta de liberdade e miséria. Cultura e condição econômica são perfeitamente coincidentes. Uma cultura pobre (agrícola, feudal, dialetal) só "conhece" realisticamente a própria condição econômica, e através dela se articula, pobremente, mas segundo a infinita complexidade da existência. Só quando algo de estranho se insinua nessa condição econômica (o que hoje acontece quase sempre por causa da possibilidade de uma confrontação contínua com uma condição totalmente diversa) é que essa cultura entra em crise. É nessa crise que, no mundo camponês, se funda historicamente a "tomada de consciência" de classe (sobre a qual, aliás, paira eternamente o espectro do retrocesso). A crise é, portanto, uma crise de avaliação do próprio modo de vida, um turvamento da certeza dos próprios valores, que *pode levar até à abjuração* (o que realmente aconteceu na Sicília nos últimos anos por causa da emigração em massa dos jovens para a Alemanha e para o norte da Itália). Símbolo desse "desvio" brutal e de fato nada revolucionário da própria tradição cultural é o aniquilamento e a humilhação do dialeto, que, embora permaneça intacto — estatisticamente falado pelo mesmo número de pessoas —, não é mais um modo de ser e um valor. O violão dialetal perde uma corda a cada dia. O dialeto ainda está cheio de riquezas que, entretanto, não podem mais ser gastas, de joias que não podem mais ser ofertadas. Quem o fala é como um pássaro que canta numa gaiola. O dialeto é como o peito de uma mãe onde todos mamaram e sobre o qual agora cospem (a abjuração!). O que não pode (ainda) ser saqueado é o corpo, com as suas cordas vocais, a pronúncia, a mímica — que ainda são as mesmas de sempre. Trata-se, entretanto, de uma pura e simples sobrevivência. Embora ainda na posse desse órgão misterioso "de olhos faiscantes" que é o corpo, "somos pobres e órfãos do mesmo jeito".

Equivalente a esse poema, tão perfeitamente trágico, é um outro intitulado "Rancores" (*U rancuri*). Aqui também a conclusão (perfeita do ponto de vista expressivo) não dá margem a nenhuma esperança. O poeta dialetal e popular (no sentido gramsciano) recolhe os sentimentos dos pobres, seu "rancor", sua raiva, suas explosões de ódio: se constitui, em suma, em seu intérprete intermediário, em seu mensageiro, mas o poeta, ele próprio, é um burguês. Um burguês que usufrui de sua condição de privilegiado; que quer a paz em sua casa para esquecer a guerra na casa alheia; que é um desgraçado da mesma raça dos inimigos do povo. Não lhe falta nada, não deseja nada; só um rosário para rezar o terço à noite, e não há ninguém que lhe traga ao menos um fio de arame para enforcá-lo num poste.

Antes, porém, dessa conclusão "sem saída", perfeita e sadicamente lúcida, todo o corpo do poema se baseia na reticência como figura retórica que afirma aquilo que nega. O que é que Buttitta nega iterativamente, ou melhor, anaforicamente? Nega que seja ele, o poeta, quem sente rancor, ódio, raiva, consciência de injustiça diante da classe no poder. Todos esses sentimentos são os do povo, de quem o poeta é apenas intérprete. Mas, através de tudo isso, Buttitta nada mais faz do que afirmar o contrário. E por quê? Porque o que domina no seu livro é a figura retórica de um povo inferido de um grande modelo inaugural (a este reportado). Esse modelo é ambíguo, mas só aparentemente. É o modelo expresso pelos anos revolucionários russos, nos seus dois emblemas figurativos: o formalismo e o realismo socialista. Os traços sintéticos com que Buttitta traça a figura do povo são os de uma suprema *affiche* formalista; a métrica, que decalca a estrutura da locução oral das tribunas embandeiradas, exprime, ao contrário, os traços analíticos de uma figura do povo que é a mesma dos quadros do realismo socialista. É por isso que o poeta — antes de pedir para ser supliciado como burguês — na verdade apregoa para si próprio as características que apregoa para o povo. Buttitta não pode, com efeito, não saber que o povo, e especialmente o povo siciliano (cuja capacidade de revolta e de furor não se pode de fato negar), nunca se assemelhou à imagem que dele fizeram os partidos comunistas históricos. Tal imagem *servia* à tática política desses partidos, e, em segunda instância, *servia* aos poetas que queriam cantar aquela tática. O poeta que escreveu "Língua e dialeto" só podia estar muito consciente de tudo isso. E, no entanto, ao descrever o povo da maneira como descreveu — isto é, convencionalmente e quase simuladamente — Buttitta não foi de modo algum insincero. Tal visão do povo, tirada com tanto ímpeto quanto elegância do maneirismo comunista protonovecentista, faz parte da inspiração verdadeira, ou seja, formal, de Buttitta. Ele sempre cobiçou a oficialidade comunista; e não existe nada que alimente com mais vitalidade uma inspiração maneirista do que uma oficialidade ainda fora do poder e ainda até, em certos momentos difíceis, quase resistente e clandestina. Neruda (citado por Sciascia, que escreveu o prefácio do livro de Buttitta) é o *exemplum* de tal operação poética. Mas enquanto Neruda é um mau poeta, esse homem humilde de Bagheria,[161] sentimental, extrovertido, ingênuo e — conforme o esquema da poesia popular do "mal nascido" — atormentado pela falta de amor materno que o tornou órfão e obsesso, é o que se chama de bom poeta. A figura retórica do povo que, num ardor guttusiano,[162] enche de punhos cerrados e de estandartes seus poemas, torna-se perfeitamente real se for vista (como não pode ter deixado de ser vista pela consciência do poeta que escreveu "Língua e dialeto") como inatual. Ou seja, como parte daquele mundo onde se falava o dialeto que hoje se fala com vergonha, onde se queria a revolução que hoje foi por ele esquecida, onde vigorava, de qualquer modo, uma graça (e uma violência) a que hoje solenemente se renuncia.

(*Tempo*, 11 de janeiro de 1974)

---

[161] Cidade siciliana. (N. da T.)

[162] Renato Guttuso (1911-1987), pintor italiano. (N. da T.)

Judeu-alemão[163]

Ao escrever sobre *Os dois companheiros* de Giovanni Comisso (*Tempo*, 2/12/1973), comecei exprimindo certo espanto pela maturidade narrativa precoce de Comisso, num momento (1934) em que nem sequer se falava, na Itália, de uma tradição narrativa recente. Alguns anos antes, os únicos tinham sido o "judeu-alemão" Italo Svevo e Federigo Tozzi. O espantoso romance de Comisso — eu continuava em seguida — baseava-se numa ideia infantil da história, na qual "Alemanha" e "Itália" guerreavam como num atlas, e os jovens que combatiam e morriam agiam como num jogo cósmico, brincando com a própria vida com a mesma facilidade dos heróis de um filme "*western* mudo".

Em outro artigo (*Un po' di febbre*, de Sandro Penna, ainda em *Tempo*, 10 de junho de 1973) havia dito que, sob o fascismo, a Itália permanecera intacta, na sua miséria e na sua cultura "popular": o fascismo havia, na verdade, envolvido e corrompido algumas centenas de milhares de italianos; os outros quarenta milhões, aproximadamente — pequena e ínfima burguesia e povo — não foram "tocados" pelo fascismo, porque a repressão fascista era ainda uma repressão de tipo arcaico, que impunha gestos e atos, requeria submissão mas não estava em condições de transformar, a não ser superficialmente, os velhos modelos humanos. Uma verdade muito simples, a minha, como se vê. Menos simples foi talvez ter a coragem de dizer que as pessoas na Itália de então estavam melhor do que agora. O modelo de julgamento

---

[163] Publicado no *Tempo*, ano XXXVI, nº 5, 1/2/1974, com o título "Fascismo e antifascismo resi arcaici dal benessere" [Fascismo e antifascismo tornam-se arcaicos pelo consumismo]. (N. da E.)

para tal gradação de valor é evidentemente meu, isto é, aquele de um homem da minha idade, em condições de fazer comparações. Um jovem talvez não poderia me compreender, a menos que em posse de uma inteligência excepcional, e assim capaz de inferir, do que resta daquele velho modo de ser, sua totalidade: o "mundo cultural" no qual o povo italiano se exprimia física e existencialmente.

Um mínimo traço de convencionalismo "de 68" ou de ortodoxia comunista impediria um jovem de compreender que o modo de ser dos italianos de então não era condenável ou indigno porque não revolucionário, ou mesmo porque passivo. Existem épocas inteiras, ou melhor, milênios, na história humana, em que o povo foi assim. Mas a dignidade do homem não é, por isso, inferior. Não existem homens "sub-humanos". Os homens sempre encontram o modo de "se realizar". E não digo isso sob o signo de nenhum espiritualismo, mas sob o signo de uma concretude racional ainda que fundada no sentimento. Ao contrário, é abstrato, desumano e estúpido quem pronuncia fáceis condenações contra períodos inteiros da história humana em que o "povo" respondeu à submissão com a resignação. O momento do espírito de tal povo que fosse potencialmente revolucionário encontrava sempre um modo de se exprimir de outra forma: talvez justamente através da resignação e, sobretudo, através *do total estranhamento em relação à cultura da classe dominante*. No momento em que, sob o fascismo, o povo, mesmo obedecendo mecanicamente a certas imposições "armadas", mantinha-se, na realidade, perfeitamente (fisicamente, existencialmente) estranho à cultura do poder, ele, mesmo que de modo inconsciente, reafirmava a própria dignidade.

De qualquer modo, o fascismo não seria mais possível hoje, a não ser por um processo regressivo violento (pelo qual ocorresse em todo o país o que ocorreu na Reggio Calabria[164]), mas desde que o poder

---

[164] Em julho de 1970, na cidade de Reggio Calabria, alguns revoltosos, liderados pelo prefeito democrata-cristão Piero Battaglia e pelo secretário da Cisnal (Confederazione Italiana Sindacati Nazionali Lavoratori [Confederação Italiana dos Sindicatos Nacionais dos Trabalhadores]) Ciccio Franco, incendiaram prédios públicos e sedes de partido, explodiram bombas na cidade e nos trilhos dos trens. Em resposta ao protesto, que contestava a escolha de Catanzaro como capital administrativa da

imobiliza e liga a si a "massa" através da ideologia hedonista, da qual este cria a ilusão de exequibilidade (e de fato, no que diz respeito aos bens supérfluos, conseguiu torná-la em parte realizável), não precisa mais nem de Igrejas, nem de fascismos. Tornou-os subitamente arcaicos. E com isto tornou arcaico o antifascismo. A maior parte dos antifascistas estão hoje envolvidos com o novo poder — que hoje padroniza tudo e todos — isso, sim, é fascista, no sentido de que impõe de modo inelutável os seus modelos. Chega. Dessas afirmações decorreu uma proliferação de desagradáveis equívocos: o iluminismo esclerosado e o antifascismo comodista dos anos cinquenta impediram a certos críticos — provavelmente obnubilados pelo racismo contra mim (a vida inteira senti pesar sobre mim a sentença prévia de traição) — entender o que eu queria dizer. Não foram capazes de pensar, como Sachiko, que já havia passado tempo demais desde que tivera uma conversa íntima e arriscada com Yukiko,[165] e que portanto a relação entre elas havia prosseguido conforme as regras da convivência. É cansativo ter de refazer, de tanto em tanto, aquela conversa "íntima e arriscada", porque cada vez que a temos, espera-se que valha para sempre. Um "homem sem qualidades" se fez porta-voz de toda a série de atitudes suspeitas contra mim já citadas, estendendo sua mãozinha de feto para recolher e atirar a primeira pedra do linchamento. Com grande alarde do *Borghese* e do *Espresso*, isto é, daqueles para quem a "cultura" é considerada "culturame".

O fato de eu ter chamado Italo Svevo de "judeu-alemão" soou ainda indubitavelmente como "crítico" à cultura italiana: à qual se contrapõe, através daquela alta qualificação,[166] uma cultura infinita-

Região e de Cosenza como sede universitária da Calabria, o governo, em fevereiro de 1971, prometeu criar o centro siderúrgico de Gioia Tauro, jamais realizado. (N. da E.)

[165] Personagens do livro *As irmãs Makioka*, de Junichiro Tanizaki, centralmente sobre a condição das mulheres na tradição cultural japonesa. Sachiko, no livro, é a segunda filha, já casada e que tem sob sua responsabilidade conseguir ou autorizar o casamento de suas irmãs. Yukiko é a mais velha das Makioka, mais ligada às tradições e arredia quanto ao assunto dos pretendentes. Há ainda uma terceira personagem, Taeko, a filha mais jovem e mais ocidentalizada. (N. da T.)

[166] Considerada, por um imbecil, um insulto. (N. do A.)

mente mais avançada, madura e rica, e sobretudo — dada a formação mais francesa do que italiana de quem, como Svevo, a ela pertencia, vivendo às margens do império Habsburgo — provida de uma grande tradição, justamente, narrativa.

(...)[167]

(*Tempo*, 1º de fevereiro de 1974)

[167] No lugar dos pontinhos que fechavam o texto em *Escritos corsários*, no jornal *Tempo* seguiam-se as resenhas a *Lettere a Italo Svevo. Diario di Elio Schmitz*, Bruno Maier (org.), Milão, Dall'Oglio, 1973; e Federigo Tozzi, *I romanzi*, Glauco Tozzi (org.), con scritti critici di Carlo Cassola, Luigi Baldacci e Piero Bigongiari, 2 vols., Florença, Valecchi, 1973. (N. da E.)

Os homens cultos e a cultura popular[168]

Não poderia evidentemente ser de outro modo, e portanto não é o caso de recriminar, mas é realmente um pecado que De Martino,[169] em vez de se ocupar da cultura popular da Lucânia,[170] não tenha se ocupado da cultura popular de Nápoles. Aliás, nenhum etnólogo ou antropólogo se ocupou, com a mesma precisão e independência científica usada para as culturas populares camponesas, das culturas populares urbanas. É inconcebível um estudo como aquele dedicado por Lévi-Strauss a alguns pequenos povos selvagens — isolados e puros — para o povo de Nápoles, por exemplo. A impureza das "estruturas" da cultura popular napolitana é desencorajante para um estruturalista que, evidentemente, não ama a história com a sua confusão. Uma vez que tenha identificado as "estruturas" de uma sociedade em sua perfeição, ele exauriu a sua sede de reordenamento do cognoscível. Não há como reconduzir a alguma perfeição as "estruturas" da cultura popular napolitana. Um pequeno povo, isolado há milênios ou séculos em seus códigos, vive ainda, na acepção dos etnólogos, *in illo tempore*: não há estratificação; nas convenções, rigidíssimas aliás, das relações sociais há um só estrato: não são concebíveis, nem previstas, possibi-

---

[168] Publicado no *Tempo*, ano XXXVI, nº 8, 22/2/1974, com o título "Vitalità e prestigio del mondo napolitano popolare" [Vitalidade e prestígio do mundo napolitano popular]. Resenha a Salvatore Di Giacomo, *Lettere a Elisa, 1906-1911* [Cartas a Elisa, 1906-1911], Enzo Siciliano (org.), Milão, Garzanti, 1973; Abele De Blasio, *La camorra a Napoli* [A camorra em Nápoles], 4 vols., Nápoles, Edizioni del Delfino, 1973 (reimpressão anastática da edição de 1905). (N. da E.)

[169] Ver nota 55, p. 86. (N. da T.)

[170] Administrativamente o nome da região é Basilicata. (N. da T.)

lidades de infrações. Nas manifestações expressivas — cantos, danças, ritos etc. — as invenções não implicam uma evolução da *inventum*. Numa cultura popular urbana, pelo contrário, a história da cultura dominante intervém continuamente com violência, nela impondo e depositando seus valores: a típica "a-historicidade" da cultura popular, que é essencialmente "fixadora", foi assim obrigada a mutações incessantes: às quais ela, por sua vez, sistematicamente, teve que aplicar os caracteres da "fixação".

As novidades históricas são incorporadas ao universo da cultura popular urbana (e, a partir do século XIX, também na cultura camponesa) apenas com a condição de serem imediatamente traduzidas nos próprios termos tradicionais não dialéticos. Só nos últimos anos, tanto as culturas populares urbanas, extremamente complexas, como as camponesas — ainda bastante puras, como justamente nos pequenos povos selvagens estudados pelos etnólogos — foram radicalmente subvertidas pelo novo tipo de cultura do poder. A emigração para as cidades industriais e sobretudo o consumismo, impondo novos modelos humanos, instituíram com as antigas culturas populares uma relação *completamente* nova e portanto, dentro do universo capitalista, revolucionária.

Dois anos atrás, em uma banquinha de Porta Portese,[171] um vendedor ambulante napolitano vendeu uns papéis velhos a um comprador culto. Os vendedores ambulantes que vêm de Nápoles para Porta Portese pertencem ainda — no limite do possível — à velha cultura popular napolitana: em suas cabeças a conexão dos pensamentos, juízos, valorações, relações sociais obedece a regras que os burgueses só conhecem no sentido literal e, naturalmente, pelo contingente cultural imposto por sua classe, ao menos a partir do século XV e em particular nas últimas décadas. De qualquer modo, a relação entre o ambulante napolitano de Porta Portese e o adquirente culto é absolutamente típica: trata-se, de fato, da compra e venda de um bem de proveniência equívoca. O malandro napolitano estará seguramente convencido de ter "engambelado" o comprador "otário" que se interessa por

---

[171] Grande "mercado das pulgas" dominical romano, no bairro do Trastevere. (N. da T.)

"papéis velhos", e o comprador estará satisfeito tanto pela aquisição excepcional como por ter se comportado honestamente com aquela "máscara" napolitana. Os "papéis velhos" eram um pacote com a correspondência amorosa entre Salvatore Di Giacomo[172] e Elisa Avigliano, sua futura mulher. Enzo Siciliano,[173] entrando em posse do longo manuscrito, publicou-o — antepondo-lhe uma detalhada introdução, onde o atrito entre o assunto filológico (um pouco impessoal) e um interesse real, muito pessoal, pelo *eros* de Di Giacomo leva a insistências quase estridentes, apesar da suave elegância. A quantidade de coisas que não sabemos é enorme, praticamente ilimitada. Desta, costumamos recortar uma pequena quantidade de conhecimentos e informações que acreditamos ser a nossa cultura. Por exemplo, eu havia lido os volumes de poesia de Di Giacomo, e portanto acreditava conhecê-lo. Na verdade, é um modo cômodo de conhecer, no fundo desrespeitoso e interesseiro. Essas cartas de um noivado que durou vinte anos irrompem como uma inundação sobre o meu cômodo conhecimento de Di Giacomo. Claro, não levam ao julgamento definitivo, final e sintético de sua poesia. Mas a tornam "outra". O choque de classe verificado na anedota sobre a descoberta em Porta Portese das velhas cartas de Di Giacomo a Elisa está, na verdade, na origem de toda a poesia digiacomiana.

As cartas de fato revelam um Di Giacomo terrivelmente pequeno-burguês, no melhor e no pior sentido da palavra. A língua italiana nelas usada exclui, eu diria teologicamente, o dialeto. É a língua do privilégio, de tal modo assimilada que chega a ser inocente e imêmore. E é também a língua de uma psicologia viciada, que coloca as ansiedades de um narciso pequeno-burguês no centro do universo, sem espaço para nada mais. O pano de fundo é o de uma Nápoles burguesa e culta (bibliotecas, cafés, teatros, editores, o golfo visto pelos olhos "alienados" de um aloglota). É forte também o sabor exótico que distingue a cultura burguesa napolitana da cultura burguesa italiana: seu internacionalismo histórico, as relações diretas com a França e a Alemanha

[172] Salvatore Di Giacomo (1860-1934), poeta napolitano que se debruça sobre o cotidiano de Nápoles. (N. da T.)

[173] Enzo Siciliano (1934-2006), escritor e crítico italiano. (N. da T.)

etc. Bastam as poucas, saborosas citações que Siciliano faz da poesia de Di Giacomo no seu prefácio para lê-la sob uma nova luz. A real "estrutura primeira" dessa poesia é a relação entre o burguês Di Giacomo e a cultura popular napolitana, apreendida em seu estrato mais alto, onde só era possível o choque — aparentemente amoroso — de classe. A ingenuidade e a pureza de Di Giacomo são maravilhosamente miméticas, mas mimetizam um modelo inventado.

Na realidade, todo o seu mundo popular é maneirista ou pelo menos visto só naquele estrato mais alto em que Di Giacomo podia conhecê-lo, e no qual a cultura da classe dominante se encontra *no momento* de confiar seus valores à cultura da classe dominada, e esta *no momento* de torná-los seus. A transubstanciação ainda não aconteceu. Como consequência, em Di Giacomo não existe a descrição do "subdesenvolvimento" napolitano e da sua cultura "selvagem". Essa descrição existe, ao menos em parte, em Ferdinando Russo, poeta mais descontínuo, mas não menor que Di Giacomo. Ferdinando Russo realizou a descida aos infernos (do "subdesenvolvimento") que Di Giacomo não julgou oportuno realizar. Os dois poetas são complementares. E a eles dois, juntos, é dedicada de fato a obra de Abele De Blasio (*La camorra di Napoli* [A camorra de Nápoles], composta de quatro volumes: *Costumi dei camorristi* [Costumes dos camorristas], *Il paese della camorra* [O território da camorra], *La malavita a Napoli* [O mundo do crime em Nápoles], *Il tatuaggio* [A tatuagem]).

Abele De Blasio conduziu suas pesquisas exatamente nos mesmos anos em que Di Giacomo e Russo poetavam, usando um método de pesquisa que tinha Lombroso como seu mestre e seus luminares em outros antropólogos, por assim dizer, "veristas", hoje esquecidos. Sua rusticidade era, portanto, extrema. Sua relação com a "plebe" napolitana era aquela dos escritores de "histórias cívicas", espalhados por todas as províncias italianas. Desse modo, mesmo diante das coisas mais atrozes, não falta em Abele De Blasio um curioso movimento de benevolência e orgulho: trata-se, enfim, de glórias folclóricas. Diante dos napolitanos pobres, ele se comporta como um entomólogo que faz piada sobre os usos e costumes dos insetos: os antropomorfiza. Por outro lado, é motivo recorrente em suas páginas a comparação da cultura popular napolitana com a cultura selvagem dos povos exóticos. E, para além de qualquer princípio de valor, esse ponto de partida estava substancialmente correto. A partir disso, com muita modéstia e argúcia, Abele De Blasio acumula em seus livros — também com muitas repetições — um material precioso de notícias e informações. E é um inferno. Pelo menos para alguém medianamente progressista. O "padrão de vida" de algumas centenas de milhares de homens, mulheres e crianças resulta quase inconcebível à mente humana.

O momento era aquele do fim da dominação espanhola e do fim dos Bourbon em Nápoles. As características da cultura popular ("outra" em relação à cultura burguesa — que mais ou menos evoluíra — e quase que possuída por uma consciência ideológica "estranha" a ela) eram naquela ocasião codificadas pelas "regras de honra" da camorra. Um código rigorosíssimo. Também escrito, ao menos no que diz respeito aos específicos bandos camorristas. Era a absoluta naturalidade com que os napolitanos viviam este código que os fazia distantes do poder e de quem de algum modo a ele pertencesse. Tratava-se de um universo "real" dentro de um universo que, em relação ao outro, era "irreal", embora o segundo, na realidade, representasse o curso lógico da história. A inversão de perspectiva do napolitano que vê o mundo desde dentro do seu universo *real mas a-histórico*, põe a história em xeque. Se não fosse assim, o mundo napolitano popular não teria tamanha vitalidade e tamanho prestígio a ponto de se apresentar como uma tremenda alternativa: ainda hoje, quando a alternativa é monopolizada pela "consciência de classe" proletária, que detesta os subproletários e portanto, burguesmente, as "culturas populares", em relação às quais jamais manifestou uma política decente. Comparadas ao tempo de De Blasio, as coisas, hoje, não mudaram tanto. É só ir a Nápoles. (Ou então ler o belíssimo livro sobre Nápoles escrito há alguns anos por Antonietta Macciocchi[174]). Gírias, tatuagens, regras da *omertà*, gestualidade, formas de vida marginal e todo o sistema de relações com o poder permaneceram inalterados. Mesmo a época revo-

[174] Trata-se do livro de Maria Antonietta Macciocchi, *Lettere dall'interno del PCI a Louis Althusser* [Cartas de dentro do PCI a Louis Althusser] (Milão, Feltrinelli, 1969). Na coluna "Caos", assinada por Pasolini no jornal *Tempo* de 8/11/1969, há uma comovida leitura do livro. (N. da E.)

lucionária do consumismo — que distorceu e mudou radicalmente as relações entre cultura centralista do poder e culturas populares — não fez senão "isolar" ainda mais o universo popular napolitano.

(...)

(*Tempo*, 22 de fevereiro de 1974)

A Igreja, os pênis e as vaginas[175]

A Igreja não pode deixar de ser reacionária; a Igreja não pode deixar de ser cúmplice do poder; a Igreja não pode deixar de aceitar as regras autoritárias e formais da conveniência; a Igreja não pode deixar de aprovar as sociedades hierárquicas em que a classe dominante garanta a ordem; a Igreja não pode deixar de detestar qualquer forma de pensamento mesmo que timidamente livre; a Igreja não pode deixar de ser contrária a qualquer inovação antirrepressiva (o que não significa que não possa aceitar formas de tolerância programadas do alto, praticadas, na realidade, há séculos, a-ideologicamente, de acordo com os ditames de uma "Caridade" dissociada — repito, a-ideologicamente — da Fé); a Igreja não pode deixar de agir completamente ao largo do ensinamento do Evangelho; a Igreja não pode deixar de tomar decisões práticas referindo-se só formalmente ao nome de Deus, e algumas vezes até se esquecendo de fazê-lo; a Igreja não pode deixar de impor verbalmente a Esperança, porque sua experiência dos fatos humanos a impede de nutrir qualquer espécie de esperança; a Igreja não pode (para tocar em temas atuais) deixar de considerar eternamente válida e paradigmática sua concordata com o fascismo. Tudo isso resulta claro de umas dezenas de sentenças "típicas" da Sagrada Rota Romana antologizadas pelos 55 volumes das *Sacrae Romanae Decisisones*, publicados pela Libreria Poliglotta Vaticana, de 1912 a 1972.

---

[175] Publicado no *Tempo*, ano XXXVI, nº 9, 1/3/1974, com o título "Cinismo e qualunquismo nelle sentenze della Sacra Rota" [Cinismo e indiferentismo nas sentenças da Sacra Rota]. Resenha de *20 sentenze della Sacra Rota* [20 sentenças da Sacra Rota], Stelio Raiteri (org.), prefácio de Giorgio Zampa, Milão, Borletti Editore, 1974. (N. da E.)

Certamente não era necessária a leitura desse sortilégio para saber as coisas que elenquei sumariamente acima. Todavia, as confirmações concretas — neste caso a "vivacidade" involuntária dos documentos — dão nova força a velhas convicções tendentes à inércia. No que diz respeito a uma leitura literária, estas "sentenças" possuem notáveis elementos objetivos de interesse (como observa o prefaciador do volume, Giorgio Zampa). Estes aludem com a violência da objetividade — ou seja, da referência à matriz comum — a toda uma série de situações romanescas: Balzac ("Emilio Raulier decidira se associar a um tal Giuseppe Zwingesteiln, mas não possuía o capital necessário..."; "Se papai Planchut me desse a soma..."); Bernanos ou Piovene ("Frida... ficou órfã de ambos os genitores ainda criança e foi mandada pelo avô, que era como seu pai, ao colégio das freiras de N.N., onde permaneceu até os 15 anos..."), Sologub ("Sendo muito rica, apenas tendo superado a puberdade, foi pedida em casamento ao avô por muitos, alguns dos quais de famílias antigas e nobres..."); Púchkin ("De boca aberta, os camponeses admiraram de longe a pompa noturna das núpcias celebradas na capela particular da fazenda, entre Maria e o subtenente Mikhail por volta da meia-noite de 8 de junho de 19..."), Pirandello, Brancati[176] e Sciascia ("Fascinada pela graça de Giovanni, jovem de 28 anos, catolicamente e piamente educado, Renata, 8 anos mais nova que ele e criada segundo princípios e regras liberais, se apaixonou por ele...", "Portanto ela contraiu matrimônio para satisfazer a própria libido, e nem poderia fazer diferentemente, já que ele, ao menos do ponto de vista formal, era católico e praticante").

Confesso que li este livro como romancista, ou talvez como cineasta. A casuística é tão impressionante, que não se pode considerar coisa corriqueira. Fiquei, ao contrário, escandalizado (em uma leitura essencialmente profissional) com a Igreja que se revela nesse livro. Pela primeira vez, ela se revela, também formal e totalmente, dissociada do ensinamento do Evangelho. Não digo uma página, mas nem mesmo uma linha, uma palavra, em todo o livro, lembra, sequer por uma citação retórica ou edificante, o Evangelho. Cristo é letra morta. Deus é

[176] Vitaliano Brancati (1907-1954), escritor italiano. (N. da T.)

nomeado, é verdade, mas só através de uma fórmula ("tendo diante dos olhos somente Deus, invocado o nome de Cristo"), não muito mais, mas sempre com inerte solenidade litúrgica, que não distingue em nada estas "sentenças" de um texto sacerdotal faraônico ou de um papiro corânico. A referência é simplesmente autoritária e, precisamente, nominal. Deus nunca faz parte dos raciocínios que levam os "Auditores" a anular ou a confirmar um matrimônio, e portanto do julgamento pronunciado a respeito do homem ou da mulher que pedem o "divórcio" e da multidão de testemunhas e parentes que completam a vida social e familiar deles. O que os juízes têm em mãos é o código, simplesmente. Isto pode ser justificado pelo fato de o código ser específico e especializado. Mas, no entanto, o código não é jamais lido e aplicado cristãmente: o que nele conta são suas normas, e se trata de normas puramente práticas, que traduzem em termos de sentido único conceitos irredutíveis como, por exemplo, "sacramento".

A platitude lógica que disso deriva é digna dos piores tribunais bourbônicos (se se retira dos foros meridionais a paixão efervescente e o amor pelo direito, ainda que apenas formal). No espantoso apagamento eclesiástico, é bem mais tetricamente ausente qualquer tipo de "calor humano" do que no bourbônico. Os homens, aos olhos dos juízes da Sagrada Rota Romana, surgem completamente destituídos não apenas de qualquer inclinação para o bem, mas — o que é pior — de qualquer vitalidade ao realizar o mal (ou o não bem). Sendo, desde sempre, conhecidos em suas fraquezas, eles não apresentam mais novidade. O desesperado desejo de obter da vida aquele pouco que conseguem — talvez através de mentiras, hipocrisias, cálculos, reservas mentais etc. (a completa lista das ferramentas que, feitas as contas, torna os homens irmãos) — aos olhos dos juízes da Sagrada Rota Romana não parece matéria nem de meditação, nem de comoção, nem de indignação. Os únicos traços de indignação em todas essas sentenças são de caráter ideológico, isto é, têm como alvo a cultura laica e liberal, e, naturalmente, e pior ainda, a cultura socialista. São pronunciadas palavras de condenação contra o fascismo, mas se trata da condenação objetiva que é indiferentemente pronunciada contra todas as fraquezas humanas e os pecados. Fascismo e fraquezas humanas fazem parte, indistintamente, de uma realidade, baseada em poderes instituídos, que é a única que a Igreja parece reconhecer. Por outro lado, esses juízes jamais se permitem impulsos de simpatia ou de aprovação. Os únicos casos, nesse mesmo sentido, são puramente formais. São, por exemplo, vistas com simpatia e aprovadas as pessoas que, socialmente, são consideradas "católicas e observantes". Sobre este ponto os juízes da Sagrada Rota Romana não vacilam: estão dispostos a qualquer dissociação e a qualquer contradição, eliminando toda possibilidade de casuística jesuíta (que parece ser o seu modelo lógico primeiro). Por exemplo, uma garota frígida por conta de uma contração vaginal de caráter histérico. Isso os juízes sabem e até levam em conta! Mas sequer sonham, nem mesmo por um momento, em relacionar essa monstruosa forma de histeria com a educação rigidamente católica que foi ministrada à garota em um colégio de freiras — freiras estas que receberam palavras indiscutivelmente elogiosas. Por outro lado, numa causa de anulação de matrimônio devida à impotência, desta vez do marido, os juízes não poupam àquele desgraçado nenhuma das mais atrozes condenações com as quais se rotula, lincha-se um impotente, quando tal impotência é devida à homossexualidade. Eles parecem simplesmente prontos a entregá-lo às mãos de um carrasco para que o tranque em um *lager*, esperando eliminá-lo em algum forno crematório ou em alguma câmara de gás.

Não foi aprofundado, pela parte deles, se por acaso ele também teria estudado num colégio de padres (com consequente repressão sexual), não se perguntou se por acaso sua tentativa de matrimônio tinha o objetivo de mendigar títulos de honorabilidade ou de normalidade junto à vizinhança, ou fosse até mesmo a busca atormentada por uma situação materna.

Nem mesmo foi perguntado, por outro lado, se ele se casara por interesse, por miserável cálculo (protegendo-se e fazendo-se sustentar, coitado). Não. A única coisa que interessou aos juízes foi o puro e simples dado da sua indignidade social: a maldição que o quer fora daquela realidade em que fraquezas humanas, pecados e fascismo encontram uma possibilidade objetiva de existir.

Mas o que mais impressiona (escandaliza), ao ler essas sagradas sentenças, é a degeneração da Caridade. Eu me perguntei como é que os redatores desses textos se referem sinceramente, ou ao menos com certa paixão, a Deus e suas razões: Fé e Esperança se fazem presentes só enquanto alicerce de regras, alicerces estes aos quais não se remonta jamais, submetendo às autoridades — isto é, São Tomás de Aquino ou algum luminar do direito canônico por nós desconhecido — a responsabilidade normativa do fato. Quanto à relação entre Fé e Caridade e os códigos daí nascidos — neste caso específico, os códigos que regulam as anulações do matrimônio, e que definem portanto o matrimônio —, os juízes não entram *jamais* no mérito. É verdade que o plano puramente prático sobre o qual operam poderia consentir-lhes uma justificativa em relação a isso. Mas, nesse plano prático, se podem ignorar Fé e Esperança, não podem, porém, ignorar a Caridade.

E aí está o horror. A Caridade, que é o mais alto dos sentimentos evangélicos, e o único autônomo — pode existir Caridade sem Fé, mas sem Caridade, Fé e Esperança podem ser também monstruosas —, é degradada a mera medida pragmática, de um indiferentismo e cinismo absolutamente escandalosos. A Caridade parece só servir para revelar os homens na sua mais sórdida e atroz nudez de criatura: sem perdoar-lhes e sem compreendê-los, depois de tê-los revelado de modo tão cruel. O pessimismo em relação ao homem terreno é totalizante demais para consentir o ímpeto do perdão e da compreensão. Ele lança uma luz cinzenta sobre tudo. E não vejo nada de menos religioso, ou melhor, de mais repugnante, do que isso.

(*Tempo*, 1º de março de 1974)

A prisão e a fraternidade do amor homossexual[177]

O pretexto desta minha intervenção é um artigo publicado num jornal[178] que pertence à mesma ideologia, instituída como de oposição, à qual eu também pertenço; e é provavelmente de autoria de um colaborador totalmente inocente, que não percebeu a enormidade do que estava dizendo, e que, portanto, não tenho vontade de agredir numa polêmica direta.

O tema desse artigo é o "sexo nas prisões italianas", tema sugerido ao autor por um episódio recente. Um rapaz de Milão, de quinze anos de idade, foi apanhado cometendo um pequeno furto e, ao invés de ser levado para uma prisão de menores, por falta de lugar foi colocado em San Vittore.[179] Na cela em que foi detido havia dois presos (velhos, segundo alguns jornais; também menores de idade, ou pelo menos muito jovens, segundo outros) que tentaram abusar do menino. Ele se rebelou e teve que sofrer a reação violenta dos outros. Todos sabem muito bem que "não existe intenção do carrasco que não seja sugerida pelo olhar da vítima" (e que Maria Goretti, por exemplo, é res-

---

[177] Publicado em *Il Mondo*, em 11/4/1974, com o título "La carne in prigione" [A carne na prisão]. No jornal, acompanha o artigo uma nota assinada por E.S. (Enzo Siciliano), intitulada "Carnefici a scelta" [Carrascos por escolha]. Nela, Siciliano declara concordar com Pasolini "no destaque dado à má consciência que se esconde na própria denúncia [isto é, a denúncia das violências na prisão], resíduo de preconceitos e de arcaicos conceitos sobre a vida de eros, de modo que a homossexualidade é sempre um mal". (N. da E.)

[178] O artigo "sobre sexo nas prisões" que Pasolini toma como pretexto é de Giulio Salierno. Em carta a *Il Mondo* de 2 de maio, Salerno afirma que "os dados estatísticos" não foram elaborados por ele mas "por Bonino e De Deo". (N. da E.)

[179] Presídio milanês. (N. da T.)

ponsável pelo próprio martírio tanto quanto seu martirizador). Isso não impede que o episódio da cela de San Vittore seja brutal, ofensivo e odioso, como tudo o que reduz um "homem" ao estado de "coisa". Teria sido por certo o mesmo (segundo uma gradação irrelevante no que concerne ao essencial) se, ao invés de um rapaz, se tratasse de uma moça, ou de uma mulher ou um homem adulto: o que de fato e em essência ocorreu foi um exercício esquizoide do poder (no caso específico, do poder arcaico e individual da força física) que dissocia o outro de si mesmo e o destitui daquele mínimo essencial de liberdade que é a liberdade do corpo.

Existem leis que punem um episódio desse gênero, e o Código Penal Italiano — neste caso com uma sabedoria surpreendente e, talvez, a despeito do meu amigo De Marsico — não faz distinção de sexo. Espero que, quando os progressistas italianos falarem de reforma do código, não queiram se pronunciar de maneira reacionária também a esse respeito. Seriam capazes disso, pelo menos a julgar pelo artigo ao qual me referi (que não é, com certeza, episódico, muito pelo contrário).

O que eu gostaria de dizer a esse propósito é o seguinte.

O mundo intelectual italiano "progressista", tendo enterrado 68 com alívio, dele conservou algumas características que lhe eram, evidentemente, congeniais. Uma delas é a urgência intimidativa, a ansiedade neurótica do imediatismo das reformas. A origem cultural de tal urgência é nobre: o *Paradise Now* da Nova Esquerda americana pré-contestatória (isto é, um universo cultural tipicamente "reformista").[180] Entretanto, o verbalismo e o terrorismo através dos quais tal urgência hoje normalmente se exprime (e é também o caso do artigo em questão) têm uma origem menos nobre: nascem diretamente das tendências culturais da pequena burguesia italiana, eternamente obcecada e instigada pela própria "consciência infeliz". "Consciência infeliz" que a torna frenética, pronta a tudo — massa flutuante sujeita ao primeiro que aparecer pregando a preeminência da ação sobre o pensamento (por sua vez improvisado num plano por definição subcultural), onde as exigências da sociologia, não marxista mas da moda, e os

[180] *Paradise Now* é o nome de um famoso espetáculo do Living Theatre de 1968. (N. da E.)

resíduos e horríveis lugares-comuns do humanismo indiferentista e do catolicismo são aplicados à força à ideologia marxista. O intelectual italiano médio, com uma insistência cega que gratifica a ele próprio e chantageia os outros, não deixa escapar uma ocasião para se lançar nobremente em defesa de uma série de causas já reconhecidas como justas por toda a *intelligentsia*: não importa se até ontem eram por ele mesmo rejeitadas, ignoradas, consideradas utópicas e impopulares. Uma dessas causas é a reforma das prisões. Movido por uma espécie de *raptus*, o intelectual italiano médio, sabendo que não está total e indiscutivelmente do lado da razão, mal encontra uma oportunidade, não deixa de exprimir em vibrantes intervenções sua indignação (repito, para ele gratificante) a propósito das condições carcerárias e, em geral, sua pretensão intransigente por reformas imediatas. Também eu concordo (fiz até um filme a esse respeito em 1962[181]) que tais reformas devem ser feitas, e "imediatamente". Mas sei também que isso que penso e exprimo hoje se insere no âmbito de um programa geral de tolerância decidida pelo poder; o qual, neste caso, necessita do meu pensamento autônomo, da minha ideologia marxista e da minha paixão radical para efetuar aquelas reformas que considera atualmente necessárias (e para as quais não pode encontrar "ideólogos" entre seus homens tradicionais).

É essa tolerância do poder — em cujo âmbito os homens da oposição podem se comportar com tão nobre e exaltada agressividade — que deve ser analisada e desmascarada. É ela, em última instância, a razão de toda uma série de equívocos e de erros de visão (moral, ideológica, política). Por exemplo: todos os presos são "bons", são "dos nossos". Sua luta pelas reformas deve ser defendida não só indiscriminadamente (e até aí tudo bem), mas também terroristicamente. Daí nascem contradições ridículas. No nosso caso, por exemplo, os presos que tentaram violentar um rapaz são "maus", mas "radicalmente

[181] O filme de Pasolini sobre a necessidade de reforma da instituição prisional é *Mamma Roma*, cuja cena final, com o protagonista Ettore morrendo numa cela e amarrado a uma cama, remete a um fato ocorrido em 1959 que tocou muito Pasolini (cf. "Mi ribello alla morte di Elisei" [Eu protesto contra a morte de Elisei], em Pasolini, *Saggi sulla...*, *op. cit.*, p. 734). (N. da E.)

maus" — "maus" segundo a moral mais retrógrada do velho poder. Como podem, então, ser ao mesmo tempo nossos bons irmãos, cujas lutas por reformas suscitam não só nossa solidariedade ideológica, mas também nossa simpatia humana? Aqui era o caso — para um intelectual — de enfrentar a contradição e não de apresentar como "maus", dignos de serem linchados, aqueles desgraçados (como diria Manzoni) que não acharam outra solução para o seu pobre desejo de fazer amor do que exercer uma violência abjeta sobre o mais fraco. Outro exemplo: a tolerância do poder no campo sexual é unívoca (e, portanto, em essência, mais do que nunca repressiva); ela concede muito mais direitos do que antigamente ao casal heterossexual, mesmo fora da convenção do casamento, só que esse "casal" é, antes de mais nada, apresentado como um modelo obsessivamente obrigatório, exatamente como, por exemplo, o par consumidor-automóvel.

Não ter um automóvel e não fazer parte de um casal, quando todos "devem" ter um carro e "devem" formar um casal (monstro bifronte consumista), só pode ser considerado uma grande desgraça, uma frustração intolerável. Assim, o amor heterossexual — de tal modo consentido que passa a ser coação — tornou-se uma espécie de "erotomania social". Ademais, tamanha liberdade sexual não foi desejada nem conquistada pelas bases, mas justamente concedida pelas cúpulas (através de uma falsa concessão do poder consumista e hedonista às velhas instâncias ideais das elites progressistas). Enfim, "tudo isso diz respeito somente à maioria". As minorias — mais ou menos definíveis — estão excluídas da grande, neurótica comilança. Aqueles que são ainda classicamente "pobres", muitas categorias de mulheres, os feios, os doentes e, voltando ao nosso assunto, os homossexuais, estão excluídos do exercício da liberdade de uma maioria que, embora tire proveito de uma tolerância ilusória, nunca foi, na realidade, tão intolerante.

O autor que enfrentou no seu artigo o problema do sexo nas prisões, fazendo-se porta-voz dessa maioria, se comportou como um perfeito racista. O homossexual e a homossexualidade são vistos como formas do "Mal", mas de um "Mal" recalcado e transferido para um lugar onde é "Outro"; ou seja, onde se torna monstruoso, demoníaco, degradante. A questão nem se discute: uma relação homossexual é vista como uma ameaça apocalíptica, uma condenação definitiva que muda radicalmente a natureza do condenado. A velha sexofobia católica se mistura ao novo desprezo laico pelos que não sabem apreciar os benefícios do casal heterossexual, enquanto maravilhosa liberdade usufruída nada mais, nada menos que pela enorme maioria. Diante da ideia de que nas prisões se têm (o que é perfeitamente natural) relações homossexuais, o intelectual médio progressista fica "pasmo": sente que está diante do intolerável e se comporta com a trágica calma de quem está profundamente abalado, mas não pode, assim como todos os outros, deixar de enfrentar o problema com gravidade. Folheia consternado as estatísticas: "Vinte e dois por cento dos homossexuais chegam à prisão com sua anomalia, enquanto setenta e oito por cento a adquirem nela!", "Quarenta e sete por cento dos presos admitiam [...] ter tido relações homossexuais com outros prisioneiros!". Empalidece diante do relatório de Salierno (que a propósito revela, por certo inconscientemente, sua origem cultural fascista). Propõe reformas imediatas (claro), como, por exemplo, uma forma de "fornicação legalizada" segundo o modelo, ao fim e ao cabo, das antigas casas de tolerância. Mas o resultado da sua intervenção, na prática (e independentemente da sua vontade, espero), é um só: o de funcionar como espião "público" do comportamento sexual dos presidiários para os guardas da prisão, levando-os portanto a aumentar a vigilância e a repressão. E além disso constrange os pobres presos à abstinência monástica ou ao exercício da masturbação. Tudo isso é cômico, mas também trágico. É trágico, de fato, que um intelectual que se considera avançado, culto, humano, não entenda que a única solução para o problema que se tinha colocado era, antes de mais nada, desdramatizá-lo.

É trágico que ele não entenda — de modo tão convencional e brutalmente conformista — que uma relação homossexual não é o Mal, ou melhor, não há nada de mal numa relação homossexual. É uma relação como qualquer outra.

Onde está, então, já não digo a tolerância, mas a inteligência e a cultura, se não se entende isso? Essa relação não deixa marcas indeléveis, nem manchas contagiosas, nem deformações racistas. Deixa um homem perfeitamente igual ao que era antes. E talvez até o ajude a exprimir totalmente sua "natural" potencialidade sexual, já que não existe homem que não seja *também* homossexual; e é simplesmente isso o que demonstra a homossexualidade nas prisões.

Trata-se, em suma, de uma das tantas formas de liberação cuja análise e aceitação fazem em geral o orgulho do intelectual moderno. Quem exprimiu — mesmo numa situação de emergência — a própria homossexualidade (amparado por uma coragem certamente mais popular do que burguesa — e daí a conotação classista do ódio contra a homossexualidade) não será nunca mais, ao menos nesse campo, racista e perseguidor. Na sua experiência humana existirá um elemento de tolerância "real" a mais, que não existia antes. E, no melhor dos casos, terá enriquecido o seu conhecimento das pessoas do seu próprio sexo, com quem suas relações só podem, fatal e naturalmente, ser de caráter homoerótico, tanto no ódio como na fraternidade.

(*Il Mondo*, 1º de março de 1974)

M. Daniel e A. Baudry: *Os homossexuais*[182]

Dois especialistas franceses escreveram um livro pedagógico sobre os homossexuais, destinado (utopicamente, é claro) a substituir nas bancas de jornal as obras análogas de caráter erótico, escandaloso, comercial etc. É um livro que se pretende honesto, claro, exaustivo, democrático, moderado. E o é efetivamente. Contrariamente aos meus hábitos de crítico (mas aqui é claro que não me coloco como crítico literário), começarei por alinhar uma série de citações particularmente eficazes para introduzir o leitor num assunto que é sempre "tabu", como sustentam justamente Daniel e Baudry, os autores do "livrinho".

1. "É preciso, portanto, a qualquer custo, *quebrar* o tabu. Todos sem dúvida hão de convir que não estamos mais na época em que os problemas dolorosos ou delicados podiam ser silenciados ou abafados... assuntos que por muito tempo foram considerados proibidos, como os anticoncepcionais, o aborto, as relações sexuais entre adolescentes, hoje são objeto de transmissões de rádio e televisão, de inquéritos jornalísticos. Seria exagero dizer que o mesmo ocorre — pelo menos na França — com a homossexualidade."

2. "Na origem de tudo isso talvez esteja uma curta frase de São Paulo, na Epístola aos Efésios: 'Que estas coisas nem sequer se nomeiem entre vós'."

---

[182] Publicado no *Tempo*, ano XXXVI, nº 17, 26/4/1974, com o título "Discorso attorno ai tabù che bisogna a tutti i costi sbloccare" [Discurso sobre os tabus que é preciso enfrentar a qualquer custo]. Resenha de M. Daniel e A. Baudry, *Gli omosessuali*, Florença, Vallecchi, 1974. Há referência a este artigo na resenha escrita por Pasolini às *Poesie nascoste* [Poesias escondidas] de Kaváfis no *Tempo*, ano XXXVI, nº 18, maio de 1974 (republicada no livro *Descrizioni di descrizioni*). (N. da E.)

3. "Mesmo os órgãos da imprensa conhecidos por seu liberalismo e inteligência mantêm sobre este ponto atitudes surpreendentes e conformistas."

4. "Em outras sociedades que até já se livraram do cristianismo, a velha condenação religiosa, muito profundamente enraizada para desaparecer, tomou a forma de um falso racionalismo e conserva todo o seu vigor: a URSS e Cuba têm leis severas contra os homossexuais, em nome da *defesa do povo* contra os vícios do capitalismo decadente."

5. "É significativo a esse propósito que Hitler tenha mandado para os campos de concentração três grupos de minorias, com o mesmo pretexto de *salvaguarda da defesa da raça*: os judeus, os ciganos e os homossexuais (os homossexuais, diferenciados por um triângulo rosa, eram submetidos a tratamentos particularmente abomináveis. São entretanto os únicos que, depois da guerra, nunca tiveram direito a uma indenização)." Inclusive — podemos acrescentar — são os únicos para quem as coisas continuaram essencialmente como antes, sem o menor sinal de qualquer forma de ressarcimento.

6. "Estatisticamente falando, é portanto provável que, de cada quinze pessoas frequentadas pelo nosso leitor, pelo menos uma seja homossexual. É uma constatação sobre a qual vale a pena refletir."

7. "(...) não existem exemplos de rapazes que, tendo sido vítimas de violências sexuais, tenham se tornado homossexuais por causa de tais violências. Supor uma coisa dessas, mesmo por um só instante, é um absurdo evidente. Ao contrário, tamanho será o trauma, que o afastará para sempre da homossexualidade. A menos que a violência tenha sido só uma pretensa violência, e que o rapaz tenha, conscientemente ou não, procurado aquilo que lhe aconteceu."

8. "Nada permite... afirmar, e nem mesmo suspeitar, que exista a mínima relação de causa e efeito entre homossexuais e neurose: a ligação, se existir, se deve ao fato de a condenação social da homossexualidade ser neurotizante."

9. "Os juízes dão frequentemente provas de uma surpreendente indulgência em relação aos rapazes acusados de terem violentado, ferido, às vezes até matado um homossexual; como se no fundo pensassem: 'bem feito para ele'. Ao mesmo tempo, é frequente que um ho-

mossexual, acusado de um delito qualquer, se veja condenado pela simples razão de ser, enquanto homossexual, culpado por definição."

10. "É preciso levar em conta uma reação inconsciente, bem conhecida dos psicólogos: muitos dos que insultam os homossexuais são movidos somente pela recusa em admitir a própria homossexualidade recalcada. Jean-Paul Sartre se exprimiu com veemência sobre este ponto: 'quanto àqueles que condenam com mais severidade Genet, tenho certeza de que a homossexualidade é para eles uma tentação constante e constantemente renegada, o objeto do seu ódio mais profundo: sentem-se felizes em detestá-la no outro porque assim têm a possibilidade de desviar os olhos de si mesmos'."

11. "'O expediente da homossexualidade ou da droga [note-se a aproximação significativa] nunca tem nada a ver com o movimento operário' declarou Pierre Juquin, membro do comitê central do PCF (*Nouvel Observateur*, 5/5/1972)."

12. "(...) a felicidade da décima quinta parte da humanidade não é um abscesso que podemos ignorar com o coração tranquilo."

Eis uma dúzia de citações ligadas ao senso comum, ao mínimo e ao óbvio que se possa dizer sobre o assunto. O "livrinho" de Daniel e Baudry não se reduz a isso. É uma obra de divulgação, mas de caráter científico e, portanto, complexo.

Tenho, contudo, uma série de observações a fazer (que o leitor só poderá compreender depois de ter lido o texto do qual me ocupo — e que aliás recomendo calorosamente).

O primeiro ponto diz respeito a Freud. É notório que só a psicanálise é capaz de explicar o que seja a homossexualidade. Daniel e Baudry também sabem disso; entretanto, por um lado, baseando-se "ultrajantemente" no bom senso, declaram-se insatisfeitos com as explicações freudianas. Por outro, apontam Freud como o principal culpado pela instituição da homossexualidade como "anormalidade" em relação a uma "normalidade" — a da sociedade burguesa — que Freud aceita passivamente e talvez até covardemente. Isso não me parece justo. Quando Freud diz "normalidade" (que é sempre uma saída formal e esquemática) se refere fundamentalmente à "normalidade" como *ordo naturae* que não tem solução de continuidade na história nem nas várias sociedades. Mesmo nas sociedades favoráveis à homossexualidade, a "normalidade" era a "média", isto é, o comportamento sexual da maioria. "Anormalidade" é uma palavra como outra qualquer, quando usada num sentido racional (e não positivo ou negativo).

Esse "resto" de respeito pelas ideias do "mundo normal" que perdura nos dois autores — os quais, embora se mantenham moderados, aceitam em substância a posição "revolucionária" do FHAR (Front Homossexuel d'Action Révolutionnaire) — é demonstrado também por outro fato: eles condenam, quase adulando a indignação da maioria, a irresponsabilidade do "pederasta libertino", que exerce seu interesse erótico sobre os "efebos", adolescentes no limiar da juventude. A acusação é a de sempre: a de fazer com que um adolescente incerto (bissexual: o nº 3 da escala Kinsey) penda para a homossexualidade. Mas isso contradiz *tudo* o que os autores disseram. Quer dizer: se é de fato um bissexual, continuará de todo modo sendo bissexual; se, por mera hipótese, vier a dar certa preferência à homossexualidade, *isso não seria um mal.*

Além disso, a libertinagem não exclui de fato a vocação pedagógica. Sócrates *era* libertino: de Lísis a Fedro, foram inúmeros os seus amores por jovens rapazes. Aliás, quem ama rapazes não pode deixar de amar *todos* os rapazes (é esta, justamente, a razão da sua vocação pedagógica).

Mas, à parte isto, induzir um rapaz (até então inocente: o que não passa de uma hipótese divertida) a uma relação homossexual não significa desviá-lo da heterossexualidade. Existe um momento "autônomo" da vida sexual que é o autoerotismo, não só psicológico, mas também físico. Um rapaz sozinho numa ilha deserta não deixará de ter uma vida sexual. Quanto à definição do limite de idade do "menor", Daniel e Baudry se batem corajosamente: uma emenda ao código francês feita durante o período fascista de Vichy fixa o limite da menoridade em vinte e um anos. Uma coisa absolutamente louca. Na Itália, onde vigora (neste ponto, milagrosamente) o código de Napoleão, o limite da menoridade é dezesseis anos (e não dezoito, como afirmam Daniel e Baudry). Este "dado" me leva a uma outra consideração (polêmica em relação a este livrinho, que o bom senso deveria me aconselhar a recomendar sem polêmicas).

Trata-se do seguinte: Daniel e Baudry tentam inserir — acreditando sinceramente na justeza da ideia e na eficácia de seus efeitos — o problema da homossexualidade no contexto da tolerância nascente (na prática, já consagrada existencialmente, embora as leis estejam, como sempre, atrasadas): tolerância que diz respeito às relações heterossexuais (anticoncepcionais, aborto, relações extraconjugais, divórcio — no que concerne à Itália —, relações sexuais entre adolescentes). E depois ligam tudo isso ao problema (político) das minorias.

Eu não acredito que a atual forma de tolerância seja real. Ela foi decidida "de cima": é a tolerância do poder consumista, que necessita de uma absoluta elasticidade formal nas "existências" para que os indivíduos se tornem bons consumidores. Uma sociedade sem preconceitos, livre, onde os casais e as exigências sexuais (heterossexuais) se multiplicam, é *consequentemente* ávida de bens de consumo. Para uma mentalidade liberal francesa é decerto mais difícil entender e reconhecer esse fato do que para um progressista italiano, que emerge do fascismo e de um tipo de sociedade agrícola e paleoindustrial, e que se acha portanto "indefeso" em face desse fenômeno monstruoso. Formar um casal é *doravante* para um jovem não mais uma liberdade, mas uma obrigação, por medo de não estar à altura das liberdades que lhe são concedidas. Assim sendo, não pode mais haver limites de idade. Os códigos que estabelecem limites de idade são ridicularizados (e valem, portanto, *somente* para as relações homossexuais). Não se iludam os bem-pensantes e os pais românticos (tão apavorados com a ideia de serem repressivos): entre dois adolescentes de sexos diferentes, mesmo muito jovens, até impúberes, a relação erótica é atualmente a mesma que entre dois adultos.

Com isto quero dizer que Daniel e Baudry se enganam ao esperar que a tolerância inclua também a homossexualidade entre seus objetivos. Isso ocorreria caso se tratasse de tolerância real, conquistada pelas bases. Trata-se, entretanto, de uma tolerância que certamente prenuncia um período de intolerância e de racismo ainda piores (embora talvez menos horripilantes) que nos tempos de Hitler. Por quê? Porque a tolerância *real* (falsamente assimilada e proposta pelo próprio poder) é privilégio social das elites cultas; ao passo que a massa "popular" goza hoje de um terrível espectro de tolerância que a torna, na verdade, de uma intolerância e de um fanatismo quase neurótico (antigamente característico da pequena burguesia).

Assim, por exemplo, este livrinho de Daniel e Baudry só pode ser fruído e entendido pelas elites cultas, e portanto tolerantes: só elas são talvez capazes de se libertar do "tabu" contra a homossexualidade, dado que ainda são afetadas por ele. As massas, ao contrário, estão destinadas a acentuar ainda mais a sua fobia bíblica, se já a possuíam; se, ao contrário, não a possuíam (como em Roma, na Itália meridional, na Sicília, nos países árabes), estão prontas a "abjurar" a sua tolerância popular e tradicional, para adotar a intolerância das massas formalmente evoluídas dos países burgueses gratificados pela tolerância.

Neste ponto o discurso se torna político. O livrinho de Daniel e Baudry até dedica algumas páginas ao "momento político" da questão. Mas a análise é dominada por uma forma de anticomunismo que, se a propósito da homossexualidade é perfeitamente justificado, não deixa todavia de ser igualmente suspeito, porque faz parte da ânsia de moderação e de integração que domina, até pateticamente, o manual inteiro. Mas a carência analítica de Daniel e Baudry no que concerne à relação entre homossexualidade e política não deriva tanto de uma discutível ideologia política quanto de uma discutível ideologia acerca da homossexualidade. Com efeito, do livro de Daniel e Baudry resulta, ao menos implicitamente, que um homossexual ama ou faz amor com outro homossexual. Mas não é bem assim que as coisas se passam. Um homossexual em geral (na enorme maioria dos casos, pelo menos nos países mediterrâneos) ama e quer fazer amor com um heterossexual disposto a ter uma experiência homossexual, mas cuja heterossexualidade não seja minimamente posta em questão. Ele deve ser "macho". (Daí a ausência de hostilidade em relação ao heterossexual que aceita a relação sexual como simples desafogo ou por interesse: o que garante de fato a sua heterossexualidade.) Como único dado político importante, Daniel e Baudry apontam para o fato de que não só os ricos e os burgueses são homossexuais, mas também os operários e os pobres. A homossexualidade garantiria então uma espécie de ecumenismo interclassista. Isto não deixa de ter sua importância, porque, do ponto de vista classista, faz da homossexualidade um problema universal e, por isso, inevitável. O marxista que o descarta ou nega (ainda por cima com desprezo) não é menos perigoso do que aquele fascista que no Parlamento francês queria que a homossexualidade fosse definida como uma "calamidade social". Mas não é este o ponto importante. O "momento político" da homossexualidade deve ser procurado em outro lugar, na margem, e até na margem extrema, da vida pública. Vou tomar como exemplo o amor entre Maurice e Alec, no estupendo romance de Foster de 1914, e o amor entre o operário e o jovem estudante num igualmente estupendo (mas inédito) conto de Saba.[183]

No primeiro caso, Maurice, um homem da alta burguesia inglesa, vive no seu amor pelo "corpo" de Alec, que é um criado, uma experiência excepcional: o "conhecimento" da outra classe social. O mesmo também se dá, mas em sentido inverso, com o operário em relação ao estudante triestino. A consciência de classe não é suficiente se não for integrada pelo "conhecimento" de classe (como eu já dizia num antigo poema). Entretanto, além dessa troca de "conhecimento de classe", prática mas também enigmática, que me parece — e talvez só a mim — tão altamente significativa, oporei ao interclassismo (que chamei de ecumênico) de Daniel e Baudry a seguinte frase de Lênin (posterior a 1917) a respeito dos judeus: "A maioria dos judeus são operários, trabalhadores. São nossos irmãos, oprimidos como nós pelo capital, são nossos camaradas... Os judeus ricos, tal como os nossos ricos... oprimem, espoliam os operários e semeiam a discórdia entre eles". Se realmente se quer inserir os homossexuais na "normalidade", não saberia indicar um modo melhor do que este de Lênin a propósito dos judeus, que não cai evidentemente numa falsa perspectiva de convivência tolerante. Além disso, Daniel e Baudry parecem ter se esquecido justamente da mais alta resposta ideológica de um homossexual ao *pogrom* servil e feroz dos assim chamados "normais": o suicídio do personagem homossexual do *Livro branco* de Cocteau, que deu fim à própria vida por ter compreendido que era intolerável, para um homem, ser *tolerado*.

(*Tempo*, 26 de abril de 1974)

---

[183] O romance de E. M. Foster é *Maurice*, resenhado por Pasolini em 26/11/1972 (republicado no livro *Descrizioni di descrizioni*); o conto inédito de Umberto Saba é "Ernesto". (N. da E.)

Francesco De Gaetano: *Aventuras de guerra e de paz*[184]

Nos últimos meses, tive amargas experiências a propósito das relações entre "cultura" burguesa e "cultura" popular. Pude comprovar que os intelectuais italianos jamais se colocaram o problema da "cultura" popular, e nem mesmo sabem do que se trata. Acreditam que o povo não tem cultura porque não tem cultura burguesa; ou então, que a cultura deles seja aquela larva de cultura burguesa que podem aprender na escola, na caserna ou, de qualquer modo, nas relações burocráticas com a classe dominante. Que o povo, portanto, viva numa espécie de sonho pré-cultural, isto é, pré-moral e pré-ideológico. Onde moral e ideologia são vistas como apanágio exclusivo da classe burguesa (ou melhor, dos próprios intelectuais, escritores, cientistas ou políticos).

Através de uma noção de "cultura" extremamente classista, para não dizer aristocrática, o povo, portanto, é considerado como uma espécie de reserva, a cujos pertencentes a assim chamada democracia parlamentar consente a possibilidade de contribuir para a "cultura" do País somente sob a condição de que sejam capazes de obter uma "promoção" social, isto é, de aceitar e fazer sua a "cultura" da classe dominante.

Falo em termos muito elementares porque devo ser didático. Não por presunção. Mas para evitar novos equívocos. Por causa da minha vida pessoal, da escolha que fiz sobre o modo de transcorrer os meus dias e de empregar minha vitalidade e meus afetos, desde menino, traí

---

[184] Publicado no *Tempo*, ano XXXVI, nº 28, 12/7/1974, com o título "In attesa che il potere ci acculturi tutti" [À espera de que o poder nos aculture a todos]. Resenha a F. De Gaetano, *Avvendure di guerra e di pace*, Milão, Edizioni del Formichiere, 1974. (N. da E.)

o modo de vida burguês (ao qual era predestinado). Transgredi toda norma e limite. O que me proporcionou a experiência — uma experiência concreta, real e dramática — do universo que se expande sem limites, por sob o nível da cultura burguesa. O universo camponês (do qual faz parte o subproletariado urbano) e também o operário (no sentido de que também um operário pertence, em espírito e corpo, à cultura popular). Acrescentei à minha experiência existencial também interesses específicos. Isto é, linguísticos, por exemplo. Mas também etnológicos e antropológicos. Não tenho sobre isso informação científica, mas um conhecimento derivado de profundo interesse. É tudo isso que me faz estarrecer diante da total ignorância da maior parte dos intelectuais italianos — e não somente dos mais miseráveis, como Barbato[185] — sobre estes problemas.

Em geral, o "povo" é percebido psicologicamente e miticamente: como uma alteridade quotidiana, de tal modo ontológica que não merece ser aprofundada.

Os nexos entre dialeto e cultura popular não são buscados; ignora-se a sedimentação dos códigos de comportamento devidos a civilizações precedentes; considera-se puramente teórica e "remota" a contribuição de cultos anteriores a um catolicismo que sempre foi religião de classe etc. etc. Aquele algo, então, de "corporalmente diverso" que define uma pessoa do povo é completamente removido, ou aceito em nível cômico.

Os artistas *naïfs* podem, em certo sentido, dar crédito a tais equívocos burgueses sobre a cultura popular, e ser uma confirmação da exata relação de superioridade, paternalista, com os que pertencem à classe popular.

Na realidade, o *naïf* realiza uma ingênua operação de submissão e, seja como for, de aceitação da cultura burguesa. Sua boa vontade e sua confiança o levam a uma forma de integração, imperfeita por causa da sua incapacidade de assimilar regras e técnicas de outra cultura (assimilação à qual se chega só depois de anos de estudo, isto é, através da transformação do próprio ser). O *naïf* não teve o tempo nem os

---

[185] Andrea Barbato (1934-1996), jornalista, escritor, roteirista e político italiano. (N. da T.)

meios para uma palingênese pequeno-burguesa. Ele permanece o homem do povo que é. Mas, a partir do momento em que segura um pincel nas mãos, ou uma caneta, ele renuncia à total inocência, e de orelhada apreende da classe dominante, com a qual está em contato desde que nasceu, um modo diverso de se exprimir. Disso só pode nascer o *pastiche*, isto é, a contaminação entre dois modos de ser e dois modos de falar. Mas, de modo geral, a obra de um *naïf* é um produto que se crê determinado pela graça, e daí seu efeito extasiante. Enquanto o *pastiche* não o é, por natureza (em alguns grandes escritores pode ser entusiasmante, mas jamais extasiante). Isso significa que o que prevalece na obra *naïf* é sua natureza popular, e que o *pastiche* está só na superfície. Existem de fato uma poesia e uma pintura populares (produtos, por sua vez, de contaminações ocorridas em épocas precedentes), e são seus esquemas que prevalecem até no mais aburguesado dos *naïfs*. Tomemos as *Avvendure di guerra e di pace* [Aventuras de guerra e de paz], de Francesco De Gaetano. São as memórias (muito sucintas: 66 páginas) de um camponês da província de Benevento, referentes sobretudo a sua participação em duas guerras burguesas, a de 1915-18 e a da Etiópia (em ambas ele acabou prisioneiro). Um brevíssimo apêndice nos informa sobre o último capítulo de sua vida (emigração para os Estados Unidos). Francesco De Gaetano é praticamente analfabeto (cursou até o segundo ano do fundamental), mas apesar disso, lá do fundo da província de Benevento, quando ainda era adolescente, foi tocado pela sereia do outro universo, daquele que ele sente como superior. Superior, mas estranho. Irremediavelmente estranho. De fato, logo que parte para a Grande Guerra — soldadinho cumprindo o serviço militar — seu entusiasmo e sua curiosidade de imediato desacreditam o velho mundo com a sua violência feroz e idiota. O olhar que o jovem De Gaetano pousa sobre as coisas provém de um tal distanciamento, e, justamente, de um tal estranhamento, que as empobrece e as ridiculariza, política e ideologicamente, tanto quanto, ao contrário, as valoriza fenomenologicamente. A guerra e a prisão, através deste olhar — que, como o dos verdadeiros poetas, vê tudo e escolhe o essencial —, aparecem como uma única e imensa palhaçada, mesmo porque De Gaetano tem muito sentimento, mas não é sentimental, e por isso a morte não o perturba muito.

O olhar que o jovem De Gaetano lança sobre as coisas, em sua grande aventura, é tanto mais poético quanto mais ele vive e se exprime num nível que chamar de prático seria pouco: trata-se de fato do nível do utilitarismo puro, posto a serviço da mais absoluta necessidade. Enquanto o mundo burguês vive o apocalipse, De Gaetano pensa única e exclusivamente em encontrar um pedaço de pão ou um trapo com que cobrir o corpo. Sem consciência da enormidade da desproporção dessacralizadora, ele "dá um jeito", cheio de boa vontade, quase de bom humor: que é o toque final da inconsciente anarquia blasfema de cada gesto seu. Eis como ele descreve o modo como esteve à beira da morte: "Me acomodaram na cama, me cobriram com algumas cobertas, me disseram *sloffi sloffi*, que significa dorme, e um deles foi embora e o outro ficou para me vigiar, para ver quando eu morria".

Na segunda expedição, a da Etiópia, De Gaetano foi mais "esperto". Não é mais um adolescente, é já um homem. Entendeu como funciona o mundo da classe dominante. Participa da expedição por cálculo. Tentará, de fato, montar um negócio em alguma província do Império. Não teme as contradições: voa por cima delas com o ímpeto de uma ave migratória. Respeita as autoridades (já adquiriu alguma prática sobre elas), mas sua estranheza a elas permanece substancialmente intacta. Aceita o fascismo (já que para ele é uma forma como qualquer outra de poder e, aos seus olhos, em nada se distingue do poder liberal), mas, justamente por ser para ele algo tão irreal, se comporta em relação a este com a mais completa dissociação, destituindo-o completamente de todo valor, anulando-o na própria consciência. Não se subtrai, porém, aos pactos de honra, e se comporta dignamente quando o exército fascista é derrotado. E, durante todos esses altos e baixos, o ardor com que vive não se aplaca nem por um só instante. Se algo o constrange ou prende, ele faz como o pássaro das canções populares: "Todas as manhãs eu procurava a porta de saída, como fazem os pássaros na gaiola...".

Agora De Gaetano está com setenta e três anos e vive aposentado na sua cidadezinha. Descreveu magnificamente sua condição nos três versos que servem de epígrafe ao livro: "Enquanto o homem se lança numa longa estrada/ antes de chegar, se perde/ e se acaba durante seu caminho". Ao viver e escrever, aceitou os esquemas de comportamento e os cânones retóricos intuídos de um mundo em um nível infinitamente mais alto, e está também convencido de tê-los aplicado: na verdade, inutilizou-os com um conteúdo perfeitamente "outro", isto é, pertencente a outra cultura. Aquela que hoje a aculturação do mais totalitário dos Poderes está destruindo. É inimaginável que os netos de vinte anos de Francesco De Gaetano, já "aculturados", e portanto verdadeiros servos do poder, possam ainda ser como ele.

(*Tempo*, 12 de julho de 1974)

Ferdinando Camon: *Literatura e classes subalternas*[186]

Em 1970, Ferdinando Camon publicou um romance intitulado *Il quinto stato*. Este "quinto estado" seria o subproletariado camponês, cuja condição foi vivida por Camon em uma zona "subdesenvolvida" do Vêneto católico. Seu romance, portanto, é, antes de mais nada, um romance sobre sua infância e sobre sua família. Mas é também um juízo formulado "nos níveis da mais avançada consciência política" sobre um mundo que permaneceu desproporcionalmente para trás.

Essa desproporção, entretanto, não desencoraja Camon. Tanto ideológica quanto esteticamente, sua operação é feita "sob a pressão do tempo". Ele paira sobre o objeto de seu romance não duvidando, nem por um instante, da extrema atualidade do problema que este constitui. Esteticamente, ele o agride "revivendo-o", isto é, representando-o através de um longo monólogo interior em que se dá a contaminação linguística entre o personagem que diz "eu" (um pequeno-burguês idealizado e que só até certo ponto coincide com o autor) e os personagens do livro que falam em dialeto. Nasce assim, no interior do livro, uma violenta tensão entre o "centro" avançado — falante de um péssimo italiano, tecnicizado e escolar — e a "periferia", falante de um inalterado idioma puramente oral, e antigo, se diria, como a terra. A primeira preocupação de Camon foi salvaguardar a estabilidade do seu *pastiche*, evitando o fenômeno da "rejeição" (como ele diz), por parte do italiano do centro, daquele pobre dialeto que per-

[186] Publicado no *Tempo*, ano XXXVI, nº 32, 9/8/1974, com o título "Pudore e furbizia nelle parole delle classi subalterne" [Pudor e malandragem nas palavras das classes subalternas]. Resenha a F. Camon, *Letteratura e classi subalterne* [Literatura e classes subalternas], Veneza, Marsilio, 1974. (N. da E.)

manece terrivelmente à margem: ruína e vergonha. Que se esclareça logo que, embora invertendo as razões — concebendo-as a partir da esquerda, e não da direita — Camon é o primeiro a considerar este mundo de seus pobres pais como "ruína e vergonha". *O quinto estado* é, de qualquer modo, um dos acontecimentos mais originais da narrativa dos últimos anos.

Camon — como o leitor já terá imaginado lendo este preâmbulo — é também crítico. Seu último livro como crítico, *Literatura e classes subalternas*, enfrenta justamente em termos ideológicos os temas que teve de enfrentar na prática, na escritura. É particularmente interessante nesse livro de Camon a segunda parte. Ou melhor, mais que interessante, diria excepcional. Por duas razões: uma subjetiva — no que diz respeito a Camon como "persona poética" —, e uma objetiva — isto é, a admissão como tema de um livro daquela consciência de uma "cultura popular" que é sistematicamente ausente no escritor italiano. Sobretudo no que diz respeito a seu caso particular, as páginas de *Literatura e classes subalternas* são talvez as mais belas já escritas por Ferdinando Camon.

O que aconteceu foi o seguinte: depois da leitura de *Il quinto stato*, um velho parente escreveu uma longa carta para Camon, um texto extraordinário. Trata-se de uma crítica intolerante e indignada mas, ao mesmo tempo, inenarravelmente gentil, sobre o romance do "filho pródigo" ou *enfant prodige*, o qual é considerado escandaloso e indigno porque emprega e manipula personagens e fatos verdadeiros, com inexatidão, tendenciosamente, sem pudor, por interesse moral, por esperteza. Em suma, um livro que lança descrédito e desonra sobre a família Camon e sobre sua pobre vila camponesa, rompendo os pactos, isto é, a *omertà*, o silêncio, o respeito humano. Tudo isso é dito num "estilo" frente ao qual o crítico é impotente seja para dar uma definição, seja para tentar descrições. Estamos diante da "civilização oral" da classe subalterna, de seus valores e do seu espírito, que se traduzem em códigos expressivos e interpretativos impronunciáveis na língua da cultura da classe dominante. Impronunciável, entende-se, pela falta de terminologia, isto é, pela falta de um real interesse por tais códigos e de uma consequente tradição crítica sobre eles. Estou, portanto, totalmente impossibilitado de exprimir o que é, simbolicamente, o texto desse parente "humilde" de Camon. Para nos entendermos medianamente, está entre aqueles que para nós são o *pamphlet*, a "prédica", o "ensaio crítico", a invectiva, mas não é em absoluto nada disso. As semelhanças com essas "figuras" estruturais são totalmente casuais, como são casuais as referências a noções e termos que chegam do alto para o autor: a cultura paroquial (ao que parece muito bem organizada no Vêneto) e os *mass media*. O que predomina em toda essa carta é a "informidade", na qual a voz e o sentimento do autor inventam um espaço totalmente novo, preservando de modo perfeito sua ingenuidade: a graça infantil do moralismo de um velho camponês.

A resposta de Camon à carta é totalmente inesperada. E, devo dizer, digna do seu velho parente. Ao invés de aceitar espirituosamente a crítica que lhe chega do fundo de sua própria existência e procurar nela o que há de verdade, Camon a toma com a mesma indignação bíblica com que a crítica foi escrita. E, o que é mais inesperado ainda, traduz a indignação em frios termos críticos, "disparando" uma impiedosa análise textual, capaz de demolir ponto por ponto o texto inimigo. Com lucidez científica, Camon identifica nele fontes inautênticas, códigos interpretativos aplicados, interpolações e, sobretudo, analisa sua especial ideologia paleocatólica, típica das "estruturas da penúria" que orientaram a redação do texto. Ao fazer tudo isso, Camon elimina qualquer contato com a "persona" de seu antagonista: não somente não lhe dirige a palavra como não o inclui, nem mesmo de longe, entre os destinatários possíveis. É eliminado como interlocutor. Camon se dirige diretamente ao seu destinatário canônico, isto é, a um intelectual da sua mesma cultura, saltando a cultura das "classes subalternas", vista, ao menos como medida suspensiva, como uma realidade sobre a qual somente os "outros" podem falar.

A autodefesa de Camon é lindíssima, repito; escrita em "jargão", é verdade, mas ao mesmo tempo com rapidez e simplicidade (como sua destinação prática exige). A arenga do réu que se defende equivale — num outro universo cultural — à arenga do velho parente bíblico que o acusa. Há, nisso, o mesmo fanatismo e a mesma incerteza existencial: a vergonha de serem camponeses.

Ao final, Camon chega à circunstanciada e motivada condenação da condenação do seu velho parente: este é um paleocatólico moralista, "sanfedista", essencialmente um provinciano; em suma, o arquétipo do pequeno-burguês "in natura", antes que esta sua mentalidade fosse transportada para um mundo novo, o da industrialização. Não posso dizer que Camon esteja errado: as coisas estão realmente assim. Mas também não posso dizer que tenha razão. Pelo simples fato de que a "forma" na qual o velho camponês se expressa acrescenta algo mais ao conteúdo perfeitamente analisado (também nos seus resultados formais particulares) por Camon. E esse "algo mais" acrescido pela forma não pode ser removido do julgamento, esvaziando assim tanto a acrimônia ingênua como o impiedoso exame crítico de Camon.

Ora, este "algo mais" acrescido à forma é extraordinariamente semelhante àquele "algo mais" que está em outro texto analisado por Camon no seu livro, um texto-padrão da Puglia (Mauro di Mauro, *Bello stabile*) que Camon considera antitético ao texto-padrão vêneto. Mas se aquele "algo mais" (que é o modo de se expressar) os une, tanto inefável como inseparavelmente, significa que a antítese dos textos (católico e moralista o primeiro, humanista e individualista o segundo etc.) é uma antítese histórica cujo sentido é parcial. De fato, todas as civilizações camponesas, em primeiro lugar, *não são apenas católicas*: não há solução de continuidade entre catolicismo, cristianismo, paganismo, religiões primitivas. Em segundo, *não são apenas nacionais*: elas se inserem num contexto transnacional, mais vasto até mesmo que o "terceiro mundo". Ao se procurar difundir, ou melhor, fundar a consciência da "cultura das classes subalternas", como Camon procura fazer com tanta acuidade, é preciso não esquecer a qualidade estilística dos seus textos "expressivos" que é substancialmente idêntica nas "culturas populares" do mundo inteiro (ao menos como tem sido até hoje). O código expressivo e interpretativo "humilde" é enormemente estratificado, e suas estratificações não correspondem, de modo algum, às fases da história oficial.

(*Tempo*, 9 de agosto de 1974)

Contra a oficialidade da história: testemunhas inclassificáveis[187]

Ferdinando Camon, no seu volume *Literatura e classes subalternas*, delineia uma espécie de esquema de relações entre o escritor culto e a cultura popular. Tais relações são linguisticamente muito complicadas, e de resto o esquema de Camon não pretende, por certo, cobri-las por inteiro, tendo sido escrito por razões práticas, e concernindo sobretudo à relação com os "destinatários" (como e o que é o destinatário "subalterno", ou popular, para um escritor culto; como e o que é o destinatário culto, para um escritor popular).

De fato, quando um escritor culto imita — através do discurso indireto livre — a língua falada de personagens populares, o arco de tal imitação é praticamente sem limites. Além disso, são inumeráveis as linguagens da classe subalterna que ele pode imitar.

Mas mesmo quando um escritor "subalterno" decide "escrever" — através de uma "moção" (como diz Camon) que é sempre, por natureza, inaugural —, tem diante de si infinitas perspectivas, e dentro de si infinitas possibilidades. Pode ter estudado muito, pouco ou mesmo nada. Pode se propor como "escritor" para leitores que são seus pares ou então ambicionar ter como destinatários (inconscientemente "bajulados") os ricos e os instruídos etc. O caso mais conhecido e divulgado, mas não o mais típico, é o escritor *naïf* (falei sobre ele, a pro-

---

[187] Publicado no *Tempo*, ano XXXVI, nº 33, 16/8/1974, com o título "Il popolo può saltare il fosso che lo divide della letteratura?" [O povo pode saltar o fosso que o separa da literatura?]. Resenha de *Le ciminiere di Bambù, 99 poesie cinese dal* Balzo in avanti *a oggi* [As chaminés de bambu, 99 poemas chineses do *Salto adiante* até hoje], introdução, tradução e notas de Anna Bujatti, Roma, Officina, 1974; e de Pasquale Sciortino, *Zagara, arance e limoni* [Cítricos, laranjas e limões], Florença, Vallecchi, 1974. (N. da E.)

pósito de *Avvendure di guerra e di pace*, de Francesco De Gaetano). O *naïf* se autopromove escritor em uma situação de servilismo no que diz respeito à cultura oficial, da qual ele só reconhece a existência. Isto implica a sujeição àquela figura apriorística que a classe dominante tem e quer continuar a ter dele. Que é uma "figura cômica". A consequência é a voluntária atenuação dos caracteres irredutíveis de uma pessoa que vive a cultura, "outra" e profundamente "estranha", da classe social dominada.

Mas existem outros escritores "populares" que não são exatamente *naïfs*. Por exemplo, aqueles que escreveram a partir de sugestão (de algum padre, de algum sociólogo). É o caso dos escritores da "*leggera*"[188] (isto é, do subproletariado do norte da Itália) dos quais Camon se ocupa, analisando um livro publicado há alguns anos, *Autobiografie della leggera* [Autobiografias da *leggera*], organizado por Danilo Montaldi. Os escritores desse gênero são por assim dizer "transcritos", ou melhor, "gravados". É a operação que eu mesmo fiz no meu primeiro romance, *Il sogno di una cosa* [O sonho de uma coisa] (num capítulo em que um camponês friulano emigrado para a Suíça conta, em primeira pessoa, sua aventura); é a operação feita por Danilo Dolci ao recolher as biografias de camponeses sicilianos e é a operação, enfim, feita por Dacia Maraini, com obstinação calvinista, nas lindíssimas *Memorie di una ladra* [Memórias de uma ladra]. Neste caso o narrador, embora possuindo o estilo de um *naïf*, não tem minimamente a tendência eufemística, o temor reverencial, a autolimitação. Ele conta e — já que para ele (resumindo muito) *nomina sunt res*[189] — o seu contar transborda na vida, restituindo-lhe sem esforço "datidades" lancinantes.

Para o próximo trabalho que, espero, Camon queira desenvolver, dois livros recém-publicados me oferecem a possibilidade de destacar dois novos "casos".

O primeiro — sobre o qual só posso ser lacônico, dada a minha incompetência no assunto — é uma antologia de poesia chinesa, orga-

---

[188] De *leggero*, "leve", por associação ao bolso vazio do pobre. (N. da T.)

[189] "A linguagem é a realidade", em latim no original. (N. da T.)

nizada de modo muito convincente por Anna Bujatti. Trata-se de poemas chineses escritos do *Grande salto adiante*[190] até hoje: o *multimillion poem* composto na China, justamente, por milhões de trabalhadores-poetas (dois milhões de poemas somente na pequena cidade de Tangshan). Um frenesi (ediçõezinhas pobres, jornais murais, leituras públicas) que destruiu a norma da relação entre autor e destinatário, isto é, entre intelectual e massa. Todos são autores, e todos são destinatários: este era o pressuposto ideológico. Estamos num mundo onde a "classe subalterna" tomou o poder, e onde, portanto, não pode mais existir a distinção entre "literatura" e "povo".

Uma característica destes milhões de poemas é o tradicionalismo formal. O povo tomou posse de um privilégio, a forma, para expressar novos conteúdos. Não era absolutamente necessário ser vanguardista: para quem nunca o usou, o meio é novo em si. Não se pode dizer, porém, que a leitura da antologia seja tão entusiasmante como é interessante. Os trabalhadores-poetas são tomados por uma euforia que parece um tanto quanto funesta. Tudo vai bem, tudo é maravilhoso, todos se amam: é uma obsessão. Há um pobre e bom Li Ying, sem maiores identificações, que se apresenta com suas bonequinhas e velhinhos muito simpáticos, e também alguns "coletivos" (o Grupo de criação artística da comuna Datia, distrito de Xinjin), e não é casual que sejam versificadores camponeses, que falam de suas vilas, onde, enfim, o grande Otimismo pelo famoso Salto se torna devocional. É preciso levar em conta, porém, que o mundo agrícola na China não tem, ao que parece, conotações nostálgicas, mas sim progressistas.

O segundo caso é um romance de Pasquale Sciortino, cunhado de Salvatore Giuliano.[191] O título é *Zagara, arance e limoni* [Cítricos, laranjas e limões], título que não convence e faz pensar que lhe foi sugerido. Sciortino acabou de sair da prisão. Este é, portanto, o romance de um detento, que é um "caso" já bem difundido e amplamente estuda-

---

[190] *Grande Salto Adiante* foi o programa de modernização de Mao Tsé-Tung para a República Popular da China, entre 1958 e 1960. (N. da T.)

[191] Salvatore Giuliano (1922-1950), filho de camponeses, esteve ligado a movimentos separatistas da Sicília, participando de atentados. Tornou-se uma figura celebrada pela mídia, com filmes e canções a seu respeito. (N. da T.)

do. A particularidade do caso de Sciortino é que ele é um homem bem culto. Sua origem "subalterna" não o impediu de concluir o ginasial no internato de Catânia. Além disso, sua "carreira" de mafioso consentiu-lhe frequentar, primeiro na Sicília e depois nos Estados Unidos, um "ambiente" cuja cultura certamente não é popular (embora certamente também não literária). Na verdade, Sciortino se "tornou" em tudo um pequeno-burguês. E no cárcere evidentemente adquiriu também uma cultura livresca. Todavia, os caracteres populares — pertencentes à alteridade da cultura popular — permanecem nele irredutíveis.

Em seu livro, Sciortino opõe com frequência — e muito conscientemente — Máfia e Estado. Então, sua cultura real permanece a da Máfia, mesmo que depois o Estado tenha colocado à sua disposição uma biblioteca carcerária onde podia ler Lombroso e Hegel, De Amicis e Tolstói. Veja-se o último período da sua ficha biográfica: "Interrogado para o procedimento penal a cargo do Ilmo. Mario Scelba... do Ilmo. Bernardo Mattarella..., do Príncipe Gianfranco Alliata di Montereale e do deputado Leone Marchesano, recusou-se a fazer qualquer declaração". Não há dúvida de que o que domina na língua de Sciortino, mesmo quando romancista, é o silêncio da Máfia. Uma cultura do rei Arthur e do Teatro de Marionetes (quanto à mitografia) que, no entanto, não se coloca como "inferior" diante da imensa cultura do Estado; pelo contrário, coloca-se com violenta agressividade, como alternativa e como concorrente.

O silêncio, porém, é tão eloquente quanto ambíguo. Eloquência (do silêncio) e ambiguidade caracterizam o romance de Sciortino. A eloquência é precisamente carolíngia nas suas entranhas, mas humanista, ou melhor, até mesmo iluminista na camada histórica. Contra o Estado, a grande, verdadeira e terrível arma é o silêncio, mas mesmo esta "eloquência do silêncio" não está para brincadeira: é toda ela irrisão, apartada, desdenhosa, a seu modo vandalicamente aristocrática. Ao inventar ou ao armar essa "biografia" de um pequeno delinquente siciliano (que conta sua história aos companheiros de cela), pode parecer paradoxal, mas Sciortino tomou os mesmos cuidados estilísticos do Marquês De Sade. Cada página sua — com um pouco mais de humildade, e, quanto ao conteúdo, com muito mais prudência — é uma página de *Justine* ou dos *Cem dias*. Que não se acredite, porém, que humildade e prudência sejam fruto de respeito. São, ao contrário, fruto de um desprezo supremo. Sciortino proclama amar o "eufemismo", mas, evidentemente, por insolência: para fazer uma caricatura daquela escrita oficial e universal, imitada por ele sadicamente. Sua filosofia, na realidade, não conhece limites ao desprezar o Estado e suas instituições culturais. Com uma língua de dois gumes, de criminoso lombrosiano — insondável e inapreensível, mais que irrecuperável —, Sciortino desacredita e nulifica mesmo a anarquia, que poderia, eventualmente, ser considerada a essência de sua ideologia: não, esta também é uma instituição de "comedores de polenta". Padre Vipera, que com uma lentidão e a sinuosidade linguística dos diálogos socrático-boccaccescos recita, na cela, o papel do advogado do Diabo (isto é, do Legalismo e do Bom-mocismo até certo ponto pedagógico), não é menos feroz e sem moral que o Narrador. Os *Diálogos* (de *Philosophie du boudoir*, justamente) que se alternam com as narrações são perfeitamente sacrílegos, e sem que jamais os dialogantes percam a calma absoluta e o controle dos nervos. Ao lado da eloquência do silêncio "mafioso" existe, como dito, a ambiguidade: a ambiguidade de Sciortino consiste estruturalmente em ter narrado uma outra biografia em vez da sua própria, falando portanto como teria vivenciado a Máfia se ele fosse outro. Desiludindo e iludindo assim o leitor como desiludiu e iludiu a justiça do Estado. Não daria para dizer que está errado: visto que o Estado precisou da Máfia, é claro que Sciortino conhece o Estado muito bem...

(*Tempo*, 16 de agosto de 1974)

O genocídio[192]

Pediria que me desculpassem alguma imprecisão ou incerteza terminológica. O assunto — como subentendido — não é literário, e por desgraça ou sorte sou um escritor, e não possuo, portanto, sobretudo linguisticamente, os termos necessários. Ainda uma premissa: o que vou dizer não é fruto de uma experiência política no sentido próprio e, por assim dizer, profissional da palavra, mas de uma experiência, eu diria, quase existencial.

Digo desde já que minha tese é — como vocês já devem ter intuído — muito mais pessimista, mais amarga e dolorosamente crítica do que a de Napolitano.[193] Tem como tema condutor o *genocídio*: quer dizer, considero que a destruição e a substituição de valores na sociedade italiana de hoje levam, mesmo sem carnificinas e fuzilamentos em massa, à supressão de largas faixas da sociedade. O que, aliás, não é uma afirmação totalmente herética ou heterodoxa. No *Manifesto* de Marx já se encontra uma passagem que descreve com clareza e precisão extremas o genocídio cometido pela burguesia contra determinados estratos das classes dominadas: sobretudo não operárias, mas subproletárias ou certas populações coloniais. Hoje a Itália pela primeira vez está vivendo de maneira dramática este fenômeno: amplos estratos

---

[192] Publicado no *Rinascita*, ano XXXI, nº 39, 27/9/1974, com o título "Ideologia e politica nell'Italia che cambia" [Ideologia e política na Itália que muda]. Foi uma intervenção oral de Pasolini na festa anual do antigo PCI em Milão, no verão de 1974. A nota ao pé da página esclarece que a versão escrita foi feita pela redação do *Rinascita*, que no mesmo número publica também as intervenções de Roberto Giuducci, Renato Guttuso e Giorgio Napolitano. (N. da E.)

[193] Ver nota 115, p. 148. (N. da T.)

que tinham permanecido, por assim dizer, fora da história — a história do domínio burguês e da revolução burguesa — sofreram este genocídio, ou seja, esta assimilação ao modo e à qualidade de vida da burguesia.

Como se efetua essa substituição de valores? Sustento que ela hoje se efetue clandestinamente, através de uma espécie de persuasão oculta. Enquanto no tempo de Marx se usava ainda da violência explícita, aberta, da conquista colonial, da imposição violenta, os meios são hoje muito mais sutis, hábeis e complexos, e o processo, tecnicamente muito mais maduro e profundo. Os novos valores substituem sorrateiramente os antigos; e talvez nem seja o caso de dizê-lo, já que os grandes discursos ideológicos são quase desconhecidos das massas (a televisão, para dar um exemplo ao qual voltarei adiante, por certo não divulgou o discurso de Cefis[194] aos alunos da Academia de Modena[195]).

Tentarei me explicar melhor voltando ao meu modo de falar habitual, isto é, o de um escritor. Atualmente estou escrevendo o trecho de uma obra[196] onde justamente enfrento esse tema de modo fantasioso, metafórico: imagino uma espécie de descida aos infernos, na qual o protagonista, para viver a experiência do genocídio de que falava antes, percorre a rua principal de um subúrbio de uma grande cidade meridional — provavelmente Roma — e lhe aparece uma série de visões, cada qual correspondendo a uma das transversais que desembocam na rua central. Cada uma delas é um tipo de fosso, de círculo infernal da *Divina Comédia*. Na entrada se encontra um modelo de vida específico, colocado ali sorrateiramente pelo poder, ao qual sobretudo os jovens, e mais ainda os meninos que vivem pelas ruas, se ajustam rapidamente. Estes perderam o seu antigo modelo de vida, aquele que realizavam vivendo e do qual se sentiam de certo modo satisfeitos e até orgulhosos, embora implicasse todas as misérias e os lados negativos

---

[194] Eugenio Cefis (1921-2004), empresário italiano, foi presidente da Montedison de 1971 a 1977, a maior empresa estatal da Itália na época. (N. da T.)

[195] Importante academia militar italiana. (N. da T.)

[196] Pasolini se refere ao livro *Petróleo*, publicado postumamente em 1992. (N. da T.)

que nele existiam e que são — concordo — os enumerados por Napolitano. E agora procuram imitar o novo modelo ali colocado às escondidas pela classe dominante. Naturalmente enumero toda uma série de modelos de comportamento, uns quinze, que correspondem a dez círculos e cinco fossos. Mencionarei, para ser breve, apenas três; mas previno ainda que minha cidade é do centro-sul, e meu discurso só se aplica de maneira relativa às pessoas que vivem em Milão, Turim, Bolonha etc.

Por exemplo, há o modelo que preside um certo hedonismo interclassista, o qual impõe aos jovens que inconscientemente o imitam uma adequação, no comportamento, na roupa, nos sapatos, no modo de se pentear ou de sorrir, no agir ou no gesticular, àquilo que veem na publicidade dos grandes produtos industriais: publicidade que se refere, de forma quase racista, ao modo de vida pequeno-burguês. Os resultados são evidentemente dolorosos, porque um jovem pobre de Roma não tem ainda condições de realizar esses modelos, e isso cria nele ansiedades e frustrações que o levam ao limite da neurose. Ou — outro exemplo — há o modelo da falsa tolerância, da permissividade. Nas grandes cidades e na área rural do centro-sul ainda vigorava certo tipo de moral popular, um tanto livre, é verdade, mas com tabus que lhe eram próprios, e não da burguesia; não hipocrisia, por exemplo, mas simplesmente uma espécie de código ao qual o povo todo se atinha. A certa altura, o poder teve necessidade de um tipo diverso de súdito, que fosse antes de mais nada um consumidor; e não seria um consumidor perfeito se não lhe fosse concedida certa permissividade no campo sexual. Mas também a este modelo o jovem da Itália atrasada procura se adequar de maneira desajeitada, desesperada e sempre neurotizante. Ou, finalmente, um terceiro modelo, aquele que chamo o da afasia, da perda da capacidade linguística. Toda a Itália centro-meridional possuía tradições regionais ou urbanas próprias de uma língua viva, de um dialeto regenerado por invenções contínuas e, no interior do dialeto, de jargões ricos e invenções quase poéticas. Para o qual todos contribuíam, dia após dia; a cada noite nasciam tiradas novas, piadas espirituosas, uma palavra imprevista: existia uma vitalidade linguística maravilhosa. O modelo agora posto ali pela classe dominante bloqueou-os linguisticamente: em Roma, por exemplo, não se é mais capaz de inventar, caiu-se numa espécie de neurose afásica; ou se fala uma língua falsa, que desconhece dificuldades e resistência, como se tudo fosse facilmente falável — fala-se como se escreve nos livros —, ou então se chega à pura e simples afasia no sentido clínico da palavra; as pessoas são incapazes de inventar metáforas e movimentos linguísticos verdadeiros, quase gemem, ou então dão trancos e risadinhas sarcásticas, sem que saibam dizer mais nada.

Isso só para dar um breve resumo da minha visão infernal, que por infelicidade vivo existencialmente. Por que essa tragédia em pelo menos dois terços da Itália? Por que esse genocídio resultante da aculturação imposta astuciosamente pelas classes dominantes? Porque a classe dominante cindiu nitidamente "progresso" e "desenvolvimento". A ela só interessa o desenvolvimento, porque é só dele que tira seus proveitos. É preciso de uma vez por todas fazer uma distinção drástica entre os dois termos: "progresso" e "desenvolvimento". Pode-se conceber um desenvolvimento sem progresso, coisa monstruosa, que é o que estamos vivendo aproximadamente em dois terços da Itália; mas no fundo também se pode conceber um progresso sem desenvolvimento, o que aconteceria em certas zonas rurais se fossem aplicados novos modelos de vida cultural e civil mesmo sem, ou com muito pouco, desenvolvimento material. O que é preciso — e é este na minha opinião o papel do Partido Comunista e dos intelectuais progressistas — é tomar consciência dessa dissociação atroz e torná-la consciente às massas populares, para que ela justamente desapareça, e desenvolvimento e progresso venham a coincidir.

Qual é, em compensação, o desenvolvimento que este poder quer? Se quiserem entendê-lo melhor, leiam o discurso de Cefis aos alunos de Modena que citei anteriormente, e nele encontrarão uma noção de desenvolvimento como poder multinacional — ou transnacional, como dizem os sociólogos —, apoiado, além disso, num exército não mais nacional, tecnologicamente avançadíssimo, mas estranho à realidade do país. Tudo isso passa uma esponja sobre o fascismo tradicional, que se fundamentava no nacionalismo ou no clericalismo, velhos ideais, naturalmente falsos; mas na verdade se está instalando uma forma de fascismo completamente nova e ainda mais perigosa. Explico-me melhor. Como já disse, está em curso no nosso país uma substituição de valores e de modelos, na qual os meios de comunicação de massa e, em primeiro lugar, a televisão tiveram grande peso. Com isso não estou de forma alguma afirmando que tais meios sejam negativos em si; ao contrário, concordo que poderiam constituir um grande instrumento de progresso cultural; mas até agora, da forma como vêm sendo usados, têm sido um instrumento de retrocesso aterrador, de desenvolvimento sem progresso, de genocídio cultural de pelo menos dois terços dos italianos. Vistos sob esta luz, também os resultados de 12 de maio[197] contêm um elemento de ambiguidade. No meu entender, para a vitória do "não" contribuiu poderosamente também a televisão, que, por exemplo, nos últimos vinte anos, vem desvalorizando nitidamente qualquer conteúdo religioso: vimos com muita frequência, é verdade, o papa benzendo, os cardeais inaugurando, vimos procissões e funerais, mas eram atos contraproducentes com respeito aos fins da consciência religiosa. De fato, o que ao contrário ocorria — ao menos no nível inconsciente — era um profundo processo de laicização, que entregava as massas do centro-sul ao poder dos *mass media* e, através destes, à verdadeira ideologia do poder: ao hedonismo do poder consumista.

Foi por isso que me ocorreu dizer — de maneira talvez demasiado violenta e exaltada — que naquele "não" existe um duplo espírito: por um lado, um progresso real e consciente, no qual os comunistas e a esquerda tiveram um papel importante; por outro, um progresso falso, que faz com que o italiano aceite o divórcio por causa das exigências laicizantes do poder burguês: porque quem aceita o divórcio é um bom consumidor. Eis por que, por amor à verdade e por senso dolorosamente crítico, posso até chegar à seguinte previsão de tipo apocalíptico: se na massa dos "não" viesse a prevalecer o papel desempenhado pelo poder, seria o fim da nossa sociedade. Isso não irá acontecer, justamente porque existe na Itália um Partido Comunista forte, existe uma *intelligentsia* suficientemente avançada e progressista; mas o perigo existe. A destruição de valores que está ocorrendo não implica sua *imediata* substituição por outros valores, com seus aspectos bons e maus,

---

[197] Pasolini se refere ao referendo sobre o divórcio de 12 e 13 de maio de 1974. Ver nota 22, p. 62. (N. da T.)

com a necessária melhoria do padrão de vida aliada a um verdadeiro progresso cultural. Existe, no meio, um momento de imponderabilidade, e é justamente aquele que estamos vivendo; e é este o grande, trágico perigo. Pensem o que poderia significar nestas condições uma recessão e, com certeza, não poderão deixar de se arrepiar se lhes ocorrer, ainda que só por um instante, o paralelo — talvez arbitrário, talvez romanesco — com a Alemanha dos anos 30. Entre o nosso processo de industrialização dos últimos dez anos e o alemão daquela época existe certa analogia: foi em tais condições que o consumismo, com a recessão dos anos 20, abriu caminho ao nazismo.

Eis a angústia de um homem da minha geração, que viu a guerra, os nazistas, a SS, que sofreu um trauma jamais totalmente vencido. Quando vejo ao meu redor que os jovens estão perdendo os antigos valores populares e absorvendo os novos modelos impostos pelo capitalismo, correndo assim o risco de uma forma de desumanização, de uma forma de afasia atroz, de uma brutal ausência de capacidade crítica, de uma facciosa passividade, me lembro de que estas eram exatamente as características típicas da SS; e assim vejo se estender sobre nossas cidades a sombra horrenda da suástica. Uma visão certamente apocalíptica a minha. Mas se ao lado dela e da angústia que a produz não existisse em mim também um elemento de otimismo, ou seja, a ideia de que existe a possibilidade de lutar contra tudo isso, eu simplesmente não estaria aqui, no meio de vocês, falando.

(*Rinascita*, 27 de setembro de 1974)

Fascista[198]

(...)

Existe hoje uma forma de antifascismo arqueológico que é também um bom pretexto para se buscar uma evidência de antifascismo real. Trata-se de um antifascismo fácil que tem como objeto e objetivo o fascismo arcaico que não existe mais e que não existirá mais. Comecemos pelo recente filme de Naldini: *Fascistas*.[199] Muito bem, este filme, que se colocou o problema da relação entre um *capo* e a multidão, demonstrou que tanto aquele *capo*, Mussolini, como aquela multidão são dois personagens absolutamente arqueológicos. Um *capo* como aquele, hoje, é absolutamente inconcebível não somente pela inutilidade e pela irracionalidade daquilo que diz, pela inutilidade lógica que está por detrás daquilo que diz, mas também porque não encontraria absolutamente espaço e credibilidade no mundo moderno. Bastaria a televisão para inutilizá-lo, para destruí-lo politicamente. As técnicas daquele chefe funcionavam bem sobre um palco, num comício, diante das multidões "oceânicas"; não funcionariam absolutamente numa tela.

---

[198] Trecho de entrevista concedida a Massimo Fini, "L'antifascismo come genere di consumo" [O antifascismo como gênero de consumo], *L'Europeo*, 26/12/1974. No mesmo número da revista, Fini reproduz também uma declaração de Franco Fortini sobre o tema do novo "antifascismo". (N. da E.)

[199] Pasolini fala sobre o filme de Nico Naldini em outra entrevista concedida a Massimo Fini, também no *Europeo*, em 17/10/1974 (cf. Pasolini, *Saggi sulla...*, *op. cit.*, p. 1719). (N. da E.)

Nico (Domenico) Naldini (1929), poeta, escritor e cineasta italiano. Primo de Pasolini, a ele se deve a biografia intitulada *Pasolini, una vita* (Turim, Einaudi, 1989). (N. da T.)

Esta não é uma simples constatação epidérmica, puramente técnica, é o símbolo de uma mudança total do modo de ser, de comunicar, entre nós. O mesmo vale para a multidão, a multidão "oceânica". Basta pousar os olhos, por um minuto, sobre aqueles rostos para ver que aquela multidão não existe mais, que estão mortos, que estão enterrados, que são nossos avós. Basta isto para entender que aquele fascismo não se repetirá jamais. Por essa razão boa parte do antifascismo de hoje, ou pelo menos daquilo que é chamado de antifascismo, ou é ingênuo e estúpido, ou é falacioso e de má-fé: porque luta, ou finge lutar, contra um fenômeno morto e enterrado, arqueológico precisamente, que não mete mais medo em ninguém. É, resumindo, um antifascismo totalmente confortável e totalmente sem risco.

(...)

Eu acredito, e acredito profundamente, que o verdadeiro fascismo é aquele que os sociólogos, com excessiva indulgência, chamam "a sociedade de consumo". Uma definição que parece inócua, puramente indicativa. E, pelo contrário, não se trata disso. Se alguém observa bem a realidade, e sobretudo se sabe ler em volta nos objetos, na paisagem, na urbanística e, sobretudo, nos homens, vê que os resultados dessa despreocupada sociedade de consumo são os resultados de uma ditadura, de um verdadeiro e próprio fascismo. No filme de Naldini vimos jovens submissos, vestindo uniformes... Porém, com uma diferença. No exato momento em que os jovens tiravam seu uniforme e tomavam o caminho em direção a suas cidadezinhas e seus campos, reapareciam os italianos de cem, cento e cinquenta anos atrás, como antes do fascismo.

O fascismo, na verdade, transformara-os em palhaços, em servos, talvez em parte convictos, mas não chegara a tocá-los seriamente, no fundo da alma, em seu modo de ser. Este novo fascismo, esta sociedade do consumo, ao contrário, transformou os jovens profundamente, tocou-os no íntimo, deu a eles outros sentimentos, outros modos de pensar, de viver, outros modelos culturais. Não se trata mais, como na época mussoliniana, de uma arregimentação superficial, cenográfica, mas de uma arregimentação real que roubou e mudou suas almas. O que significa, definitivamente, que essa "civilização do consumo" é uma civilização ditatorial. Em suma, se a palavra fascismo significa a prepotência do poder, a sociedade de consumo realizou por completo o fascismo.

(...)

Um papel marginal. Por isto eu disse que reduzir o antifascismo a uma luta contra essa gente significa mistificar. Para mim a questão é muito mais complexa, mas também muito mais clara: o verdadeiro fascismo, já disse e repito, é o da sociedade de consumo, e os democrata-cristãos foram transformados, mesmo que não tenham se dado conta, nos reais e autênticos fascistas de hoje. Neste âmbito, os "fascistas" oficiais nada mais são do que o prosseguimento do fascismo arqueológico e, enquanto tais, não devem ser levados a sério. Nesse sentido, Almirante,[200] por mais que tenha tentado se atualizar, para mim é tão ridículo quanto Mussolini. Um perigo mais real chega hoje com os novos fascistas, das franjas neonazistas do fascismo que neste momento conta com poucos milhares de fanáticos, mas que amanhã poderá se tornar um exército.

Na minha opinião, a Itália vive hoje algo análogo ao que aconteceu na Alemanha, nos albores do nazismo. Na Itália atualmente também se assiste àqueles fenômenos de padronização e de abandono dos antigos valores camponeses, tradicionais, particularistas, regionais, que foram o *humus* sobre o qual cresceu a Alemanha nazista. Existe uma quantidade enorme de gente que se viu numa condição flutuante, num estado de imponderabilidade de valores, que ainda não conquistou os novos, nascidos com a industrialização. É o povo que está se tornando pequena burguesia mas ainda não é nem um, nem outro. Na minha opinião, o núcleo do exército nazista foi constituído justamente por esta massa híbrida, foi desse material humano que surgiram, na Alemanha, os nazistas. E a Itália está correndo justamente este perigo.

(...)

Quanto à queda do fascismo, há acima de tudo um fato contingente, psicológico. A vitória, o entusiasmo da vitória, as esperanças renascidas, o sentido da liberdade reencontrada e de todo um novo

[200] Giorgio Almirante (1914-1988), político italiano ligado desde sua criação ao Movimento Sociale Italiano, partido de direita, fascista, do qual foi secretário-geral. (N. da T.)

modo de ser, tornaram os homens melhores, depois da liberação. Sim, *melhores*, pura e simplesmente.

Mas há ainda outro fato mais real: o fascismo experimentado pelos homens de então — aqueles que tinham sido antifascistas e que tinham passado pelas experiências das duas décadas, da guerra, da Resistência — era um fascismo, ao final das contas, melhor do que o de hoje. Vinte anos de fascismo, acredito, não fizeram as vítimas que fez o fascismo destes últimos anos. Coisas horríveis como os atentados de Milão, de Brescia, de Bolonha nunca tinham acontecido em vinte anos. Houve certamente o delito Matteotti, houve vítimas de ambos os lados, mas a prepotência, a violência, a maldade, a desumanidade, a frieza glacial dos crimes realizados a partir de 12 de dezembro de 1969 nunca antes tinham sido vistos na Itália. É por essa razão que circula um ódio maior, um escândalo maior, uma capacidade menor de perdoar... Só que este ódio se dirige — em certos casos, de boa-fé, em outros, de completa má-fé — a alvos errados, aos fascistas arqueológicos, em vez de ao poder real.

Tomemos as pistas tenebrosas. Eu tenho uma ideia sobre isso, talvez um pouco romanesca, mas que acredito correta. O romance é o seguinte: os homens de poder — e poderia até mesmo dar os nomes sem medo de errar muito —, ou seja, alguns homens que nos governam há trinta anos, primeiramente administraram a estratégia da tensão de caráter anticomunista, depois, superada a preocupação com a subversão de 68 e com o perigo comunista imediato, as mesmas, idênticas pessoas administraram a estratégia da tensão antifascista. Os atentados, portanto, foram realizados sempre pelas mesmas pessoas. Primeiramente realizaram o atentado da Piazza Fontana, acusando os extremistas de esquerda; depois realizaram os atentados de Brescia e de Bolonha,[201] acusando os fascistas e tentando recuperar às pressas a virgindade antifascista necessária — depois da campanha do referendo

[201] O atentado de Bolonha ocorreu em 2 de agosto de 1980, na estação ferroviária da cidade. Foi atribuído ao grupo de extrema direita Nuclei Armati Rivoluzionari. Foram mortas 85 pessoas e 200 ficaram feridas. Para os demais atentados, ver notas 33, 84 e 95, pp. 72, 107 e 120, respectivamente. (N. da T.)

e depois do referendo — para continuar a administrar o poder como se nada tivesse acontecido.

Quanto aos episódios de intolerância que você citou, eu não os definiria propriamente como intolerância. Ou, ao menos, não se trata da intolerância típica da sociedade de consumo. Trata-se, na realidade, de casos de terrorismo ideológico. Infelizmente as esquerdas vivem, atualmente, num estado de terrorismo, nascido em 68 e que continua ainda hoje. Eu não diria que um professor que, chantageado por certo esquerdismo, não desse o diploma a um jovem de direita é intolerante. Digo que está aterrorizado. Ou é um terrorista. Esse tipo de terrorismo ideológico, porém, possui só formalmente um parentesco com o fascismo. São terroristas tanto um como o outro, é verdade. Mas sob os esquemas dessas duas formas, às vezes idênticas, é preciso reconhecer realidades profundamente diversas. De outro modo, se acabará inevitavelmente na teoria dos "extremismos opostos", ou então no "stalinismo igual a fascismo".

Mas chamei esses episódios de terrorismo e não de intolerância porque, na minha opinião, a verdadeira intolerância é a da sociedade de consumo, da permissividade concedida do alto, desejada do alto, que é a verdadeira, a pior, a mais dissimulada, a mais fria e impiedosa forma de intolerância. Porque é a intolerância mascarada de tolerância. Porque não é verdadeira. Porque é revogável a cada vez que o poder sentir necessidade. Porque é o verdadeiro fascismo do qual advém o antifascismo maneirista: inútil, hipócrita, essencialmente bem-vindo ao poder.

(*L'Europeo*, 26 de dezembro de 1974)

Cabeçadas do bode expiatório[202]

Insisto. Casalegno[203] se comporta exatamente com a mesma inconsciente agressividade de um bandido ou de uma puta. Explico por quê. Ele declara que minhas ideias são confusas. Em seguida me atribui uma série de contradições, justamente que geram confusão, mas que nasceram na cabeça dele. Por exemplo: primeiro afirma que eu "evitei... raciocínios lombrosianos que relacionam medida do crânio e atividade política"; depois afirma que na, minha opinião, "os hierarcas democrata-cristãos não se parecem com os companheiros de Mussolini, mas sim com os de Hitler". Portanto, se primeiro evito uma análise fisionômica e depois me utilizo de uma comparação fisionômica, estou em contradição. A realidade é esta: para mim é importante a linguagem do corpo e do comportamento porque é uma linguagem que equivale a qualquer outra; ou melhor, muitas vezes é muito mais sincera. Assim, "li" os rostos do filme de Naldini e os rostos reais que hoje me circundam como se fossem discursos. Disso fiz um confronto que resultou, por exemplo, negativo para os dirigentes democrata-cristãos atuais, em relação aos ridículos e arcaicos servos do Mussolini. Não disse, porém, que são esses "dirigentes" os que têm uma "carga" ou um "sema" nazista. Esta é outra confusão de Casalegno. Eu disse que os jovens fascistas de hoje são, na realidade, nazistas.

---

[202] Publicado em *Panorama*, 7/11/1974. (N. da E.)

[203] Pasolini responde a Carlo Casalegno, que escreve no *Stampa*, em 23/10/1974, artigo intitulado "Le confusioni di Pasolini e C." [As confusões de Pasolini e C.]; Casalegno, por sua vez, reagia a uma mesa-redonda (da qual participaram Pasolini, Moravia, Pannella, Parise e Lombardi) organizada por *Panorama* sobre o filme *Fascista*, de Nico Naldini. (N. da E.)

Outro exemplo: Casalegno me atribui "uma recentíssima doutrina sobre a perenidade do fascismo". Conceito banal que só poderia ser desencavado por ele, já que todos pensam, e sempre pensaram, que na Itália existe um componente fascista "perene". Minha "recentíssima doutrina" diz, na verdade, *exatamente o contrário*; isto é, diz que o fascismo acabou (e portanto o antifascismo se tornou vão) porque foi substituído por algo pior, o poder consumista e sua ideologia hedonista.

De fato, o próprio Casalegno me faz dizer em seguida que "aquele era um fascismo arcaico, já pertencente à arqueologia e não à política". É muita cara de pau atribuir a mim, ao mesmo tempo, esta afirmação e a outra sobre a perenidade do fascismo.

A verdade é que Casalegno não pode aceitar a responsabilidade da DC por ter introduzido na Itália o "desenvolvimento" do capitalismo consumista, o pior de todos os fascismos, jogando ao mar todas as antigas estruturas que são aquelas caras a um conformista como Casalegno: democracia formal, Igreja, família, hábitos de bom-mocismo, falsa cultura etc. etc.

Quanto à afirmação de Casalegno sobre minhas "saudades de um passado de tintas negras",[204] que fique bem claro: se ele ousar repetir algo semelhante, tomo um trem, desço em Turim e passo às vias de fato.

(*Panorama*, 7 de novembro de 1974)

---

[204] Cor associada ao fascismo na Itália. (N. da T.)

Fragmento[205]

Em toda a minha existência nunca pratiquei um ato de violência, nem física, nem moral. Não porque eu seja um fanático da não violência, a qual, se for uma forma de autocoerção ideológica, também é violência. Nunca pratiquei na minha vida alguma violência física ou moral simplesmente porque confio na minha natureza, isto é, na minha cultura.

Houve uma única exceção. E quero recordá-la. Coisa de uns dez anos atrás. Tinham me convidado para um debate na "Casa do estudante" de Roma. Na rua — era fim de tarde — um grupo de fascistas me agrediu.[206] Me jogaram uma lata de verniz, e começaram a dar socos e a insultar. Estavam comigo alguns jovens companheiros e foi sobretudo a violência usada contra eles o que me exasperou. Respondemos com violência igual, e eles bateram em retirada. Eu comecei a seguir o mais truculento deles. A corrida foi de mais de um quilômetro pelo bairro de São Lourenço. Quando eu o estava quase alcançando, ele subiu num ônibus elétrico, onde, apesar dos chutes desferidos por ele do degrau, também consegui subir. Então ele voltou a fugir e desceu do ônibus elétrico correndo, pela porta da frente. E eu fiz o mesmo. Recomeçou a corrida insana por São Lourenço até que ele desapareceu dentro de um galpão, e eu não o vi mais, já que ele tinha sumido, ao que tudo indica, por uma portinha dos fundos. Naquela al-

---

205 Texto escrito especialmente para os *Escritos corsários*, no final de 1974 ou início de 1975. Resposta ao mesmo Casalegno (ver nota 203, p. 274), erroneamente datado como de 22 de outubro. (N. da E.)

206 Na época não era um fenômeno cotidiano, e nem mesmo frequente. (N. do A.)

tura, entretanto, provavelmente mesmo se o tivesse agarrado, não teria feito mais nada. A raiva cega já tinha passado. E foi a primeira e última vez na minha vida que cedi à raiva cega. Mas a indignação suscitada em mim, há dez anos, por aquele miserável fascista não é nada em comparação com a indignação suscitada em mim, há alguns dias, por um artigo de um pretenso antifascista, isto é, o vice-diretor do *Stampa*, Casalegno.

No seu artigo, escrito recorrendo a todos os piores lugares-comuns "jornalísticos", velhos até mesmo para a ironia de Dostoiévski em 1869 — ele polemiza contra mim, Moravia, Parise[207] e Pannella pelo nosso debate sobre o filme *Fascista*, de Nico Naldini (estava ainda na mesa organizada pela *Panorama* Ricardo Lombardi, mas Lombardi é um político, não um escritor. Portanto intocável para Casalegno).

O artigo de Casalegno foi publicado no *Stampa* de 22 de outubro de 1974. Portanto, neste momento, já é velho. Se volto aqui a ele é porque o argumento não me parece exaurido.

O ataque de Casalegno contra mim se baseia sobre dois pontos:

Os intelectuais são "traidores" porque jogam "com as ideias e os fatos por facciosidade, esnobismo, busca pelo sucesso, medo de estar fora da última moda".

Eu teria "saudades de um passado de tintas negras" e Almirante,[208] naquela mesa, "não teria falado melhor do que eu".

Como o primeiro parágrafo diz respeito aos intelectuais em geral, enquanto o segundo diz respeito à minha pessoa, e é portanto, ao menos aparentemente, menos importante, começarei por este último, mas só lhe dedicarei umas poucas linhas.

Casalegno chegou às suas radicais conclusões — chamando-me praticamente de parafascista — sem ter evidentemente lido o que de "escandaloso" escrevi sobre o assunto. É claro que ele se ateve à simplificação feita por vis e perigosos imbecis — entre os quais, evidentemente, amigos seus. Esta equívoca simplificação — que é, no que me diz respeito, de matriz racista — teve no início certa difusão, mas na-

---

[207] Goffredo Parise (1929-1986), escritor e jornalista italiano. (N. da T.)

[208] Ver nota 200, p. 271. (N. da T.)

turalmente só poderia ser sufocada já ao nascer, e só poderia se estabilizar nos piores ambientes e nas piores cabeças.

Tudo aquilo que eu disse "escandalosamente" sobre velho e novo fascismo é de fato o que de *realmente* mais antifascista se poderia dizer. Isto já ficou claro para todos. Vamos admitir, todavia, que alguém, por ódio inveterado, por interesse político ou simplesmente por estupidez, permaneça no equívoco. Pois bem, me pergunto se não deveria pensar duas vezes antes de lançar sobre a minha pessoa a suspeita atroz de um fascismo ainda que desbotado: lançar hoje uma tal suspeita sobre alguém significa envolvê-lo, não digo na atmosfera ridícula dos *golpes*, mas na das bombas e massacres.

Somente um provocador, um espião, um infame ou um histérico ousaria hoje lançar a suspeita, mesmo que mínima, de "saudades de um passado de tintas negras" sobre alguém. Espero realmente — por ele — que Casalegno tenha me indicado ao "linchamento" por pura inconsciência; que não tenha se dado conta do que fez. Que tenha sido impelido pelo puro automatismo de uma profissão ainda que servil.

Retomarei o discurso sobre este segundo "ponto" mais adiante, para assumi-lo em um nível mais geral. E passo ao primeiro.

Aqui as observações a serem feitas são duas: a) Casalegno, para ter uma opinião tão baixa sobre as razões psicológicas que levam os intelectuais a se interessar por problemas políticos, só pode não conhecer as obras de tais intelectuais; e só pode não conhecer porque não quer conhecer, e não quer conhecer porque é um burguês que odeia os intelectuais. Bastaria que lesse — com algum "amor" cultural, enfim — duas páginas minhas, ou de Moravia, ou de Parise — para ter ao menos certa hesitação sobre seu próprio desprezo apriorístico; b) (e como consequência): a "facciosidade", o "esnobismo", a mania de "buscar o sucesso" atribuídas por Casalegno a nós intelectuais, são, tecnicamente, puras e simples *ilações*.

É fácil desacreditar *in limine* e destruir alguém através de *ilações* (ainda mais sendo o público extremamente propenso, sempre, a concordar quando se trata de *culturame*). Eu poderia, por exemplo, retorcer com muita facilidade a "técnica das ilações" de Casalegno. Poderia com muita lógica começar me perguntando: o que é que Casalegno faz num jornal como o *Stampa*, cujo diretor é uma pessoa respeitável no *verdadeiro* sentido da palavra, e com o qual colaboram tantos amigos meus, os mais queridos, de Soldati a Ginzburg, de Siciliano a Pestelli?[209] O que é que Casalegno faz num jornal como o *Stampa* que, há mais de vinte anos, se pronunciou sempre favorável às minhas obras, que são aliás a única coisa que conta para estabelecer as reais razões que levam um autor a intervir também fora do seu campo específico? E poderia responder a essas perguntas justamente com uma *ilação*: Casalegno está no *Stampa* garantindo a abertura à direita perante a pior burguesia piemontesa, e, praticamente, se passando por "guardião" não dos financiadores, mas dos "dependentes dos financiadores". Certamente essa *ilação* é injusta, como todas as *ilações*. E mesmo assim não totalmente ilógica, como não é ilógico que num intelectual possa existir certa dose de esnobismo e de amor pelo sucesso: subprodutos da ambição que, porém, não possuem nenhum poder de modificar o que ele diz.

O homem da ordem Casalegno (e aqui chego às considerações gerais) foi arrebatado por duas síndromes que são o que de pior poderia arrebatar hoje a burguesia italiana. A primeira é o ódio à cultura, que compele a denunciar a todo momento a "traição dos intelectuais",[210] o que faz, eternamente, dos representantes do "culturame" "untadores" indicados ao linchamento. De fato, é deles a culpa pelas assustadoras condições econômicas da Itália; é deles a culpa pela ameaçadora recessão em um mundo pobre, em que os valores que ressarciam a pobreza desmoronaram; é deles a culpa pela degradação urbana e paisagística; é deles a culpa pelo malogrado "desenvolvimento" transformado em desastre ecológico; é deles a culpa pela política clientelista e, no limite, pela criminalidade da Democracia Cristã. Ora, sim, porque a culpa não é certamente dos homens do poder, aqueles que Casalegno defende com tanto zelo.

A outra síndrome, infamante, à qual Casalegno não foi capaz de opor nenhuma defesa decente, é a mania que tomou os italianos de se chamarem, entre eles, continuamente, fascistas. Provavelmente, esta é

---

[209] Natalia Ginzburg (1916-1991), escritora italiana; Leonardo Pestelli (1909-1976), escritor, linguista e crítico de cinema italiano. (N. da T.)

[210] Ver nota 97, p. 123. (N. da T.)

uma grande verdade. Mas, neste caso, especificamente, tal acusação é criminosa. Como já disse, ela estabelece automaticamente corresponsabilidade em atos criminosos e até mesmo em atentados.

Essas são as razões da minha indignação com Casalegno, que, pela segunda vez em minha vida, fez brotar em mim certa ideia de violência.

Naturalmente, não há por que se maravilhar que *Il Popolo* tenha saído em defesa de Casalegno[211] contra um representante do "culturame", chamando-o, naturalmente mais uma vez, de fascista. Mas — a propósito da violência necessária, e mesmo evangélica — que os financiadores e colaboradores do *Popolo* estejam atentos: é precisamente no Mercado do Templo que eles vendem suas mercadorias e suas palavras.

---

[211] O artigo do *Popolo* é "Intolleranza di Moravia e Pasolini" [Intolerância de Moravia e Pasolini], de Alfredo Vinciguerra (8/11/1974). (N. da E.)

As coisas divinas[212]

O problema filológico da *Imitação de Cristo*[213] está já em saber quem foi seu autor e quando foi escrito. Os "códices" são duzentos e cinquenta. Sobre todos, tem primazia o códice da biblioteca real de Bruxelas de 1441, e o código de Arona, que hoje está na biblioteca de Turim. Foram fundamentadas sobre esses dois "códices" as duas mais importantes edições da *Imitação de Cristo*: uma atribui a obra a Tomás de Kempis (*c.* 1380-1471), a outra a Giovanni Gersen, abade de Santo Stefano, em Vercelli, entre 1220 e 1245. J. Pohl é o responsável pela primeira das duas edições; Mons. Puyol é o responsável pela segunda. Foi publicada nos últimos meses na Itália uma ediçãozinha econômica que optou pelo texto de Mons. Puyol porque, ao que tudo indica, é mais acurado e correto. Além disso, tem o mérito de retrodatar ao máximo a data de "aparecimento" do livro e, como consequência, nobilitá-lo e torná-lo mais fascinante. Isso provavelmente interessou a Elémire Zolla,[214] que escreveu um prefaciozinho correto (asserindo en-

[212] Publicado no *Tempo*, ano XXXVI, nº 47, 22/11/1974, com o título "Ma quelle di Dom Franzoni non sono 'prediche'" [Mas o que Dom Franzoni escreve não são 'prédicas']. Resenha de Tommaso da Kempis, *Imitazione di Cristo*, Milão, Rizzoli, 1974, e Dom Giovanni Franzoni, *Omelie a San Paolo fuori le mura* [Homilias em São Paulo Extramuros], Milão, Mondadori, 1974. (N. da E.)

[213] *De imitatione Christi*, obra de literatura devocional publicada no século XV e atribuída ao padre alemão Thomas von Kempen (1380-1471). (N. da T.)

[214] Elémire Zolla (1926-2002), estudioso italiano dedicado à filosofia esotérica. (N. da T.)

tre outras coisas que o livro "ordena que não se busque quem o compôs", e toda pesquisa filológica é, portanto, recebida com altivez ou desprezo). Minha propensão é atribuir este livro a uma época mais tardia, e ficaria decisivamente com Pohl.

Não me parece que esta *Imitação de Cristo* seja um livro para especialistas, isto é, para clérigos. Não me parece que sua fruição seja aristocraticamente conventual (naquele clima de mágico espiritualismo caro a Zolla). Me parece ser muito mais um livro de catequese, *ad usum delphini*: terrorista, repressivo, lamentoso; chega mesmo a me parecer pré-contrarreformista. É verdade, sua prosa é toda ela fundamentada sobre regras intransgredíveis, de caráter profundamente medieval: sua *ars dictandi* parece a aplicação de um modelo, e os *cursus*[215] são tão *cursus* que resultam cômicos. Lembrando certos ritmos "goliárdicos" mais do que "religiosos", de algum modo denunciam a degeneração e a codificação linguística dos últimos. Os textos religiosos da Alta Idade Média são sempre muito poéticos, mesmo quando são humildes lamentações para devotos totalmente passivos e infantis. Aqui, na *Imitação*, se sente, ao contrário, a untuosidade da propaganda eclesiástica, o maneirismo pedagógico, razão pela qual a aplicação de velhas regras retóricas a uma "fala" muito vulgar, beira mesmo o "macarrônico". E eu, folheando este latim, ao invés de ser tomado por algum encanto místico e arcaico, não conseguia deixar de pensar insistentemente em nada menos que Merlin Cocai.[216] De todo modo, os ensinamentos pedantes da *Imitação*, que se dirigem ao "tu" do iniciado "de classe inferior" (o filho do camponês que se tornou padre), tem algo de terrivelmente pragmático. Lembram as regras médicas dos médicos salernitanos,[217] por exemplo. Por isso, pregar ou temer a Deus

---

[215] Na prosa medieval, o andamento rítmico da frase, em particular o remate harmonioso do final do período. (N. da T.)

[216] Merlin Cocai, pseudônimo de Teofilo Folengo (1491-1544), autor de *Baldus*, poema no qual o latim *maccheronico* — "latim de cozinha", assim denominado pelos humanistas que satirizavam a língua usada nos conventos por seus cozinheiros — é elevado ao status de arte. (N. da T.)

[217] A Escola Médica Salernitana é considerada uma das primeiras instituições europeias no estudo e ensino de medicina. (N. da T.)

aparecem no mesmo nível, vagamente cômico, de cozinhar e cagar. Me parece, concluindo, que a mítica *Imitação* em questão deveria ser, pelo menos, antologizada (mesmo que o livro se deva à mão de um único autor, este é um compilador, e manipula, indiferentemente, um catecismo corrente no momento da escritura e os solenes textos religiosos que o presidem).

Há séculos a linguagem religiosa se tornou insuportável, pelo menos na Itália. Foi a Contrarreforma a responsável por isso, até os dias de hoje. Além disso, acrescentou-se o odioso sentimentalismo da subcultura tradicionalista do século XIX e também do XX. A língua litúrgica falada hoje na Itália é quase repugnante. A longa tradição linguística — que passou a fazer parte da cultura específica da Igreja — pode acarretar maus momentos mesmo a homens que estão substancialmente fora dela. Por exemplo, os *Gionarli* [Diários] de João XXIII são muito ruins: não se sabe como um homem como ele pode escrevê-los. Sentimentais, maneiristas, superficiais, parecem testemunhar a impossibilidade, para um homem moderno ocidental, de viver uma verdadeira experiência religiosa. Mas mesmo na prosa, por exemplo, de Dom Milani[218] se insinua uma degeneração linguística parecida. Deixemos de lado as revistas da esquerda católica, mesmo as mais avançadas: a um laico — que, se conseguisse lê-las, concordando talvez com tudo — resultariam ilegíveis (um pouco, de resto, como nos primeiros anos do *Manifesto*:[219] a mesma insipidez ascética, tanto mais insípida quanto mais "revolucionária", já que, quanto à insipidez ascética e, ai de mim, espiritualista, os escritores religiosos da Reforma também não brincam em serviço).

Confesso que, coerentemente com o que disse até agora, experimentei certa repugnância — embora lamentando por isso — diante do pequeno volume (ascética e espiritualmente nu e anônimo) das *Omelie a San Paolo fuori le mura* [Homilias em São Paulo Extramuros], de

---

[218] Sobre Dom Milani, ver o artigo de jornal "Cartas para mamãe", neste volume. (N. da T.)

[219] Pasolini se refere ao jornal *Il Manifesto*. (N. da T.)

Dom Giovanni Franzoni[220] publicadas pela *Comunità*.[221] Abri o livro e o folhei: meu desânimo aumentou. Como? Dom Franzoni também usa essa linguagem? "Homilias", certo, mas é execrável! E ainda todo aquele ridículo lenga-lenga dos párocos sobre "Domingos" ordinários ou não: "Terceiro Domingo do Advento"... "Epifania do Senhor"... "Todos os Santos"... "Maria Santíssima Mãe de Deus"... É possível? A degeneração secular que fez do Evangelho um texto para infernais proliferações catequísticas, litúrgicas, espiritualistas, emanando normas que acabam por se sobrepor, uma sobre a outra, em uma involução de nomenclatura cujo caráter oscila entre esotérico e masoquista, cheio de "tabus" e de "cerimoniais de aproximação", muito semelhantes aos cerimoniais neuróticos, seguindo os hábitos hierárquicos (Pai, Patrão, Proteção, Punição) que atormentam as massas pobres em termos de classe, transferidos, como diabolicamente são, ao Céu etc. etc.: tudo isso conseguiu contaminar também o "rebelde" Dom Franzoni? Não era a primeira coisa da qual deveria se libertar, em nome daquela "cultura" laica, livre, moderna, minoritária, escolhida por ele, contradizendo a grangrenada subcultura vaticana? E mais, antes de tudo, não deveria dessacralizar o seu São Paulo, o primeiro criador do código e da convenção cristã, assentando as bases, na realidade, da linguagem (eclética, esotérica, sincretista), no momento exato em que começava

---

[220] Giovanni Battista Franzoni (1928-2017), teólogo e escritor italiano, se tornou conhecido nos anos 60 por suas posições progressistas, tendo sido o mais jovem padre entre os participantes no Concílio Vaticano II. Eleito abade da basílica de São Paulo Extramuros, deu início a uma frutífera experiência com a criação da Comunidade Cristã de Base, interpretando as questões eclesiásticas e políticas à luz não só do Evangelho como também do pensamento marxista. Em 1973, foi levado pela Santa Fé a se demitir de seu cargo e funções na basílica, tendo sido, nos anos seguintes, submetido a medidas disciplinares que irão culminar, em 1976, com a expulsão da Igreja Católica pela sua declarada adesão ao PCI. (N. da T.)

[221] *Comunità* (1946-1992), revista político-cultural associada ao Movimento Comunità, ambos idealizados pelo empresário, engenheiro e político italiano Adriano Olivetti (1901-1960), filho do fundador da conhecida fábrica italiana de máquinas de escrever, Camillo Olivetti. Como empresário, foi autor de projetos nos quais buscava redefinir as relações entre a fábrica e a sociedade, a partir do diálogo proposto entre catolicismo e marxismo. (N. da T.)

morbidamente a proclamar a preeminência absoluta do "Evangelho" de Cristo, reduzindo-o ao paroxismo da autoridade?

Mas depois tomei coragem, e comecei a ler seriamente essas prédicas, que, pela má compreensão da humildade — o homem religioso, às vezes, pode se permitir ser ultrajante, não? —, Dom Franzoni quis, de modo maneirista, modelar a partir de prédicas de bons párocos (que não existem).

São prédicas extraordinárias: isto é, não são prédicas. São pequenos discursos improvisados diante da comunidade, que encerram evidentemente problemas que a comunidade conhece e debate. As referências são, ainda, referências especializadas, mas a especialização é desta vez perfeitamente laica, já que a história é uma ilusão laica, e foi evidentemente como tal que Cristo a aceitou. E é uma especialização que segue pontualmente a evolução dos incidentes históricos; incidentes sempre devidos, sistematicamente, à violência do poder. Acusações, encarceramentos, perseguições, mortes, massacres: um suceder-se sem fim, e diante do qual é preciso estar sempre presente, em pleno juízo. Mesmo sendo inútil: pois só com uma postura crítica de absoluta tensão a esperança pode ser vivida como energia vital. Aquela esperança que o poder se predetermina, sempre e em qualquer caso, em suprimir e destruir, substituindo-a por horríveis sucedâneos que levam o mesmo nome. Não há prédica de Dom Franzoni que, partindo convencionalmente do pretexto do Evangelho ou das Cartas de Paulo, não chegue, implacável, ao ataque contra o poder em seu último e infalível delito: em todas as partes do mundo (é a primeira vez que, dessa forma, a Igreja se apresenta concretamente como universal). Em toda e qualquer prédica, Dom Franzoni assume um problema atual, não para promovê-lo ou para tomá-lo como exemplo, mas sim para resolvê-lo, ou ao menos colocar-se o problema de sua solução.

Ora, tudo isso dito ou feito por um laico é quase normal, mesmo no âmbito de uma elite cultural e política. Dito e feito por um padre, por sua vez, é quase comovente. Não foram poucas as vezes que, lendo essas prédicas, tive que dominar uma comoção agitada. Não pelo fato exterior de que coisas normais para um laico, ditas ou feitas por um padre, assumam um valor especial de testemunho, isto é, de "periculosidade ou risco"; mas por um fato interior e quase inexprimível.

A fala por parte de Giovanni Franzoni sobre o processo dos independentistas bascos ou sobre o processo ao "psicanalista" Padre Grégoire Lemercier,[222] sobre a pílula ou sobre os jeans Jesus ("Jesus" como o navio que transportou os primeiros escravos africanos para os Estados Unidos), sobre deficientes físicos ou sobre presidiários, e, em suma, sobre uma infinidade de fatos e problemas semelhantes (porque "o amor é feito destas coisas aqui"), possui originalidade objetiva, um sentido que não seria o mesmo se fosse transferido, mesmo que literalmente, para outro contexto. Ora, um homem como Dom Franzoni foi suspenso pela autoridade vaticana *a divinis*.[223] Melhor ainda. Resta contudo perguntar se, por acaso, no Vaticano não se esqueceu completamente em que consistem as "coisas divinas", e se os bispos que se declaram progressistas no Sínodo não são uns hipócritas, já que o único modo de ser progressista, para um padre, é evidentemente sê-lo de modo extremista (ou seja, cristão), como Giovanni Franzoni.

(*Tempo*, 22 de novembro de 1974)

---

[222] Grégoire Lemercier, beneditino belga, foi submetido à medida disciplinar pelo Santo Ofício e deposto de seu cargo de prior do Monastério de Cuernavaca, sem possibilidade de defesa, por ter introduzido a prática de submeter os noviços a tratamento psicanalítico antes que escolhessem definitivamente a vida monástica. (N. da E.)

[223] Sanção prevista pelo Direito Canônico que significa a suspensão dos ministérios católicos, ou seja, das funções e serviços prestados aos fiéis. (N. da T.)

Bibliografia e filmografia de Pasolini

Principais livros de Pier Paolo Pasolini

Poesie a Casarsa. Bolonha: Libreria Antiquaria Mario Landi, 1942.

La meglio gioventù. Biblioteca di Paragone. Florença: Sansoni, 1954.

Ragazzi di vita. Milão: Garzanti, 1955.

Canzoniere italiano: antologia della poesia popolare. Parma: Guanda, 1955.

Le ceneri di Gramsci. Milão: Garzanti, 1957.

L'usignolo della Chiesa Cattolica. Milão: Longanesi, 1958.

Una vita violenta. Milão: Garzanti, 1959.

Passione e ideologia. Milão: Garzanti, 1960.

La religione del mio tempo. Milão: Garzanti, 1961.

L'odore dell'India. Milão: Longanesi, 1962.

Il sogno di una cosa, Milão: Garzanti, 1962.

Poesia in forma di rosa (1961-1964). Milão: Garzanti, 1964.

Alì dagli occhi azzurri, Milão: Garzanti, 1965.

Teorema. Milão: Garzanti, 1968.

Trasumanar e organizzar. Milão: Garzanti, 1971.

Empirismo eretico. Milão: Garzanti, 1972.

La nuova gioventù: poesie friulane (1941-1974). Turim: Einaudi, 1975.

La divina mimesis. Turim: Einaudi, 1975.

Scritti corsari. Milão: Garzanti, 1975.

Lettere luterane. Turim: Einaudi, 1976.

Descrizioni di descrizioni, a cura di Graziella Chiarcossi. Collana Gli Struzzi nº 194. Turim: Einaudi, 1979.

Amado mio preceduto da *Atti impuri*, con uno scritto di A. Bertolucci, edizione a cura di Concetta D'Angeli. Milão: Garzanti, 1982.

Il caos. Roma: Riuniti, 1996.

Petrolio. A cura di Maria Careri e Graziella Chiarcossi, con una nota filologica di Aurelio Roncaglia. Turim: Einaudi, 1992.

Le belle bandiere: dialoghi (1960-1965). Roma: Riuniti, 1996.

Romanzi e racconti, 2 voll., a cura di Walter Siti e Silvia De Laude, con due saggi di W. Siti. Milão: Mondadori, 1998.

Saggi sulla letteratura e sull'arte, 2 voll., in cofanetto, a cura di Walter Siti e Silvia De Laude, con un saggio di Cesare Segre. Collana I Meridiani. Milão: Mondadori, 1999.

Saggi sulla politica e sulla società, a cura di Walter Siti e Silvia De Laude, con un saggio di Piergiorgio Bellocchio. Collana I Meridiani. Milão: Mondadori, 1999.

Traduções de livros de Pasolini no Brasil

A hora depois do sonho. Trad. Edilson Alkmin Cunha. Rio de Janeiro: Edições Bloch, 1968.

O pai selvagem. Trad. Silvana S. Rodrigues. Rio de Janeiro: Civilização Brasileira, 1977.

Caos: crônicas políticas. Trad. Carlos Nelson Coutinho. São Paulo: Brasiliense, 1982.

Pier Paolo Pasolini, As últimas palavras do herege, entrevistas com Jean Duflot. Trad. Luiz Nazário. São Paulo: Brasiliense, 1983.

Teorema. Trad. Fernando Travessos. São Paulo: Brasiliense, 1984.

Amado meu precedido de *Atos impuros*. Trad. Elizabeth Braz e Luiz Nazário. São Paulo: Brasiliense, 1984.

Meninos da vida. Trad. Rosa Artini Petraitis e Luiz Nazário. São Paulo: Brasiliense, 1985.

Diálogo com Pasolini: escritos (1957-1984). Trad. Nordana Benetazzo. São Paulo: Nova Stella, 1986.

Pier Paolo Pasolini, Os jovens infelizes: antologia de ensaios corsários. Org. Michel Lahud. Trad. Michel Lahud e Maria Betânia Amoroso. São Paulo: Brasiliense, 1990.

Pier Paolo Pasolini, Poemas. Org. Alfonso Berardinelli e Maurício Santana Dias. Trad. e notas Maurício Santana Dias. São Paulo: Cosac Naify, 2015.

Sugestões de leitura

LAHUD, Michel. *A vida clara: linguagens e realidade segundo Pasolini*. Campinas: Editora da Universidade Estadual de Campinas, 1993.

AMOROSO, Maria Betânia. *A paixão pelo real: Pasolini e a crítica literária*. São Paulo: Edusp, 1997.

AMOROSO, Maria Betânia. *Pier Paolo Pasolini*. São Paulo: Cosac Naify, 2002.

HONESKO, Vinícius Nicastro. *Pier Paolo Pasolini: estudos sobre a figura do intelectual*. São Paulo: Intermeios, 2018.

PESSOA, Davi; LIMA, Manoel Ricardo de. *Pasolini: retratações*. Rio de Janeiro: 7Letras, 2019.

Principais filmes de Pasolini

Accattone [Desajuste social], 1961.

Mamma Roma [Mamma Roma], 1962.

La ricotta [A ricota], episódio de *Ro.Go.Pa.G* [Relações humanas], 1962.

La rabbia [A raiva], 1963.

Comizi d'amore [Comícios de amor], 1964.

Il Vangelo secondo Matteo [O Evangelho segundo São Mateus], 1964.

Uccellacci e uccellini [Gaviões e passarinhos], 1966.

Edipo Re [Édipo Rei], 1967.

Teorema [Teorema], 1968.

Porcile [Pocilga], 1969.

Medea [Medeia], 1969.

Il Decameron [Decamerão], 1971.

I racconti di Canterbury [Os contos de Canterbury], 1972.

Il fiore delle mille e una notte [As mil e uma noites de Pasolini], 1974.

Salò o Le 120 giornate di Sodoma [Salò ou Os 120 dias de Sodoma], 1975.

Sobre o autor

Pier Paolo Pasolini nasce em Bolonha, em 5 de março de 1922, filho de uma professora do ensino fundamental e um militar de carreira. Em 1925 nasce Guido Alberto, o segundo filho do casal. Devido à ocupação do pai, a família muda-se constantemente para várias cidades no norte da Itália. Durante a Segunda Guerra Mundial, a mãe fixa residência com os dois filhos em Casarsa, sua terra natal, na região do Friul.

Ainda na infância, Pasolini escreve seus primeiros poemas, e é como poeta que será mais celebrado na Itália. Seu primeiro livro, *Poesie a Casarsa* (1942), é uma coletânea de poemas no dialeto friulano, para o qual inventa uma língua escrita, já que o dialeto do Friul só existia no registro oral. Suas atividades de poeta, filólogo e ativista se estendem: em 1944 torna-se membro da Associação pela Autonomia Friulana, e no ano seguinte funda a Academia de Língua Friulana.

O período em Casarsa é marcado por dois acontecimentos: a morte de seu irmão, Guido Alberto, na tragédia conhecida como Massacre de Porzûs, e a acusação e processo por corrupção de menor. No primeiro, seu irmão é assassinado por membros da resistência armada ao fascismo, da qual também fazia parte; no segundo, Pasolini é denunciado por prática homossexual e punido tanto pela seção local do Partido Comunista Italiano (PCI) como pelos conservadores ligados à Igreja. Ao final do processo, é absolvido. Expulso do partido e sem seu emprego de professor, parte para Roma.

Bolonha é, ao lado de Casarsa e Roma, a terceira cidade de Pasolini. Na década de 1940 estuda na faculdade de Letras da Universidade de Bolonha, apresentando como trabalho final de graduação um inovador estudo sobre o poeta italiano Giovanni Pascoli. É também aí que tem seu primeiro contato com o cinema de Carl Theodor Dreyer, René Clair, Jean Renoir, Charlie Chaplin, e se aproxima do universo das imagens através das aulas do importante crítico de artes Roberto Longhi, que seriam decisivas na criação de seus filmes.

A mudança para a capital, Roma, em 1950, faz com que, aos poucos, Pasolini se introduza no círculo dos principais intelectuais, escritores e artistas do país. Passadas as primeiras dificuldades econômicas — vive por um período na periferia romana, dando aulas —, é chamado a participar de dois importantes projetos editoriais: uma antologia de poemas em dialeto e uma antologia de poesia popular, e consegue publicar seu primeiro romance, *Meninos da vida* (1955). A publicação do livro lhe traz um novo processo — desta vez por obscenidade, do qual será novamente absolvido — e uma série de críticas, muitas delas por parte de intelectuais marxistas ligados ao PCI.

Em meados da década de 1950, Pasolini já começara a colaborar como roteirista em filmes de Federico Fellini e Mauro Bolognini. Em 1960 estreia como ator em *Il Gobbo*, de Carlo Lizzani, e, no ano seguinte, como diretor, com *Accattone*. Sem dúvida, é como cineasta que Pasolini se tornará mais conhecido fora da Itália. Até o ano de sua morte, Pasolini dirigiu quase um filme por ano, entre eles: *O Evangelho segundo São Mateus* (1964), *Teorema* (1968), *Medeia* (1969), *Decamerão* (1971), *Os contos de Canterbury* (1972), *As mil e uma noites de Pasolini* (1974) e *Salò ou Os 120 dias de Sodoma* (1975), muitos dos quais foram censurados ou levaram à abertura de processos contra o diretor.

Suas atividades como jornalista o acompanharam durante toda a vida, desde o Friul até Roma. Serão entretanto os textos de intervenção sobre temas polêmicos — reunidos em livro pelo próprio autor sob o título *Escritos corsários* (1975) — que o notabilizarão como crítico feroz da sociedade de consumo. Em 1973 começa a escrever para um importante jornal, de grande circulação nacional, o *Corriere della Sera*. Em artigos contundentes, Pasolini denuncia a "invisível revolução conformista" em curso na Itália e, como hoje é evidente, no mundo. Neles, aborda assuntos espinhosos para a época — como o aborto, os protestos estudantis que tomam a Europa em 1968, a homossexualidade —, cuja publicação gera imediatos protestos e polêmicas com intelectuais, mais ou menos próximos a ele, e políticos, tanto aqueles ligados ao conservador partido Democracia Cristã, como ao progressista Partido Comunista Italiano. Em 1976 é publicado, postumamente, o volume *Cartas luteranas*, mais uma coletânea de artigos sobre a nova face do capitalismo e da sociedade de consumo. E, em 1992, o livro inacabado *Petróleo* — projeto ao qual se dedicava há muitos anos, misto de ensaio, poesia e romance, no qual Pasolini não só acirra sua crítica à sociedade italiana como busca uma nova forma literária.

Na madrugada do dia 2 de novembro de 1975, Pasolini foi assassinado em Ostia, nos arredores de Roma, em circunstâncias que até hoje não foram esclarecidas por completo.

Sobre a tradutora

Maria Betânia Amoroso é livre-docente e professora colaboradora da Unicamp, dedicando-se aos estudos de literatura comparada. Entre seus interesses maiores estão Murilo Mendes e Pier Paolo Pasolini. Sobre o primeiro, escreveu o livro *Murilo Mendes: o poeta brasileiro de Roma* (Unesp/MAMM, 2013). Sobre Pasolini, publicou os livros *A paixão pelo real: Pasolini e a crítica literária* (Edusp, 1997), *Pier Paolo Pasolini* (Cosac Naify, 2002), e, entre outros, o ensaio "Nós e ele: Pasolini no Brasil", publicado como posfácio a *Pier Paolo Pasolini, Poemas*, volume organizado por Alfonso Berardinelli e Maurício Santana Dias (Cosac Naify, 2015). Participou também do livro *Pier Paolo Pasolini, Os jovens infelizes: antologia de escritos corsários*, com organização de Michel Lahud e tradução de Maria Betânia Amoroso e Michel Lahud (Brasiliense, 1990). Organizou, ainda, a coletânea de ensaios do crítico italiano Alfonso Berardinelli, *Da poesia à prosa* (Cosac Naify, 2007).

Este livro foi composto em Sabon
pela Bracher & Malta, com CTP e
impressão da Edições Loyola em
papel Pólen Soft 80 g/m² da Cia.
Suzano de Papel e Celulose para a
Editora 34, em fevereiro de 2020.